Herstellung und Verlag : BoD - Books on Demand,
Norderstedt
ISBN 978 3744 818834

Sperenzien

Roman
von
Erich Reißig

4

Geschrieben 2016 - 2018

Er geht nur noch selten hinab ins Tal zu der großen Stadt. In den letzten Jahren hat sie sich immer mehr ausbreitet und wird bald mit ihren Gebäuden, Straßen und Grünflächen die Ebene und die angrenzenden Hänge überwuchern. Die Landschaftsgärtner fällen die alten Bäume und ihre hellen Stümpfe ragen freudlos ins Frühjahrsgrau der Wege entlang des Stroms. Widerborstig wälzt er sich in seinem Bette. Bremer hat eine alte Gewohnheit wieder aufgenommen und steckt, wann immer er das Haus verlässt, ein Buch in der Tasche. Einem Freund hat er einmal gesagt, er suche und finde seine Wirklichkeit in Büchern. In Erzählungen, die er lese, und in jenen, die er selbst diesem Kosmos hinzufüge. Damals ein leicht hingeworfener Satz. Inzwischen ist es tatsächlich so. Allerdings hat sich sein Interesse immer deutlicher auf die Druckwerke der Vergangenheit verlagert. Jüngst hat er den Koloss von Sebastian Münsters Cosmologie von 1588 in einem Nachdruck erstanden und verbringt vergnügliche Stunden mit dieser Weltbeschreibung aus vergangener Zeit. In dem reich illustrierten Werk erregten die Stadtansichten und Landkarten seine erste Aufmerksamkeit. Damals fügten sich die Orte noch harmonisch in das sie umgebende Land.

Und weil die Karten nicht nach Norden ausgerichtet waren, sondern je nach Gusto und Blickrichtung der Zeichner, erlaubten sie ein freieres Schweifen über die Gestalt der Regionen, als jene der Gegenwart. Es ist ihm aufgefallen, dass auch heutzutage nicht wenige Menschen die Karten in ihre Lauf- oder Fahrtrichtung drehen müssen, wenn sie sich unterwegs orientieren wollen. Das Umdenken in die Nordausrichtung fällt ihnen schwer und er vermutet, dass diese Fähigkeit bald gänzlich verloren gehen wird, sobald Navi und Smartphone herkömmliche Karten verdrängt haben werden. Die Nordausrichtung ist Ergebnis historisch kultureller Normierung, nachdem die Scheibengestalt der Erde ihrer Kugelform Platz machen musste. Allerdings verschwand die Scheibenvorstellung nicht gänzlich. Sie wurde in den Kosmos verschoben, dessen Unendlichkeit nur flächig denkbar ist, nicht aber räumlich.

Beim Blick aus seinem Arbeitszimmer existieren mehrere unterschiedliche innere Landkarten. Jene der Nähe, die außerhalb des Gesichtsfeldes endet, ihm die Felder zeigt, den Pappelweg am Hang, der hinter dem Horizont zur Kirche von Weihmichl führt, neben welcher er die Gastwirtschaft weiß, in deren Garten sie bei schönem Wetter zuweilen die Abende verbringen. Die andere weist in gänzlich andere Richtung, nämlich nach Norden zum baltischen Meer, wo Freunde leben, die sie bald wieder besuchen werden, wenn die Zeit dies erlaubt. Er sehnt sich dorthin. Weiß, dass er ausharren muss. Erst im nächsten Sommer werden sie sich auf den Weg machen können. Lange Tage und Wochen.

Auf den unterschiedlichen Karten dieses Erdenwinkels liest er in Münsters Weltbeschreibung zahlreiche Namen von Orten, die inzwischen an Bedeutung eingebüßt haben, und findet andere nicht, die seitdem wichtig geworden sind. Im Quellgebiet des Narew ist ein mächtiger sarmatischer See ausgewiesen, den er auch auf anderen Karten aus dieser Zeit findet, und in späteren nicht mehr lokalisieren kann. Er weiß, dass flussabwärts und weiter im Westen ein Stausee existiert, der große Teile der Ebene überschwemmt hat. Vielleicht erstreckte sich dort früher ein weitläufiges Sumpfgebiet, dessen Überbleibsel die Pripiatsümpfe im heutigen Weißrussland bilden. Bei seinen Besuchen in diesem geschundenen Land hat er den Direktor des Museums für Natur und Ökologie in Minsk kennengelernt. Der Sechzigjährige war ein paar Tage lang mit ihm herumgereist und hatte ihm vorgeschlagen, bei einem nächsten Aufenthalt eine Exkursion in das Sumpfgebiet zu organisieren. Er habe Anfragen von Time Life und auch anderen, aber die wolle er alle nicht einladen. Bei ihm würde er eine Ausnahme machen. Heimgekehrt bemühte er sich um einen Auftraggeber für dieses Unterfangen. Halbherzig freilich, denn er fühlte sich der Aufgabe nicht gewachsen. Zu gering schienen ihm seine Kenntnisse über Pflanzen und Tiere. Auch scheute er die Gefahren, denn nach dem Reaktorunfall von Tschernobyl war das Gebiet stark verseucht worden. Dann änderte sich die politische Großwetterlage, Weißrussland kapselte sich ab und der Kontakt schlief ein. Was blieb, ist die Monografie über den Oberlauf der Memel, der er den Untertitel „Am Rande des Paradieses" gab. Dieser wurde von seinem Redakteur gestrichen, weil er solchen Überschwang für nicht geboten erachtete. Und es blieb die Erinnerung an die Gespräche mit dem wunderbaren Mann, der ihn gelehrt hat Kummer und Sorgen, aber auch seine Freude, zu den Bäumen zu tragen und diese zu umarmen. „Sie geben dir ihre Kraft und nehmen die Schatten von dir." Es sei wichtig, dass Mensch und Natur in Einklang stünden. Heutzutage sei das kaum noch der Fall. „Wir spüren nicht mehr, wie die Sonne aufgeht. Mögen nicht daran erinnert werden, dass es Tag wird oder die Nacht kommt, weil wir daran gewöhnt sind. Doch wenn wir darüber nachdenken, warum die Sonne aufgeht, warum dieser Baum dort wächst und welche Art Kraut uns von Nutzen sein kann, erkennen wir, was tatsächlich wesentlich ist."

Bremer blickt hinüber zur Straße. Der Wind steht heute schlecht und trägt die Motorengeräusche herüber zum Haus. Eine endlose Kette von Lkw bringt Güter hinab ins Tal. Zorn wallt in ihm auf, hat er doch gerade erst gelesen, das eine Bank beim Umbau ihrer Filiale in der historischen Häuserzeile der Altstadt von der Denkmalbehörde die Erlaubnis erhalten hat, ihr Gebäude mit einem hübschen Chromdach zu zieren, dessen Erstellung für das Bankhaus vermutlich preisgünstiger ist, als eine Dachkonstruktion, die sich harmonisch und stilecht in ihre Umgebung einfügt. Sie verschludern das Erbe aus altvorderer Zeit, als die Hausbesitzer gewiss nicht wohlhabender waren als heutige, und dennoch stolz und selbstbewusst ihren Gebäuden Schönheit gaben. Einfältig ist er nun einmal und beharrte wider besseres Wissen auf dieser Haltung zur Welt. Gebietet sie ihm doch, seinem Nächsten ohne Arg als Seinesgleichen gegenüber zu treten. Im Privaten gelingt dies durchaus, doch außerhalb dieser Sphäre herrschen andere Gesetze und Wesen, kaum noch Menschen zu nennen, und es widerstrebt ihm, sie als solche zu bezeichnen, die er achten und lieben kann, und von denen er von Kindheit an nur Gutes erfahren hat. Der Mensch ist gut. Ein Satz, den er immer noch bedingungslos unterschreiben will, auch wenn zahllose Beispiele ihn längst hätten vom Gegenteil überzeugen müssen.

Erst jüngst hat er sich zum ersten Mal länger mit seinem Nachbarn unterhalten, der die große Halle neben seinem Bücherlager bezogen hat. Der alte Malermeister hatte seine Werkstatt in der Stadt aufgeben müssen, weil er nach der Insolvenz eines zweiten großen Kunden, als letzter in der Kette der Gläubiger, selbst vor dem Bankrott stand und gerade noch sein kleines Vorstadthaus retten konnte, während das Grundstück mit dem Anbau von der Bank, bei der schon sein Vater Kunde gewesen war, wie er sagte, erbarmungslos einkassiert wurde. Hier oben habe er gemietet um halbwegs über die Runden zu kommen. „Mit über sechzig fang ich noch einmal fast von vorne an. Wenn das nicht eine glänzende Bilanz eines Handwerkerleben ist. Es war ja schon in den Neunzigern nicht mehr so einfach. Da fingen die größeren Firmen an jeden Auftrag wegzuschnappen. Was sie selber nicht ausführen konnten oder wollten, gaben sie an Subunternehmer weiter. Zu Dumpingpreisen, versteht sich. Den Rest hat der Branche das verfluchte Internet gegeben. Jeder glaubt heute sein Schnäppchen machen zu müssen. Geiz ist geil, wie das so heißt. Qualität und ordentliche Arbeit sind nicht mehr gefragt. Billig bis zum Gehtnichtmehr. Es ist

bereits so weit, dass aus Hamburg einer herfährt und für 200
Euro ein Zimmer streicht. Das glaubst du nicht? Hab ich aber
erlebt. Neulich habe ich für einen alten Kunden eine Dachge-
schoßwohnung hergerichtet. Maisonette wie das neudeutsch
heißt. Das ist auch so ein Fall. Der hat sein schönes Haus in
der Altstadt verkauft und ist nach München gezogen. Die
treibende Kraft mein ich war seine Frau. Die wollte schon
immer in die große Welt. Er ist bodenständig, aber sie hat keine Ruhe gegeben. Wie auch immer. Auf jeden Fall haben wir
das gemacht und bei der Abnahme hat er mich gefragt, ob ich
nicht den Hausflur streichen will. Die Eigentümerversamm-
lung habe das jüngst beschlossen. Ich bin in das Büro von der
Hausverwaltung gefahren und da saß so ein junger Schnösel,
der mich wie einen Bittsteller empfangen hat. Sie hätten
schon Leute an der Hand und ob ich mir das zutrauen würde.
Der Bursche war gerade mal von der Schule weggelaufen. Also
ich sah sofort, dass ich da keine Chancen hatte und bin gegangen. Im Auto habe ich überlegt, was aus der Stadt werden
soll, wenn solche Typen jetzt dort das Sagen haben, und kam
zu dem Schluss, die besten Wege in München sind die, auf
denen du die Stadt verlassen kannst. Aber das ändert sich
überall. Leider, und da sind wir selber schuld, weil wir nicht
aufgepasst haben, was da heranwächst. Hinterher hab ich erfahren, ein einziger Mann hat den Auftrag übernommen. Vier
Stockwerke und hohe Decken. Das musst du dir erst einmal
klar machen. Der ist sechs Wochen dort rumgekrochen und
hat vor sich hingepinselt. Mehr kann das ja gar nicht sein.
Verrückt ist das!" Er hatte sich dermaßen in Rage geredet, dass
Bremer um das Rad fürchtete, das er aus der Halle holte und

auf seinen Transporter lud. „Ein schönes Rad haben Sie da. Ist das für Ihren Enkel?" Der Malermeister hielt inne, grinste und sagte: „Das ist ein weiterer Meilenstein auf meinem Weg ins Elend. Nein, einen Enkel habe ich nicht." Als er ihn fragend anschaute, fuhr er fort: „Das ist recht einfach zu erklären. Wenn es um eine Vertragsverlängerung geht, dann setzt du dich mit dem Kunden zusammen. Das war immer so. Aber früher hat man sich im Wirtshaus getroffen, hat ein paar Halbe getrunken, einen guten Presssack gegessen und dann war die Sache erledigt. Heute wirst du ins Büro bestellt und hörst dir an, wie schwierig alles geworden ist. Die Kosten steigen, die Einnahmen werden geringer, die Banken immer unverschämter und du musst deinem Buben das neueste Smartphone kaufen, weil alle eins haben und er ohne das nicht mehr leben kann. „Auf das starrt er nun vierundzwanzig Stunden lang. Was will er dann mit dem BMX-Rad? Das frage ich Sie. Kostet nur ein Heidengeld!" Also gehst du her und besorgst deinem Kunden das Rad und kannst eine Zeit lang weitermachen. Das ist so. Er hat auch kein schlechtes Gewissen dabei, weil er hat dir ja nicht gesagt, du musst das kaufen." Er verriegelte die Tür und ging zum Führerhaus: „Seien Sie froh, dass Sie mit dem allem nichts zu tun haben. Sie sitzen über Ihren Büchern und die Frau bringt das Geld ins Haus." Damit stieg er ein und fuhr vom Hof.

Die Worte des Malermeisters nagten lange an ihm. Der beurteilte die Welt nach dem Augenschein. Wusste nicht, wovon er redete. Es war keine leichte Entscheidung gewesen. Tatsächlich hatte er anfangs gehofft, mit dem Aufkommen der kommerziellen Fernsehsender komme Bewegung in den trögen Zustand der Öffentlich-Rechtlichen Sender. Bewegung kam, doch anders, als er es sich vorgestellt hatte. Anstatt sich auf die erworbenen Fähigkeiten zu besinnen und sie auszubauen, begannen die Häuser ihr Niveau zu senken. Zwar gingen sie nicht so weit wie RTL, das mit Softpornos innerhalb kürzester Zeit europaweit zum bekanntesten deutschen Sender aufgestiegen war und diese Position später im prüderen Zeitgeistgebaren der Gegenwart mit der Hardcorevariante von nachmittäglichen Familienselbstentblößungen und nächtlichen Dschungelcampabenteuern erfolgreich und ohne Schamgefühlt verteidigte, doch ohne Selbstsicherheit und Vertrauen auf die eigene Stärke glaubten sie verlorenes Terrain zurück zu gewinnen, wenn sie ihr Angebot jenem der Privatsender anglichen. Der Bildungsauftrag, den die Gründerväter den öffentlichen Medien ins Stammbuch geschrieben hatten und der schon länger als schulmeisterhaft belächelt worden war, wurde durch Infotainment ersetzt. Als frischgebackener Redakteur hatte er Anfang der neunziger Jahre miterlebt, wie die Kultursendungen und die Dokumentarfilme in den meisten Häusern zurückgefahren wurden und auch in seinem beschnitten werden sollten. Das konnte zunächst verhindert werden, weil sich der bis dahin eher unscheinbare Abteilungsleiter, unterstützt von ein paar älteren Kollegen, vehement dagegenstemmte. Es wurden sogar neue Sendeplätze in anderen Dritten Programmen erobert, und das Lob der Zuseher wehte der Westwind bis in die litauische Hauptstadt. Denn als er einmal mit seinem Team in den Gassen von Vilnius drehte, begegnete ihnen eine Urlauberschar aus Norddeutschland, die, kaum hatten sie erkannt, von welchem Sender sie kamen, von den tollen Filmen schwärmten, die sie alle begeistert anschauten. Allerdings währten Ruhm und Hochgefühl nicht lange. In den anderen Abteilungen des Hauses arbeitete man mit Sendeplatzgerangel und Etatkürzungen zäh und verbissen daran alles wieder ins Lot zu bringen. Ausreißer liebte man nicht. Stellten sie doch die eigenen Bemühungen in schlechtes Licht.

Als schließlich der Abteilungsleiter in Pension ging, erhielt eine junge Frau diesen Posten, die nicht viel mehr an Qualifikation aufweisen konnte, als die Tochter eines einflussreichen Politikers zu sein. An sich nichts Ungewöhnliches. Seit Jahrzehnten kümmerten sich Parteien und Verbände überall, wo es ihnen möglich war, um gutbezahlte Stellen für verdienstvolle Mitarbeiter oder Verwandte. Die Praxis brachte nicht bloß Meinungsvielfalt in die Redaktionsstuben, sie schuf auch Zukunftsstabilität. War ein Bekenntnis zum Öffentlich Rechtlichen Rundfunk. Wer stellt schon etwas in Frage oder schafft es ab, das der eigenen Klientel nutzt? Es soll auch vorgekommen sein, dass der oder die, kamen sie in jungen Jahren in eine einflussreiche Position, dem Betrieb im Laufe der Zeit durchaus neues Leben einhauchen konnten. Bremer neigte dazu, ihr eine Chance zu geben, war er doch selber jung. Er fand es höchst erheiternd, als ein Redaktionskollege, von dem er wusste, dass er auf der Gewerkschaftsschiene zu seiner Anstellung gekommen war, empört in sein Büro stürzte und herumtönte, man also sie müssten etwas gegen diese offensichtliche und schamlose Vetternwirtschaft unternehmen. Es war ein herrlicher Frühlingstag. Blauer Himmel. Die Sonne schien. Das Fenster stand halb offen und das Eichhörnchen, für das er auf der Fensterbank eine Futterstelle mit Nüssen eingerichtet hatte, hob ruckartig den Kopf, erschrak und sprang auf einen nahen Ast. Kletterte behänd den Stamm hinauf. Verschwand im Grün. „Sie haben Otto vertrieben!" Der Ankömmling stutzte, schaute verwirrt zum Fenster hin, sah aber nichts. Wie auch? Otto war ein Eichhörnchen. Kein rosa Elefant. Der wäre vielleicht hocken geblieben. Als er Bremers Lachen hörte, brauste er auf: „Das ist nicht lustig und auch nicht zum Lachen. Das ist ein Skandal, gegen den wir uns wehren werden, sonst geht alles den Bach runter." Bremer zeigt auf den ersten Band von Deschners Kriminalgeschichte des Christentums, in dem er gerade gelesen hatte, und sagte: „Sehen Sie Herr Kollege, unser Haus hat gerade mal fünfzig Jahre auf dem Buckel. Die Kirche hat zweitausend Jahre voller Skandale überdauert und besteht noch immer." Und weil und während ihn der andere weiterhin aufgebracht anstarrte, fuhr er fort: „Oder wenn Ihnen das mehr liegt: „Die Hund kläffen und die Karawane zieht weiter. Das hat, meine ich, Lenin gesagt." Das saß. War aber zu arg. Der Kollege drehte sich um und verließ grußlos den Raum. Bremer ärgerte sich, weil ihm wieder einmal die Gäule durchgegangen waren. Er sollte ihm hinterherlaufen, ihn rasch wieder versöhnen, schließlich mussten sie zusammenhalten. Eigentlich war er kein übler Bursche. Nur etwas betriebsblind und humorlos auch.

Doch die junge Frau nutzte ihre Möglichkeiten nicht. Ließ sich in der Schlangengrube rasch den Schneid abkaufen. Sie verwaltete nur ihr schrumpfendes Reich, anstatt es aktiv zu gestalten. Der Niedergang nahm seinen Lauf. Die Pensio-

nierung des Leiters der Featureredaktion und die Ungewiss-
heit, weil die Stelle lange nicht neu besetzt wurde, bewirkten
ein Übriges.

Die Deutschen waren inzwischen Papst geworden, wie eine
beliebte Zeitung schrieb, die Bremer noch immer als Revol-
verblatt bezeichnete, auch wenn sie inzwischen zur Morgen-
lektüre fast aller Redakteure gehörte, und ein erster Besuch
kündigte sich an. Über die Stationen seines Aufenthaltes sollten vier Dokumentarfilme gedreht werden. Die Aufgabe wurde Bremer übertragen, der kommissarischer Redaktionsleiter
geworden war. Allerdings durfte er nur das Geld dafür bereit-
stellen, denn die Filme wurden von einer kircheneigenen
Produktionsgesellschaft hergestellt, die auch die Federführung
übernahm. Er hatte wenig zu tun. Andere Produktionen
waren zurück gestellt, weil es kein Geld für sie gab, und freie
Mitarbeiter wurden gekündigt. Sie konnten, wenn sie keine
andere Redaktion fanden und lange genug für den Sender
gearbeitet hatten, Ausgleichszahlungen beantragen, was die
meisten, obgleich er sie ermunterte, nicht unternahmen Sie
befürchteten mit diesem Makel behaftet zukünftig erst recht
keine Aufträge mehr zu bekommen. So verbrachte er seine
Zeit damit, verzweifelte Leute auf die Zukunft zu vertrösten,
wobei er ahnte, dass diese keine Besserung bringen würde. Die
Hauptabteilung regte Fortbildungsseminare an. Einmal kreuz-
te ein junger Mann auf, der eine Zeitlang in Hollywood gelebt
hatte. Dieser, obgleich er offensichtlich nie selber einen Film
gedreht hatte, belehrte die versammelten Filmemacher, die
meisten waren brav erschienen, wie ihre Produktionen verbessert werden könnten. Eine höchst makabre Veranstaltung an-

gesichts dessen, dass die Hälfte von ihnen Probleme hatte überhaupt einen Auftrag zu ergattern. Auch ein Schnittseminar wurde angeboten. Das zu besuchen schenkte er sich, denn der Referent war ein Studienkollege, mit dem er in seiner eigenen Zeit als freier Filmemacher bei einem anderen Sender öfters zusammengetroffen war, als dieser sich noch an eigenen Filmen versuchte. Damals hatte er von seinem Cutter geschwärmt. Ein Genie sollte der sein. Als Bremer mit jenem Mann schnitt, kam es gleich am ersten Tag zu einem heftigen Krach, weil der junge Mann sich als verhinderter Filmemacher verstand, partout seinen eigenen Film schneiden und Bremers Vorstellungen ignorieren wollte. Nach seiner mechanischen Auffassung vom Schnitt mit tausend Gesetzen was möglich war oder nicht, unterwarf er das Drehmaterial irgendwelchen Regeln und war nicht bereit, sich vom Inhalt der Bilder die Geschichte erzählen zu lassen. Bremers Können war zwar damals noch bescheiden, doch stemmte er sich vehement gegen dieses Ansinnen. Erst später konnte er die drei Phasen beim Entstehen eines Films formulieren. Ein erster entstand bei der Recherche und dem sich daraus entwickelten Exposé. Der Dreh ließ mit seinen Unwägbarkeiten der Orte, des Wetters, des Lichts und der Ereignisse einen zweiten, veränderten Film entstehen. Und schließlich erzählte das Material die endgültige Geschichte. Diese galt es zu entdecken sollte die Arbeit gelingen. Natürlich war handwerkliches Können unerlässlich, doch hatte es sich der Kreativität unterzuordnen. Dem Lauschen in die Stille, wie er es zuweilen pathetisch formulierte. Dieses Talent war dem Cutter nicht gegeben. Der gemeinsame Schnitt wuchs zu einem törichten Hahnenkampf aus, bis

Bremer seinen Willen durchgesetzt hatte. Nach zwei Wochen hob der Cutter den Blick vom Schirm und sagte beifallsheischend: „Ist doch ein guter Film geworden." Bremer verkniff sich die Antwort. Später hörte er, der Kollege habe seine Meinung über diesen Schnittmeister revidiert. Anschließend mutierte er offensichtlich selbst zum Experten in diesem Metier und tourte fortan durch die Sender und belehrte seine Zuhörer wie Filme zu schneiden seien. Vielleicht hatte er dazugelernt und inzwischen etwas begriffen. Bremer glaubte nicht daran und unternahm stattdessen eine dreitägige Dienstreise nach Tschechien, wo er ein Team bei Dreharbeiten für einen Film über die Moldau besuchte. Es war eine der letzten Produktionen, die von der Redaktion im Ausland durchgeführt werden konnte, nachdem der Fernsehdirektor verfügt hatte, zukünftig dürfe aus Kostengründen und Heimatverbundenheit nur noch in Bayern und im angrenzenden deutschsprachigen Raum gearbeitet werden. Seltsamerweise war das Projekt dennoch genehmigt worden, doch hatte ein Experte in der Fernsehdirektion, vielleicht auch der Direktor selber, herausgefunden, die Moldau fließe durch Tschechien. Das lag nicht in Bayern und war folglich nicht erlaubt, weil zu teuer. Die Freigabe verzögerte sich und Bremer, der Rangelei überdrüssig, engagierte kurzentschlossen ein tschechisches Team, das kostengünstiger war als eines vom Haus, und schickte den Autor los. Eigentlich hatte er das Redakteursprivileg zu Dreharbeiten zu fahren bisher nicht in Anspruch genommen. Er war der Meinung seinen Leuten vertrauen zu können und sollen. Zudem wusste er, keiner schätzte diese Art der Beaufsichtigung. Im Gegenteil! Inzwischen aber und weil er die

Tage im Büro kaum noch ertragen konnte, sah er in der Reise eine willkommene Gelegenheit der Öde zu entfliehen, und nach einem kurzen Besuch beim Team ein oder zwei Tage Urlaub zu machen. Er genoss die Zeit im Hotel am Moldaustausee bei herrlichem Wetter und unglaublichem Vogelgesang, wenn frühmorgens die Sonne aufging. Wie er hörte war dieser auch dem Tonmeister aufgefallen, so dass er beim ersten Tageslicht aufgestanden war um das Konzert aufzunehmen. Ein guter Mann!

Zurück in der Redaktion besuchte ihn eine Filmemacherin, die mit ihren beliebten Sendungen von den Einsparungen weniger betroffen war und am Schnittseminar teilgenommen hatte. Ihr Fazit lakonisch und kurz: „Nichts Neues im Westen. Zwei oder drei Aspekte, die ich mal ausprobieren werde. Aber Sie kennen ja mein Erfolgsrezept: in jeden Film ein paar Tiere einbauen, das lieben die Zuseher und bringt Quote. Wie Sie wissen, hat sich das Ökomagazin inzwischen einen eigenen Hund zugelegt, der während der Sendung im Studio herumliegt, mit den Ohren wackelt, seine braunen Augen aufschlägt, ausgiebig gähnt und sich mit der Pfote über die Nase fährt. Den Tieren gehört die Zukunft beim Fernsehen." Damit rauschte sie zur Tür hinaus und Bremer schaute zum Fenster hin. Otto war heute noch nicht aufgetaucht. Höchst ungewöhnlich! Aber vielleicht fand er ausreichend Futter in der freien Natur. Er überlegte, wann er zum letzten Mal auf einen Baum geklettert war. Lange her. Umarmt hatte er auch keinen mehr seit er in Weißrussland gewesen war. So großen Kummer trug er nicht mit sich herum, dass ihm dies notwendig schien.

Ein dreiviertel Jahr verging, bis ein neuer Redaktionsleiter bestimmt wurde. Bremer hatte sich auch beworben, wusste aber, dass er kaum berücksichtigt würde. Man hatte sich für eine Redakteurin eines anderen Senders entschieden, die dort eine höchst erfolgreiche Kochsendung entwickelt hatte. Nach dem Abgang ihres beliebten Moderators veränderte ein jüngerer Nachfolger das gemütliche Kochen mit diversen Berühmtheiten zur Küchenschlacht weiter, was ihr nicht recht behagte, so dass sie sich nach neuen Herausforderungen umsah. Sie schien recht umgänglich zu sein, und weil im Haus schon zwei Starköche kochten, war nicht zu befürchten, sie greife gleichfalls zum Kochlöffel. Allerdings hielt sie sich in den ersten Vorgesprächen zu den Planungen des nächsten Jahres ziemlich bedeckt. Als der Herbst kam und die Gespräche in ein konkretes Stadium münden sollten, lag eines Morgens ein Strategiepapier in seinem Postfach. Es las die Blätter, schaute hin und wieder zu Otto, der heute Vorräte in sein Winterversteck schaffte. „Das kann doch nicht wahr sein?" Er wollte seinen Redaktionskollegen anrufen. Legte wieder auf. Der war in Südtirol wie jedes Jahr und probierte den neuen Wein. Er stand auf, lief ins Vorzimmer und erfuhr von der Sekretärin, die Redaktionsleiterin sei noch nicht im Hause. „So haben Sie es also gelesen?" Erbost schaute er zu der Sekretärin, die sich vom Computer weg und ihm zugedreht hatte. „Wieso kennen Sie den Text? Lesen sie meine Post?" Kaum waren ihm die Worte herausgerutscht, schon bereute er sie. Doch Frau Feicht, seit Urzeiten in der Redaktion, mit der er eigentlich gut auskam, war nicht eingeschnappt, sondern sagte leichthin: „Ich verfüge über bessere Quellen. Das sollten sie inzwischen erkannt haben. Die Tina Böck hat mir schon längst davon erzählt, was da im Busch ist. Die hat ja den Text abgetippt.." „Und Sie konnten mich nicht unterrichten, warnen meine ich?" „Wo denken Sie hin? Die Sache war unter Verschluss. Da wäre sofort der Verdacht auf uns gefallen. Ich weiß wie das Spiel gespielt wird hier im Haus. Und Sie auch. Tut mir leid. Außerdem wären Sie doch gleich in die Luft gegangen, und wir hätten alles ausbaden können." Er betrachtete sie nachdenklich. Sie wich seinem Blick nicht aus. Sie hatte Recht. Er wäre in die Luft gegangen. Stand auch jetzt kurz davor. „Also haben die oben heimlich etwas ausgeheckt, das alle Planungen über den Haufen wirft, und uns als Narren dastehen lässt?" „Da waren viele beteiligt und der Fernsehdirektor hat selbstverständlich sein Placet gegeben." Er verkniff sich die Antwort, ging in sein Büro zurück, setzte sich. Otto war nicht zu sehen, während er das Papier noch einmal las. Sie hatten nichts vergessen. Im Frühjahr sollte die neue Serie auf Sendung gehen. Montags und Donnerstags jeweils eine halbe Stunde lang würden Geschichten aus dem Tierpark in die Wohnzimmer flimmern. Und das zunächst bis zur Sommerpause, dann sollte ausgewertet werden und entschieden, wie etwas verbessert und verändert werden konnte. Im Mittelpunkt würden Tiere stehen. Ihr Alltag im Zoo. Die Arbeit der Tierpfleger. Affenhaus, Greifvogelvolieren und der Elefanten- und Giraffenbau waren als erste Drehorte vorgesehen. Durch laufende Berichterstattung sollten beim Zuseher Nähe und Sympathie erzeugt werden. Davon versprachen sich die Initiatoren hohe Einschaltquoten. Ein Moderator würde die Episoden verbinden. Eine geeignete Person war schon ins Auge gefasst worden. Der Name fehlte. Finanziert werden sollte das Projekt vom Redaktionsetat. Die Fernseh-direktion wollte den ein wenig aufstocken. Sie kalkulierten erheblich geringe Kosten für die Halbstundensendungen, als für einen herkömmlichen Film, doch ihre Anzahl würde steigen und damit auch die Aufwendungen.

Bremer legte die Papiere auf den Schreibtisch. Das bedeutete eine komplette Umstrukturierung der Abteilung und das Aus für die Dokumentarfilmreihen. Er schaute zum Fenster. Überflog die Kalkulation noch einmal. Sechs Filme sollten neben der Zooreihe noch produziert werden. Sechs! Mehr als zwanzig Filme waren früher jährlich entstanden. Absehbar, dass auch diese Sechs bald gestrichen würden. Da hatte er monatelang bei den Autoren Vorschläge eingesammelt und mit ihnen geredet. Alles für die Katz! Hinter verschlossenen Türen war beraten und entschieden worden. Wenn das der neue Führungsstil war, dann vielen Dank. Friss Vogel oder stirb! Vielleicht sollte er dies als Reihentitel vorschlagen. Am meisten ärgerte ihn, dass auch die Feichtin dicht gehalten hatte. Wie das Spiel gespielt wird. Tatsächlich, so wurde es gespielt und nicht so, wie er es sich mit seiner naiven Weltsicht vorstellte! Er beschloss ins Casino zu gehen. Hier würde er heute sowieso nichts mehr zustande bringen. Wozu auch?

Im Casino herrschte die Ruhe vor dem Sturm. Um halb zwölf mit Beginn der Essenausgabe, brach der erst los. Er holte sich Wiener, nahm eine Semmel und eine Flasche Apfelsaft. Lediglich der Kameratisch war dicht besetzt. Dort warteten die Kollegen der aktuellen Berichterstattung auf ihren Einsatz. In den Redaktionen wurden frühmorgens erst einmal die Zeitungen aufgeschlagen um herauszufinden, was am Tag Berichtens wert sein könnte. Zudem galt es die Parteizentrale anzurufen, damit abgesprochen werden konnte, was anlag und selbstverständlich ins Programm gehörte. Er ging zu seinem Platz am Fenstereck und begann seine Würstchen zu essen. Seit der neue Pächter hier regierte, waren Wiener zu seinem Lieblingsgericht avanciert. Wenn Renate nicht kochen würde, wäre er längst verhungert. Sie hatte für den Abend Spareribs und ihren wunderbaren Kartoffelsalat vorbereitet. Leider fand sie nicht mehr so viel Zeit für ihre Zauberkünste nachdem die Kinder aus dem Haus waren und ihre Arbeit immer breiteren Raum einnahm. „Lost in law", hatte sie das einmal genannt.

Huber, der Leiter der Heimatredaktion setzte sich an seinen Tisch. „Na haben Sie unseren neuen Grzimek schon begrüßt?" „Wie? Was? Wer?" Bremer schaute ihn fragend an. „Ja sagen Sie bloß, Sie wissen nicht, dass der Boldt die Moderation eurer Zooreihe übernehmen soll?" Er zeigte zu einem Tisch an der Glasfront des Wintergartens. Dort saß der Genannte ins Gespräch mit Isabella von Winterstein vertieft. Diese war selten im Haus. Wohnte in London oder Stockholm und brachte den Fernsehzuschauern Residenzen und Leben des europäischen Hochadels nahe. Vielleicht stand wieder eine Hochzeit oder die Geburt eines Thronfolgers an. Die beiden steckten die Köpfe zusammen. Es wirkte, als wären sie in Liebe entbrannt, oder Boldt betrachtete das Tiergehege bloß als Zwischenstation auf seinem Weg zu den Jagdabenteuern im fürstlichen Wald. „Mir sagt ja keiner was." Huber nahm einen Schluck von seinem Wein. „Ich dachte immer Sie wüssten, wie im Haus der Hase läuft." „Will ich nicht wissen." „Das ist aber höchst fahrlässig, Herr Kollege!" Er hatte ja gut reden. Als ihm die Mittel für seine Dokumentarfilme zusammengestrichen wurden, weil die Sendeplätze im Vorabendprogramm des Ersten wegfielen und auch der Sonntagabend im Dritten zur Disposition stand, hatte er sich am Schopf gepackt, selbst aus dem Sumpf gezogen und kurzerhand den Programmschwerpunkt aufs Bauertheater verlegt. Damit füllte er nun die drei Stunden Sendezeit und konnte auch weiterhin Filme produzieren, denn die meisten Stücke dauerten nur rund zwei Stunden. Bremer beendete sein Mahl, linste noch einmal zum Tisch der Fernsehstars und trank seinen Apfelsaft. Sein Gegenüber hob sein Weinglas, prostete ihm zu: „Nun lassen Sie mal den Kopf nicht hängen. Nichts ist für die Ewigkeit." „Ich lasse den Kopf nicht hängen. Ich bin wütend", antwortete er barsch, nahm sein Tablett und verließ grußlos den Tisch.

Das Büro leer. Die Feichtin vermutlich auch im Mittag. Die Tür zum Chefzimmer war angelehnt. Er konnte hineingehen und alles kurz und klein schlagen. Ich muss mich zusammen nehmen. Was war eigentlich geschehen? Nichts! Er hatte als einer der Letzten einen unbefristeten Vertrag erhalten. Seitdem gab es nur noch Zeitverträge, die freilich in der Regel verlängert wurden. Er konnte beruhigt bis zur Rente hier sitzen bleiben. Es war still im Raum. Kein Telefon. Keine Besucher. Er setzte sich an den Schreibtisch. Starrte auf den toten Bildschirm, hinter dem sich die ganze Welt verbarg. Lange schon hatte er durchgesetzt, dass die Autoren ihm ihre Texte per Mail schickten. Seine Autoren. In diesem Jahr hatte er auf einen eigenen Film, den er sich vertraglich ausbedungen

hatte, verzichtet, damit er nicht noch einen weiteren Filmemacher in die Wüste schicken musste. Er zog die Schreibtisch-
schublade auf, in der er Notizen für künftige Projekte ver-
wahrte. Zuoberst lag sein Lieblingsstoff: „Im Land der
schönsten aller schöner Feen." Wenn er den jetzt anbot,
würden ihn die regierenden Damen für verrückt erklären.
Sei's drum! Schon immer hatten ihn Wolken fasziniert. Ein
Sommertag mit endlos blauem Himmel mochte schön sein,
wenn man faul am Strand lag, doch erst die Wolken gaben
der Landschaft Charakter. Einmal während einer herbstlichen
Bergwanderung, als er mit Renate entspannt und glücklich
abseits der Stecke im Gras lag und die Wolken betrachtete, die
sie mahnten sich talwärts auf den Weg zu machen, kam ihm
der Einfall zu einem Film nur über Wolken. Nicht über Wolken an sich, sondern über ihre Landschaften, die sie formten,
wieder verbargen und neu entstehen ließen. Er erzählte ihr
davon und sie fragte, wie ihm gelingen sollte, da eine Spannung aufzubauen. Auch wenn er ganz tolle und unterschiedliche Bilder fände, so würde der Betrachter gewiss bald das
Interesse verlieren. „Naja, man könnte mit Musik arbeiten.
Erinnerst du dich an den wunderbaren Film von Werner
Herzog über die Sahara?" „Das ist lange her. Gibt's den
eigentlich noch?" „Der ist aus der Welt gefallen. Die beste-
chenden Produktionen des neuen deutschen Kinos haben
seine Filme verdrängt. Er lebt seit Jahren in Amerika, arbeitet
unermüdlich und dort auch erfolgreich, aber hier wird von
ihm kaum etwas gezeigt. Weder im Kino, geschweige im
Fernsehen. Nein, Musik ist zu wenig. Da braucht es eine
andere Idee." Sie richtete sich auf: „Die wirst du jetzt nicht

finden, und wenn wir nicht bald aufbrechen, leuchtet uns die Gewitterfee heim." „Das ist es!" Er umarmte sie stürmisch: „Ich werde vom Feenreich erzählen, das in den Wolken liegt. Ich wusste, warum ich dich geheiratet habe." „Du mich? Ich dich!" antwortete sie und machte sich lachend frei.

Den gesamten Nachmittag beschäftigte er sich mit den Notizen. Ab und an hörte er und sah auf dem Display der Telefonanlage die Feichtin telefonieren. Die Bürotür war geschlossen. Auch eine Neuerung! Die Chefin wollte, Besucher sollten im Vorzimmer bleiben. Überhaupt verlangte sie, dass die Autoren und andere nur nach Terminfestlegung kamen und nicht einfach hereinplatzten. Eine völlig unsinnige Maßnahme wie er fand. Er umging sie. Sagte der Feichtin, sie solle ihm mitteilen, wenn jemand unangemeldet erscheine, und ging mit dem oder der Betreffenden vors Haus oder ins Casino. Dafür hatte er sich eigens ein rotes Notizbuch angeschafft, falls es etwas zu notieren galt.

In der Hauptabteilung hatte man sich auch etwas einfallen lassen. Dort wurden alle einmal in der Woche am Donnerstag zu einen After-Work-Party eingeladen um das Miteinander zu pflegen und zu fördern. Erscheinen war Pflicht. Er erzählte Renate davon. Sie meinte in vielen Firmen und Bürogemeinschaften sei dies inzwischen gang und gäbe und so neu sei das eigentlich gar nicht, die Arbeiter seien früher nach der Schicht auch ins nächste Wirtshaus gegangen. Noch früher, als der Freitag noch Zahltag war, seien manche so lange dort geblieben, bis vom Geld kaum noch etwas übrig war." „Du meinst auch die Heutigen haben so etwas wie Traditionsbewusstsein?" „Durchaus und manchmal lernen sie aus der Geschich-

te." Er schaute sie erstaunt an: „Tatsächlich? Das ist mir neu."
Sie lachte: „Überleg mal, wenn die Göttergatten dann heim-
kehrten und ihren Rausch ausschliefen, konnten die kreuz-
braven Ehefrauen ihre Taschen nach irgendwelchen verbliebenen Groschen durchforsten und diese zu Krämer und Flei-
scher tragen, damit alte Schulden getilgt und neue anges-
chrieben werden konnten. Diese tief verwurzelten Erfahrungen und Verhaltensmuster machen sich heute Banken und
Geschäfte zu Nutze, wenn sie immer höhere Überziehungs-
kredite einräumen und tolle Ratenzahlungen anbieten. Wie
früher Brot und Milch werden nun Fernseher, Autos und
Häuser auf Kredit gekauft. Das nennt man Fortschritt." „Und
du und deine Kollegen in der Kanzlei, ihr profitiert davon,
wenn die Schulden überhand nehmen." Sie nickte: „Es hat
aber auch Vorteile für die Allgemeingesellschaft." „Ein schönes Wort. Ich ahnte immer, dass an oder in der Gesellschaft
etwas gemein ist." „Du darfst das nicht so eng sehen. Sieh
mal, Schulden verhindern, dass es zu Revolten oder Umstür-
zen kommt. So absurd es klingt: der Tagelöhner früher war
freier als der heutige Konsument. Er hatte nichts zu verlieren,
es sei denn sein Leben, wie es in den vielen Revolutionsliedern
heißt. Heutzutage liegen alle in den Banden ihrer Verpflich-
tungen und ihres vermeintlichen Besitzes und niemand traut
sich zu rebellieren, weil jeder sich einreden ließ, nur er allein
sei seines Glückes Schmied. Also ist es gut und weise, dass bei
dir im Büro die Türen geschlossen sind. So bleibt das Unheil
draußen vor der Tür." Er musste schmunzeln. Er liebte diese
Frau mit ihrem gelassenen Humor und dem schönen Leib,
von dem er nicht lassen konnte.

Otto hockte vor dem Fenster. Er hielt eine Haselnuss in seinen Vorderpfoten. Vielleicht sollte er der Chefin vorschlagen ihn in ihre Zoosendung einzubauen.

Bevor er in sein Arbeitslager hinübergeht, schaltet er noch rasch das Notebook ein. Drüben der I-Mac hat keine Verbindung zum Internet. Jeder nur halbwegs Versierte kann auf alle Daten zugreifen, sobald man online ist. Das musste nicht sein. Beim Durchblättern der Nachrichten liest er einen offenen Brief der prorussischen Separatisten in der Ostukraine an die Bundeskanzlerin und den französischen Staatspräsidenten, in dem sie ein Ende der Finanzblockade durch die Kiewer Regierung fordern. Kiew hat vor einem halben Jahr sämtliche Rentenzahlungen und Sozialleistungen an die Menschen in der Ostukraine eingestellt. Er erinnert sich darüber eine kurze Notiz im Internet gelesen und sich gewundert zu haben, dass diese Ungeheuerlichkeit in den offiziellen Medien, Zeitungen, Fernsehen und Radio, keine Beachtung fand. Eine Million Menschen wurde von den im Westen gepriesenen Machthabern in Geiselhaft genommen und der freien Presse war dies keine Meldung wert. Schon zu Beginn des Konflikts rannten westliche und, wie er feststellen musste, oft weibliche Berichterstatter mit feuchtglänzenden Augen den faschistischen Einheiten hinterher und schwärmten von ihrem heldenhaften Kampf gegen die von Russland unterstützten Rebellen. Nach Protesten gegen die einseitige Darstellung und einer Rüge des Fernsehrates, reagierten die Sender höchst beleidigt und korrigierten ihre Berichte fortan leicht. Doch blieb die Parteinahme.

Bremer vermutet bei der Berichterstattung aus den Krisenregionen der Welt allerdings auch strukturelle Probleme. Offensichtlich glauben manche Heimatredaktionen die Lage besser beurteilen zu können, als ihre Korrespondenten vor Ort, und erwarten Berichte, die ihren Vorstellungen entsprechen. Ein langjähriger Reporter, der Bevormundung wohl überdrüssig, quittierte nicht nur seine Arbeit im Irak, sondern ließ, heimgekehrt, auch das Vaterland im Stich und suchte in der Schweiz Unterschlupf.

Inzwischen wird offiziell von einem neuen Kalten Krieg gefaselt und, so muss Bremer vermuten, bedauert, dass noch kein heißer gelingt. Für ihn fand die europäische Zeitenwende nicht beim Zerfall des Ostblocks statt sondern beim Tabubruch des ersten Jugoslawienkrieges. Krieg wurde in Europa wieder hoffähig. Seitdem ist militärische Gewalt wie ehedem akzeptiertes Mittel der Politik. Beinahe folgerichtig eskaliert auch der Terror extremistischer Gruppen.

Er klappt das Notebook zu. Draußen ist es warm. Es kann ein schöner Tag werden. Drüben am Schreibtisch wartet seine andere Welt, die er sich eingerichtet hat, nachdem er seinen Redakteursposten aufgegeben. Er räumt das Frühstücksgeschirr von der Terrasse in die Spüle. Ein Liedvers geht ihm nicht aus dem Kopf. „Twenty four years I'm living next door to Alice." In der Zeitung hat er gelesen, die englische Band wird im Sommer auf dem Nikola Straßenfest auftreten. Bei einem der Organisatoren haben sie ihre Fahrräder gekauft, kurz nachdem sie hierher gezogen sind. Vor kurzem hat er seinen Laden dicht gemacht. Einige alteingesessene Geschäftsleute haben in den letzten Jahren aufgegeben. Auch Wirtshäuser erhalten neue Pächter oder Besitzer und neues Flair. In die „Blaue Nacht" soll eine neuartige Hamburgerkette einziehen. Die kommt aus München und will in ganz Deutschland Filialen eröffnen. Zwei bis drei sind jedes Jahr geplant. Ein gesundes Wachstumsziel. Ohne Wachstum keine Gewinnsteigerung! Eine höchst fahrlässige Philosophie wie er meint. Nicht mehr das Gleichmaß bestimmt die Welt sondern die Rastlosigkeit.

Bremer tritt vor die Tür. Links vorne am Eingang zum alten Bauernhaus repariert der Bauer seinen Schlepper. Er winkt ihm zu, doch der Mann bemerkt ihn nicht. Über siebzig muss er sein. Mit seiner Frau, die ein wenig jünger scheint, kümmert er sich um den großen Hof. Die beiden Söhne haben schon lange das Haus verlassen. Tauchen zuweilen an den Feiertagen mit Frau und Kindern auf. Das Dasein hier lockt sie nicht.

Geradeaus führt der Weg an einem langen Holzschuppen vorbei, an dessen Ende sich hinter hohen Holunderbüschen die breite Auffahrt zur ehemaligen Scheune öffnet. Auch sie ist inzwischen als Lager vermietet, wie der größte Teil der Wirtschaftsgebäude. Unterhalb von Rampe und Scheune befindet sich ein weitläufiger Schacht, tief ins Erdreich getrieben, in dem früher Rüben und Kartoffeln lagerten, als der Hof noch bewirtschaftet wurde. Heute ist er vollgestellt mit ausgedienten Gerätschaften, Kommoden und Schränken. Überbleibsel, die der Hausherr nicht gänzlich entsorgen will: „Mein Museum und mein Archiv". Die Schubladen sind randvoll mit Papieren und Dokumenten. Alte Rechen, Sensen, Schleifsteine und Sägen hängen an den Wänden. Kaum dass ein

Durchkommen ist. „Über dreihundert Jahre steht der Hof an diesem Ort. Da kommt einiges zusammen", hat er gesagt, als sie im Vorraum zu dieser Schatzkammer beisammensaßen und Bremer den Mietvertrag unterschrieb.

Hinter der Rampe, in einem niederen Seitenbau der Scheune, befindet sich Bremers Arbeitslager. Ein großer Raum, in dem er seine Bücher unterbrachte, als sie noch ein paar Monate lang unten in der Stadt wohnten. Nach dem Kauf des Neubaus am Eingang zum Anwesen, richtete er hier auch einen Arbeitsplatz her. Jedes Mal bleibt er ein paar Augenblicke lang stehen und betrachtet das Panorama und den mächtigen Himmel, in dessen Wolkengebirgen er das Feenreich ahnt. Im Regal gleich hinter der Tür befindet sich seine Märchensammlung. Viele Bände harren noch unberührt der Lektüre und geistern in seinem Kopf herum, bis sich einmal alles verdichtet und er seine Version von Tausend und einer Nacht aufzeichnen kann.

Er setzt sich an den Computer, schaltet ihn ein und beginnt das gestern Geschriebene abzutippen. Erst dann nimmt er den Bleistift in die Hand und sucht die nächsten Worte. Meist gelingt dies mühelos. Heute nicht. Er greift zum Notizbuch und blättert durch die aufgelisteten Einfälle. Keine Tür öffnet sich. „Es wird alles zur Kultur gezählt: die Zubereitung eines Suppenhuhns und eine Aufnahme vom Bellen der Hyäne" Dahinter steht „Kulturfilm (3. Reich)". Das Zitat lässt sich nicht zuordnen, weil die Quelle fehlt. Als nächstes „Jünger, Siebzig verweht: wie reich ein Leben. Wie groß die Welt, an der kein Alter zehrt". Dessen Tagbücher hat er in den letzten Monaten gelesen. Auch „Eumeswil". Die Texte haben seine

Sicht auf Jünger verändert. Sie sind ebenso tief und treffend, wie jene von Peter Handke oder Botho Strauss, auch wenn ihn bei letzterem Manieriertheit und Bildungsbeflissenheit nicht selten stören. Reichen nicht an Gustav Frenssens „Grübeleien" heran, die er jüngst bei einem Trödler fand. Manchmal kommt es ihm so vor, als habe er früher, als er noch im Sender war, intensiver gelesen. Lange her. Diese Zeit ist vorbei.

Ein paar Tage nach ihrer Projektbeschreibung lud die Kulturchefin zu einer Redaktionssitzung ein. An einem trüben Vormittag verkündete sie die Neuausrichtung des Programms und der redaktionellen Arbeit. Im Mittelpunkt solle künftig die Zooreihe stehen. Die Dokumentationen würden zwar nicht eingestellt doch zunächst gekürzt werden, bis neue Ideen und Formate entwickelt worden waren. „Vor zwei Jahren galten unsere Filme als Filetstück des Senders." Bremer konnte sich diese Bemerkung nicht verkneifen. Sie stutzte kurz, fuhr dann mit ihren Ausführungen fort und zeigte auf, wie sie sich die Kompetenzverteilung vorstelle. Bremers Kollege solle im nächsten Jahr die verbliebenen sechs Dokumentationen betreuen, während sie von ihm erwarte, dass er sich mit der Redaktionsleiterin der Zooreihe widmet. „Das ist unser zentrales Projekt und muss zur Erfolgsgeschichte werden."
Sie wandte sich direkt an ihn: „Da können Sie zeigen ob wieder, wie nannten Sie es, ein Filetstück dabei herauskommt."
„Ich habe seinerzeit die Reihe nicht entwickelt. Das war Ihr Vorgänger. Der liebte Dokumentationen und verstand etwas davon, was..." Sie unterbrach ihm schroff: „Wir können nicht

ständig das Gleiche machen, sondern müssen auf die Veränderungen in den Medien reagieren. Dazu bedarf es Kreativität und Kompetenz, und ich hoffe, dass Sie beides einbringen können und wollen." „Ich..". „Außerdem ist es auch eine Kostenfrage. Sie kennen die angespannte Haushaltslage in allen Sendern. Die Diskussionen und zaghaften Bemühungen in den letzten Jahren haben wenig verändert. Ich hatte oft auch das Gefühl, dass man sich nicht bewegen, sondern im gewohnten Trott weitermachen will bis in alle Ewigkeit. Damit ist nun Schluss. Mit der Zooreihe haben wir jetzt ein Format entwickelt, bei dem Kosten und Ergebnis in Einklang zu bringen sind. Ich weiß, dass wir Neuland betreten, denn eine solche Reihe gab es bisher nicht. Deshalb erwarte ich von allen ihr Bestes." Sie blickte auf die Uhr: „Ich habe einen Termin beim Fernsehdirektor, der, wie Sie wissen, uns großzügig unterstützt und selbstverständlich einen Erfolg erwartet." Sie schaute in die Runde: „Ich will ja nicht gleich vom Grimme-Preis reden, den Sie schon einmal erhalten haben. Aber wenn man nicht das Höchste anstrebt, dann ist man hier fehl am Platz." Sie lachte, raffte ihre Unterlagen zusammen und verließ den Raum. Die Redaktionsleiterin ergriff das Wort: „Nun zum Grimme-Preis ist es ein langer Weg. Da liegt noch viel Arbeit vor uns. Aber nichts ist unmöglich." Bremer schaute zum Fenster hin. Die Sonne war aus den Wolken gekrochen. Wenn dies kein gutes Zeichen war! Er hörte wie sie seinen Namen nannte und ihn erwartungsvoll anblickte: „Entschuldigen Sie, ich war in Gedanken." Verärgert fragte sie noch einmal, ob er am nächsten Vormittag um zehn Uhr in ihr Büro kommen könne. „Geht klar. Kein Problem." „Gut, dann war's das für heute." Auch sie stand auf, ging und ließ ihre beiden Redakteure zurück. „Seltsamer Auftritt", meinte sein Kollege: „Wussten Sie eigentlich von der Umstrukturierung?" „Woher denn?" „Wenn das mal gut geht. Naja, mich trifft das ja weniger. Sie haben die Arschkarte gezogen. Was ist? Gehen wir ins Casino? Ich brauch einen Wein."

Am nächsten Morgen klopfte Bremer pünktlich und bemüht gelassen an die Bürotür. Er hatte sich vorgenommen sich am Riemen zu reißen und sie reden zu lassen. Das Ganze war entschieden. Er musste das Beste daraus machen. Am Abend hatte er mit Renate zusammen gesessen. Sie hatte schon lange gespürt, dass etwas im Busch steckte und war froh als er endlich damit heraus rückte.

Die Chefin telefonierte noch mit ihrem Handy und zeigte zu dem kleinen, runden Tisch in der Bücherecke, auf dem einige Mappen lagen. Sie beendete das Gespräch, nahm Block und Kugelschreiber und kam zu ihm. Er erhob sich, wartete bis sie Platz genommen hatte und setzte sich wieder. Offensichtlich irritierte sie diese höfliche Geste. „Bevor wie loslegen: ich bin Barbara. Ich denke wir sollten uns duzen, wie das unter Kollegen üblich ist." Sie streckte ihm die Hand hin. Er hatte mit allem gerechnet, damit nicht und stotterte: „Danke, ich mein, dass ist sehr freundlich. Aber mir wäre es lieber, wenn wir beim Sie bleiben könnten. Ich habe es mir zum Prinzip gemacht niemanden im Haus zu duzen. Das Du verwischt die Konturen und ich brauche eine gewisse Distanz." Als er sah, wie ihre Freundlichkeit erlosch und sie abrupt die Hand zurückzog, fügte er hinzu: „Die schließt Kollegialität und gute Zusammenarbeit ja nicht aus." Sie beherrschte sich: „Na gut, wenn Sie das vorziehen", sagte sie und zeigte auf die Mappen auf dem Tisch" „Hier finden Sie alles, was ich bisher aufgeschrieben und auf den Weg gebracht habe. Machen Sie sich mit den Unterlagen vertraut und sagen Sie mir, was Ihr Beitrag sein kann." Sie erhob sich. Er war entlassen. Auf dem Weg zu ihrem Schreibtisch drehte sie sich noch einmal um: „Der Onlineauftritt der Redaktion ist von Ihnen initiiert worden?" „Wir haben es letzten Sommer entschieden. Auf meine Anregung hin." „Wäre das was für Sie? Allerdings müsste alles sehr viel professioneller werden. Es ist an der Zeit, Fernsehen und Internet miteinander zu verschmelzen." „Das machen die Computerleute im Haus. Dazu habe ich kein Talent." „Kein Talent, na gut, dann schauen wir mal wofür Ihr Talent ausreicht." Sie setzte sich. Er stand auf und verließ den Raum. Die Feichtin schaute verwundert hoch, während er rasch ihr Zimmer durchquerte und seine Bürotür zuzog. Schlechter hätte es nicht laufen können. Er legt die Mappen auf den Tisch und stellte sich ans Fenster. Er hätte der Dame vom Weihnachtsempfang im ersten Jahr an der Hochschule erzählen können. Der Fernsehdirektor hatte als Präsident der Hochschule eine launige Rede gehalten und dabei alle Studierenden geduzt. Beim anschließenden Imbiss, es gab Frankenwein, fränkische Leberwurst und Roggenbrot, blieb er vorne am Dozententisch mit seinen beiden Assistenten. Als Bremer bemerkte, wie sie ihren Chef drängten, die Veranstaltung endlich zu verlassen, war er aufgestanden, zu ihm gegangen und hatte laut gesagt: „Geh her Helmut, setz dich auf ein Glas an unseren Tisch." Der Direktor hatte gelacht, die drei Dozenten wirkten befremdet und die überrumpelten

Assistenten trotteten hinter ihm her und beäugten misstrauisch die Privataudienz, bis schließlich nach mehr als einer halben Stunde der Direktor aufstand und meinte: „So meine
Herren. Jetzt muss ich wieder regieren. Ich wünsche noch
einen schönen Nachmittag!" Die Aktion hatte ihm nicht ge-
schadet und bei folgenden Begegnungen wusste Bremer Distanz zu wahren. Als er sich später um eine Festanstellung be-
warb und angenommen wurde, hörte er, ein wohlwollender
Brief des Fernsehdirektors habe den Ausschlag gegeben. Wozu
das erzählen? Sie hätte nichts verstanden und der Fernsehdirektor war lange schon pensioniert.

Er verspürte geringe Lust sich die Unterlagen anzusehen. Otto
ließ sich seit Tagen nicht blicken. Er konnte kaum schon in
Winterschlaf gefallen sein. Dazu war es zu früh im Jahr.
Bestimmt gab der Brehm Auskunft darüber, ob er überhaupt
schlief. Vermutlich verkroch er sich nur in seiner Höhle und
gab sich der Liebe hin. Er hatte nie ein Weibchen gesehen.
Vielleicht war er selber eins und hieß eigentlich Ottilie. Mit
seinen geringen Kenntnissen der Tierwelt eignete er sich nicht
dafür bei einer Zoosendung mitzuwirken. „Sie müssen nicht
alles wissen", hatte ihm ein Lehrer einmal gesagt: „Sie müssen
nur wissen, wie und wo Sie Wissen erlangen können, wenn
Sie es brauchen." Vermutlich hatte er damit nicht die heutigen Smartphonebesitzer gemeint, die fortwährend gurkelten.
Das Wort musste er sich merken. Er grinste. Warum ärgerte
er sich eigentlich? Es war doch nichts Weltbewegendes
geschehen. Ein kleiner Zwist unter Kollegen. Er würde sie
dennoch niemals duzen. Selbst dann nicht, wenn sie den
Grimme-Preis gewann. Es war schon seltsam, wie sich die

Stimmung im Raum verändern konnte. Er hatte seit Wochen nichts umgeräumt. Kein neues Buch ins Regal gestellt. Noch ein Bild an der Wand ausgetauscht. Und dennoch war das Wohlbehagen aus dem Zimmer gewichen.

Der Meyer hatte er im Frühjahr bei einem Trödler in der Berliner Suarezstrasse gekauft und füllte nun das Fensterregal. Nachdem DVDs die Videocassetten abgelöst hatten, brauchte er nicht mehr soviel Platz in den Regalen. Außerdem hatte er das Redaktionsarchiv ins Vorzimmer verlagert. Dort eingereiht standen die eigenen Produktionen und jene, die er betreut hatte. Ein Meer des Vergessens. Jüngst hatte ihm ein Kameramann erzählt, lange schon seien Kameras auf dem Markt, die alles auf Chip speicherten. Es sei nur eine Frage der Zeit, dann finde das gesamte Fernseharchiv auf einem Stecknadelkopf Platz. Das sei nicht mehr vorstellbar. Schon jetzt konnte er seine Filme samt allen Texten und Dokumenten, die er geschrieben und gesammelt hatte, auf der Festplatte seines Computers speichern.

Der Meyer hat auch im Arbeitslager wieder seinen Platz gefunden. Nebst den anderen paar Tausend zusammengetragenen Büchern. Fast alle von ihnen könnte er im Netz finden, weil weltweit die Bibliotheken ihre Bestände digitalisieren und eifrige Hacker sich der Neuerscheinungen annehmen. Man muss nur herausfinden auf welchen Internetseiten sie zu finden sind. Nicht nur die Holländer haben funktionstüchtige Scanner, auch die Russen besitzen solche. Ähnlich ist es bei den Computerprogrammen. Die Konzerne können nicht ernsthaft annehmen, dass sie diese von minderbezahlten Programmierern in Niedriglohnländern schreiben lassen können, ohne dass da Nebengeschäfte gemacht werden. Für die Herren Gates und Zuckerberg bleibt noch ausreichend übrig. Sie müssen nicht darben.

Folgerichtig und unaufhaltsam lief alles schief. Als er am nächsten Morgen zum Büro kam, wusste er, was ihm die ganze Zeit während der Autofahrt durch den Kopf gegangen und nicht zu fassen gewesen war: er hatte die Mappen zuhause liegen lassen. Er wollte postwendend umkehren. Doch in diesem Augenblick trat die Feichtin in den Flur: „Gut, dass Sie endlich da sind, Herr Bremer! Die Chefin hat schon nach ihnen gefragt." „Ist sie bereits im Büro?" stotterte er verwirrt. „Seit einer Stunde. Ich weiß nicht was heut für ein Tag ist. Bei mir ist auch noch der Drucker ausgefallen. Ich muss jetzt bei der Kathrin drucken. Auf jeden Fall sollen Sie sich gleich bei ihr melden." Sie eilte fort und er betrat vorsichtig das Vorzimmer. Ausgerechnet heute musste sie mal pünktlich sein! Als hätte sie etwas geahnt. Nun, sie würde ihm kaum den Kopf abreißen. Er klopfte und öffnete die Tür. Sie saß am Computer. „Na endlich, ich warte schon auf Sie. Ich suche die Mappen. Frau Feicht hat sie nicht gefunden. In welcher Ecke haben sie die denn abgelegt?" „Es ist gerade neun und...". „Jaja, ich weiß, aber ich bin um halb zehn bei der Produktion und ein paar Angaben finde ich nicht im Computer." „Die liegen bei mir daheim. Ich konnte mich gestern nicht konzentrieren und habe sie mitgenommen und vergessen einzupacken." Sie stand auf: „Sie haben was? Ja sind Sie denn von allen guten Geistern verlassen? Sie nehmen vertrauliche Unterlagen mit nach Hause?" Sie ging auf ihn zu: „Also das ist... das wird Konsequenzen haben!" „Ich ...". „Ich, ich! Ich will nichts mehr hören! Sie beschaffen mit jetzt die Papiere und zwar auf der Stelle und dann lassen Sie sich hier nicht mehr blicken!" Sie starrte ihn derart wütend an, dass er wie ein begossener Pudel fluchtartig den Raum verließ. Auch die ersten Meter im Flur rannte er noch, bis er sich der offenen Türen gewahr wurde und abbremste. Im Auto atmete er tief durch. Er musste sich beruhigen, wenn er nicht alle und jeden über den Haufen fahren wollte. Als er nach einer Stunde zurückkam und die Mappen ins Zimmer legen wollte, hielt ihn die Sekretärin auf: „Geben Sie mir die Sachen. Ich soll sie nach vorne bringen. Und Sie haben einen Termin bei der Abteilungsleiterin. Gleich!" „Ist mir klar." „Sie lassen aber auch gar nichts aus." „Scheint so." Oben musste er erst einmal warten. Schließlich wurde er hineingebeten. Die Chefin erhob sich, ging zum Konferenztisch und schenkte sich Kaffee ein. Schaute ihn freundlich und fragend an. „Ja, den kann ich jetzt brauchen", sagte er und setzte sich. Sie nahm Zucker und Milch, musterte ihn, während sie vorsichtig kostete. Stellte die Tasse langsam ab. „Was mach ich nur mit Ihnen?" „Die Todesstrafe ist abgeschafft in Deutschland." Sie lachte, wurde ernst: „Mein Problem ist, dass Frau Weidner Konsequenzen verlangt." „Die Unterlagen sind im Haus. Unversehrt. Und durchgearbeitet habe ich sie auch." „Das wird Ihnen nichts nützen, denn Sie sind raus aus dem Projekt." „Aber..." „Kein Aber. Nur weiß ich nicht, wie es jetzt weiter gehen soll. Ich kann Sie in keine andere Redaktion stecken, und eine zusätzliche Planstelle bekomme ich nicht." „Ich will keine neue Aufgabe. Ich will Dokumentarfilme machen und betreuen."

„Jetzt werden wir erst einmal die Zoogeschichte stemmen. Ich habe fest mit Ihnen gerechnet. Ihre bisherige Tätigkeit zeigt doch, dass Sie etwas können." „Irgendwie kann ich mich mit den Veränderungen nicht anfreunden." „Das habe ich gemerkt. Aber soviel Professionalität muss ich von Ihnen erwarten, dass Sie neuen Ideen gegenüber aufgeschlossen sind." Sie bemerkte seinen Widerstand und sagte schroff: „Die Sache ist nicht zu diskutieren", und verbindlicher: „Außerdem habe ich genug Nerven und Kraft in die Verhandlungen gesteckt. Das reicht jetzt." Sie nahm ihre Tasse, auch er trank von seinem Kaffee. „Vielleicht kann Weber meinen Part übernehmen." Sie nickte. „Daran habe ich auch schon gedacht. Aber nur deshalb, weil ich keine andere Lösung sehe." Sie stand auf und ging zu ihrem Schreibtisch: „Wissen Sie, mein Vater ist auch kein bequemer Mensch und hat manchen Strauß ausgefochten. Er hat mich gelehrt, dass die Unbequemen die Besseren sind. Aber alles hat seine Grenzen. Ich werde die Wogen glätten, aber Sie müssen auch ihren Teil dazu beitragen. Finden Sie eine Basis auf der Sie mit Frau Weidner zusammenarbeiten können. Sie ist zielstrebig und weiß was sie will. Deshalb hat sie die Stelle erhalten. Und glauben Sie mir, sie ist nicht ganz so, wie sie sich zuweilen gibt. Frauen müssen nicht hundert Prozent geben, sondern hundertfünfzig. Ich denke, wir haben uns verstanden. Und schicken Sie mir Weber rauf. Nein, warten Sie! Ich rufe ihn selber an, sonst vermasseln Sie das auch noch." Sie lachte: „Sie sehen, Sie haben mein Wohlwollen. Verspielen Sie es nicht. Und jetzt raus und an die Arbeit."

Er war noch einmal davon gekommen. Auch Otto war wieder da und zeigte sich am Fenster. Erschreckte nicht einmal, als er den Meyer aus dem Regal holte um nachzulesen, was er von Otto's Spezies zu halten hatte. Im Brehm zuhause nachzuschauen hatte er vergessen. Tatsächlich fand er einen langen Eintrag über den kleinen Nager. Anders als im neuen Brockhaus und anderen modernen Nachschlagewerken, bei denen die Texte gefällig gesetzt waren, damit sie rasch überflogen werden konnten, verlangte der Meyer Aufmerksamkeit und Aufnahmebereitschaft. Die Aussagen blieben haften. Überhaupt schienen ihm die über hundert Jahre alten Bände viel reicher zu sein als heutige, denn sie hatten den Anspruch eine Gesamtschau des Weltwissens zu geben, und nicht bloß einen zusammengestutzten Ausschnitt, der den jetzigen Enzyklopädisten, wenn man sie überhaupt noch so nennen durfte, zeitgemäß und ausreichend schien. Ihre Praxis unterschied sich mittlerweile kaum vom Frevel hochmütiger Herausgeber, die sich anmaßten zu entscheiden, was und wie viel, bei Memoiren oder Tagebuchausgaben fremdsprachiger Autoren, für inländische Leser von Interesse sei. Von den Bearbeitungen anderer Bücher bis hin zu Klassikern, deren Lektüre Heutigen angeblich nicht mehr zumutbar war, ganz zu schweigen. Für ihn ein Schlüsselerlebnis blieb der Don Quichote von Cervantes, Er hatte ihn als Jugendlicher erstmals gelesen und kaum mehr als dessen Kampf mit den Windmühlen war ihn in Erinnerung geblieben. Als ihm vor ein paar Jahren eine zweibändige Ausgabe in die Hände fiel und er die kostbaren Bände durchstudierte, stellte er fest, die philosophischen Gedankengänge des Spaniers waren der eigentliche Schatz des Buches. Ihm völlig unbekannt.

Aus dem Meyer erfuhr er, Otto und seinesgleichen ernährten sich nicht bloß von Knospen, jungen Trieben, Obst, Nüssen und anderem, sondern jagten auch kleine Säugetiere und Vögel und plünderten deren Nester. Er schaute tadelnd zu ihm hin. Otto war sich wohl bewusst, dass er grade Erkundungen über ihn einzog, und starrte ihn bewegungslos an. Einen richtigen Winterschlaf hielten Eichhörnchen nicht. Allerdings verbrachten sie die kalten Tage im Nest und verließen dies nur, wenn der Hunger sie dazu zwang um ihre im Herbst angelegten Nahrungsverstecke aufzusuchen. Auch las er, dass die Schwanzhaare zu Malerpinseln gebunden und verschiedene Teile des Eichhörnchens vom Landvolk als Heilmittel fürs Vieh genutzt wurden. Und: „Ihr weißes, wohlschmekkendes, zartes Fleisch wird von Sachkennern überall gern gegessen. Jung aufgezogen werden die Eichhörnchen leicht zahm, beißen aber im Alter ganz empfindlich, wenn sie geneckt werden." „Soso", murmelte er und hob den Blick. Otto erschrak, sprang blitzschnell auf seinen Baum und verschwand in dessen Krone. Ganz offensichtlich behagte es ihm nicht, von Sachkennern verzehrt zu werden. Bremer überlegte, was im Brockhaus stand. Diesen musste er aus dem Vorzimmer holen. Er zögerte. Das ist doch lächerlich! Jetzt trau ich mich noch nicht einmal mehr mein Büro zu verlassen! Entschlossen erhob er sich und öffnete die Tür. Die Sekretärin schaute erwartungsvoll. „Ich will nur etwas nachprüfen", sagte er und kniete vor dem Bücherregal, denn der Brockhaus war jüngst in die untere Reihe geräumt worden, weil keiner ihn mehr nutzte. Sie schaute zu ihm herab und meinte: „Sie sollten vielleicht die Bände in Ihr Zimmer schaffen. Die Chefin will den Kram loswerden, weil sie den Platz anderswie braucht." Er zog den gesuchten Band aus dem Regal und sagte: „Mir reicht mein Meyer. Außerdem habe ich auch keinen Platz. Wo ist sie eigentlich? Immer noch in der Sitzung?" Sie zeigte auf die geschlossene Tür: „Weber ist bei ihr." „Dann ist ja alles gut." Er kehrte in sein Büro zurück. Wie erwartet fand er in dem sehr viel kürzerem Eintrag des Brockhaus keinen Hinweis auf das wohlschmeckende Eichhörnchenfleisch. Daraus war zwar nicht zu schließen, dass es keine Sachkenner mehr gab. Sondern war eher zu vermuten, dass sie heutzutage ihr Geschäft im Verborgenen betrieben, ähnlich jenen, die in einem kleinen Lokal in Brüssel, wenn er die Zeitungsnotiz richtig in Erinnerung behalten hatte, sich an Rattenfleisch delektierten. Das anmutige Hochglanzfoto von einem Eichhörnchen im Zentrum des Textes legte freilich nahe derart putzige Wesen nicht zu verzehren. Im Meyer war lediglich eine Zeichnung der Pfote des Nagers zu sehen. Eine andere Wahrnehmung der Welt. Aufschlussreich fand er auch die Angaben zum Verbreitungsgebiet. So hieß es im Brockhaus: „Das eurasische Eichkätzchen ist über das bewaldete Eurasien von Großbritannien im Westen bis Sachalin und Hokkaido im Osten, im Süden bis in die Mittelmeerländer verbreitet." Im Meyer hingegen war der Lebensraum noch anders gefasst: das ganze Europa, im südlichen Sibirien bis zum Altai und nach Hinterasien in Laub- und Nadelwäldern. Auch waren verwandte Rassen in anderen Weltgegenden aufgeführt. Kleine Unterschiede, die dazu geführt hatten, dass er den Meyer bevorzugte. Bei ihm lag der Schwerpunkt auf dem Text, beim Brockhaus auf den Bildern. Ein Grund mochte sein, dass damals die Fotografie noch nicht so entwickelt war. Allerdings hatte sich durch sie der Fantasieraum verändert und reduziert. Das Universum der Worte und der imaginierten Bilder war reicher als jenes, das die Hochglanzfotos des Brockhaus einfingen. Sie waren ohne Aura, ohne Geheimnis. So sollten sie sein und keine Kunst. „Das ist Kunst, da das Geheimnis der Natur, der Schöpfung herausguckt, doch so, das es weiterhin und in Ewigkeit ein Geheimnis bleibt." Gustav Frenssen hatte diesen Satz geschrieben.

Bremer schaltete den Computer ein und überflog die eingegangenen E-Mails. Nichts von Belang. Die Uhr auf dem Schirm zeigte dreiviertel eins. Zeit, dass er Mittag machte. Er spürte keinen Hunger. Vielleicht sollte er sich zwei Semmeln und ein Wasser kaufen und ein paar Meter durch den Park laufen. Außerdem konnte er so den Kollegen ausweichen, denn wenn etwas funktionierte im Haus, so war es der Buschfunk. Inzwischen würden alle von den neuen Programmplänen gehört haben, allein schon deswegen, weil die freien Autoren anderswo Aufträge suchten. Seinerzeit als sich ihm die Möglichkeit auf eine Festanstellung bot, zögerte er nicht lange. Die Kinder waren gerade geboren. Renate hatte ihre Ausbildung noch nicht beendet und die Aussicht auf ein regelmäßiges Einkommen versprach ein Ende der Jagd nach dem Geld, das bisher immer unregelmäßig und in Schüben eingetroffen war und rasch verschwand, weil es angehäufte Schulden zu tilgen galt. Als Nachteil empfand er, nicht mehr frei über seine Zeit verfügen zu können und die Wochentage

im Büro verbringen zu müssen. Für Renate war es nun schwerer geworden, was er wahrnahm, aber verdrängte. Sie unterbrach ihr Jurastudium. Es ganz aufgeben, wie viele Frauen in ihrer Lage, kam für sie beide nicht in Frage. Irgendwie schafften sie es durch die Jahre und den Schatz zweier Kinder zu mehren. Freilich, die Leerstunden ärgerten ihn. Vergeudete Zeit! Denn sobald die Projektbesprechungen abgeschlossen waren und er warten musste, bis im Herbst die Ernte eingefahren werden konnte, und Schnitt und Arbeit am Text die Tage füllten, gab es wenig zu tun. Er saß die Stunden ab, trank Kaffee, versuchte sich mit eigenen Projekten zu beschäftigen. Ohne rechten Schwung. Der Druck fehlte.
Er schreckte auf, hatte das Klopfen überhört, die Sekretärin kam ins Zimmer: „Sie möchten kurz zur Chefin kommen." „Jetzt? Ich wollte gerade in den Mittag gehen." „Das werden Sie verschieben müssen. Sofort hat sie gesagt." Er erhob sich: „Na gut. Wenn's denn sein muss." „Scheint so. Ich lass euch allein. Ich habe nämlich auch noch nichts gegessen." Sie ließ die Tür offen und verschwand. Er klopfte und trat ein. Wie üblich hing sie am Telefon, wies auf den Stuhl, lauschte kurz in den Hörer und legte auf. „Ich danke, dass Sie Zeit haben." Witzvoll konnte sie also auch sein: „Ich will es kurz machen. Weber wird Ihre Rolle übernehmen. Sie werden die Dokumentationen betreuen. Das bedeutet, dass Sie und Weber die Büros tauschen. Ich brauche ihn in meiner Nähe. Frau Feicht wird sich mit der Hausverwaltung in Verbindung setzen und alles in die Wege leiten. Ich möchte das rasch erledigt wissen, damit ich endlich vernünftig arbeiten kann. Ich hoffe, Sie legen mir keine weiteren Steine in den Weg." „Das mit den

Unterlagen war ein Fehler. Ich..." „Das Thema ist für mich gegessen. Es ist Ihre Art, die mir nicht gefällt. Ich hätte von Ihnen mehr Professionalität erwartet. Dazu gehört auch, dass man Fakten akzeptiert, die man nicht ändern kann. Gut, das war's für jetzt. Den Rest können wir später besprechen." Sie griff wieder zum Telefon, tippte eine Nummer ein. Er kehrte in sein Büro zurück, nahm den Brockhausband und stellte ihn ins Vorzimmerregal.

Draußen im Flur herrschte Mittagsstille. Links, fünf Türen weiter, lag Webers Zimmer. Sein neues Zuhause. Eigentlich keine schlechte Lösung. Dann lief sie ihm zukünftig nicht fortwährend über den Weg und er hatte seine Ruhe. Auf dem schmalen Fußweg über den Rasen an den hohen Kastanienbäumen vorbei blieb er jäh stehen: „Verdammt! Was mache ich mit Otto?" Wie sollte er ihm beibringen, dass er nicht mehr hinter dem gewohnten Fenster saß? Er wollte zurück, sich weigern den Raum aufzugeben. Sie würde ihn in die Klapsmühle schicken, wenn er ihr mit Otto kam. Was tun, sprach Zeus. Auch Lenin hatte diese Frage umgetrieben, jetzt ihn, denn Otto verlieren kam nicht in Frage. Er hetzte zum Casino, kaufte sich zwei Semmeln und eine Apfelschorle, verließ das eingezäunte Gelände, ging in den angrenzenden Park und suchte die versteckte Bank auf, wo er schon Lösungen für andere Probleme gefunden hatte. Während er aß, stellte er fest, dass er doch mehr Hunger hatte. Er würde auf dem Rückweg noch einmal beim Casino vorbeigehen müssen. Otto kam zu seinem Bürofenster, weil er dort Futter fand. Wenn dies ausblieb, würde er sich einen neun Platz suchen. Das schien klar. Zwar lag das neue Büro nur einige Fenster

wie-ter, allein, wie sollte er ihn dorthin locken? Eine Futter-spur legen? Schwachsinn! Er musste sich etwas anderes ausdenken. Einfangen und tragen ging ja wohl auch nicht. Dann würde er sich überhaupt nicht mehr blicken lassen. Außerdem bissen Eichhörnchen. Das Alter dazu hatte er. Rufen konnte er ihn gleichfalls nicht. Die leisen Fieptöne, die er zuweilen von sich gab, konnte er nicht nachahmen. Es blieb ihm demnach nichts anderes übrig, als auf die neue Fenster-bank Nüsse legen und zu hoffen, dass er zufällig darüber stol-perte. Sozusagen. Da konnte er lange warten! Bald brach der Winter an und Otto würde sich in sein Nest verkriechen. In irgendeinem der nahen Bäume. Das war's dann! Das war's tat-sächlich! Hatte im Meyer nicht gestanden, Eichhörnchen be-setzten auch Vogelnester? Dann schlüpfte er gewiss auch in ein Vogelhäuschen? Er brauchte also bloß ein Vogelhäuschen aufstellen, Nüsse besorgen und sobald Otto die neue Futter-stelle akzeptiert hatte, konnte er das Haus, am besten mit ihm drinnen, zum neuen Fenster tragen. Groß und grellbunt musste das Ding sein. War zumindest einen Versuch wert. Allerdings sollte er rasch handeln. Normalerweise reagierte die Hausverwaltung innerhalb von zwei Wochen. Er trank die Flasche leer. Gleich heute nach Feierabend würde er in den Baumarkt fahren und ein passendes Vogelhaus anschaffen.
Zurück im Büro fragte er die Sekretärin, ob sie schon einen Termin erhalten habe. „Sie können sich Zeit lassen", meinte sie: „Die sind die nächsten Wochen mit dem Umzug der Unterhaltung voll ausgelastet. Frühestens in einem Monat. Solange bleiben Sie mir noch erhalten." „Das ist gut. Das ist sehr gut." „Ich ahnte gar nicht, dass Sie mich so herzlich lie-

ben." Er schaute sie verwirrt an. Sie grinste: „Ich find's auch schade, dass Sie tauschen müssen." Er zuckte mit den Schultern: „Seit der Politik der geschlossenen Türen ist es egal, wo ich sitze." „Sie will es so." „Außerdem ist es mir recht, wenn ich weiter weg vom Schuss bin." „Wissen Sie, das hab ich in den langen Jahren hier gelernt. Nichts ist von Dauer. Wenn man am wenigsten damit rechnet, ändert sich wieder alles. Übrigens Hinz hat angerufen. Sie möchten mal im Schneideraum vorbeikommen." „Mach ich gleich." Er ging in sein Zimmer zurück. Es war an der Zeit sich wieder seinen eigentlichen Aufgaben zu widmen, für die er bezahlt wurde.

Zuweilen fallen ihm Texte zu. Es gibt kein Gesetz, an das man sich klammern kann. Auch Bücher entstehen nur selten nach vorher festgelegtem Plan. Innehalten, lauschen, sich neuer Orientierung aussetzen, sie überwinden und frische Wege ins Ungewisse aufspüren. Ohne Angst. Zwei Stunden hat er heute geschrieben und seine Umgebung vergessen. Zwei kurze Sätze notiert er noch auf dem Block, damit er morgen weiterkommt. Die gestrigen hat er nicht ausgestrichen, weil er sie nicht verwandt hat. Er dehnt sich. Verschränkt die Arme hinter dem Kopf. Dann nimmt er den Bleistift noch einmal in die Hand und kritzelt das Wort Krieg auf das Papier. Obwohl er versucht der Geschichte eine heitere Note zu geben, dürfen die Quertöne des neuen Kalten Krieges nicht fehlen. Nach ein paar Jahren Abwesenheit kriecht er wieder in den Alltag hinein. Unbekümmert, betörende Sehnsucht nach Untergang in allen Medien. Am Sonntag während ihres langen Spaziergangs auf der Panzerwiese, dem ehemaligen Truppenübungsplatz,

der nun Landschaftsschutzgebiet ist, meinte er einen übrigge-
bliebenen, alten Panzer auf einem Hügelvorsprung zu sehen
und malte sich aus zu Renate zu sagen: „Ob sie den nun
gleichfalls reaktivieren, wie die anderen, die von den Schrott-
händlern zurückgekauft und neu hergerichtet werden sollen,
weil es bald wieder gegen die Russen gehen wird?" Sie hätte
ihn verwirrt und ein wenig verärgert angesehen, hatten sie
doch den Ausflug unternommen um den Fortgang des Früh-
lings zu betrachten, der freilich nicht recht vorankommt, weil
der Wind auf der weitläufigen Hochfläche mit ihrem armen
Baumbestand ihn bremst und es noch ein paar Sonnentage
brauchen wird, bis alles zu blühen anfängt, und fragen: „Wovon redest du?" „Siehst du nicht den verrosteten Panzer dort
drüben? Wir werden sie alle zusammenklauben müssen. Stell
dir vor, wie mein Lieblingspräsident eine bedeutungsschwere
Rede halten wird, bevor er die Truppen ins Feld schickt.
Gewiss wird er Persönliches einflechten, ein paar Worte über
seinen Vater, dem beim letzten Ostfeldzug so Schreckliches
widerfuhr, dass es dem Sohn im Gedächtnis haften blieb. Eine
Wunde, die immer noch nicht heilen will." So laut würde er
sprechen, dass Renate sich umschauend ihre Hand auf seinen
Arm legen würde, befürchtend der Wind könne seine Worte
zu anderen Wanderern tragen. Er sah nur ein Mountainbike
auf sie zukommen. Falls dessen Fahrer, oder hießen die Rider
in Fachkreisen, er wusste es nicht, Einspruch erhöbe, würde er
ihn unterbrechen und fragen, ob er schon Kriegsoptionen in
seinem Portfolio habe. Falls nicht, sei dies ein zwar lässlicher
aber immerhin ein Fehler. Er selbst habe sich damit schon vor

Monaten eingedeckt, und die Rendite könne sich sehen lassen.

Der Dialog fand nicht statt. Stattdessen erzählte er ihr, sein alter Gewerkschaftskollege vom Fernsehen habe wieder einmal angerufen und von den gewaltigen Veränderungen im Haus erzählt. Radio, Fernsehen sollten miteinander verknüpft werden, was völlig neue Arbeitsabläufe entstehen ließe. Er sei froh, dass er nur noch drei Jahre absitzen müsse und mit dreiundsechzig in Pension gehen könne.

Seit jenem Jahr der großen Umwandlung, wie Bremer inzwischen die Zeit nennt, die das Ende seiner Fernsehkarriere markiert, interessiert er sich kaum noch für das Geschehen im Haus. Aus Selbstschutz gewiss, denn er weiß, dass man nicht fortwährend hadern darf, wenn eine Entscheidung getroffen worden ist. Persönliches Geschick ist vom allgemeinem zu trennen. Trotz der unerträglichen Nähe zur Politik hält er die Öffentlich Rechtlichen Sender für notwendig, ja unverzichtbar für den Fortbestand der Demokratie und der Wertschätzung der Kultur. Ihr Programm ist allemal besser als die menschenunwürdige Dämlichkeit im Tagesprogramm der Privaten. Die abartigen Produktionen eines Herrn de Mol oder anderer bei Tag und bei Nacht. So hat er auch nie in Erwägung gezogen dort unterzukommen, wie manch andere Kollegen, als er das Haus verließ. Er fragte Weber, ob er nach wie vor sich bei der Gewerkschaft engagiere. „Ich? Wieso" Natürlich! Gerade bei solchen Veränderungen sind starke Gewerkschaften in der Pflicht. Besonders die Freien trifft das Ganze hart. Mehr und andere Arbeit und geringere Honorare. Da marschieren wir Hand in Hand mit dem Journalisten-

verband." „Und was gedenkt ihr wegen des erschossenen ukrainischen Journalisten zu unternehmen?" „Welcher Journalist?" „Ein, wie es heißt, „prorussischer Journalist" wurde vor
seiner Wohnung erschossen, und nach Spiegel online soll es
nicht der erste gewesen sein. Die Nationalisten dort machen
regelrecht Jagd auf Leute, die ihnen nicht nach dem Munde
reden." „Ach der! Es ist doch noch nicht einmal sicher, wer
das gewesen ist. Ich habe gehört, dass genau so gut Moskau
dahinter stecken kann, damit die Stimmung wieder umkippt
und die Lage eskaliert" „Du meinst Putin?" „Dem ist alles zu-
zutrauen." „Dann hat Putin vermutlich auch das Militär-
manöver angesetzt, bei dem im Raum Lemberg dreihundert
amerikanische Soldaten den Ernstfall üben? Ich verstehe, ihr
wollt da nichts unternehmen, weil der Mann für die falsche
Seite geschrieben hat." Nach ein kurzen Pause sagte Weber:
„Du kannst es nicht lassen und siehst stets und immer noch
Gründe an unserer Arbeit herumzumäkeln. Aber erinnere
dich, als du seinerzeit Hilfe brauchtest, haben wir uns für dich
eingesetzt, obgleich du noch nicht einmal Mitglied warst."
Damit legte er auf und Bremer ärgerte sich. Geholfen haben
sie ihm tatsächlich, besonders Weber, der am nächsten Vormittag nach der Besprechung wegen der neuen Verteilung der
Aufgaben aufgeräumt in sein Büro gekommen war. Hatte er
doch geglaubt, er habe es auch mit ihm verdorben, denn er
fing gleich an: „Da haben Sie mir ja was Schönes einge-
brockt?" Er bemerkte das knallbunte Vogelhaus auf dem Boden unterhalb der Fensterbank und fragte grinsend: „Machen
Sie jetzt hier Ihren Privatzoo auf?" Bremer winkte ab: „Ach
das. Das ist ein Geschenk." Weber glaubte ihm nicht, dachte

nach, setzte sich dann auf den Stuhl vor dem Schreibtisch und fuhr fort: „Zuerst war ich stinksauer, als mir von ganz oben eröffnet wurde, ich solle in die Zoogeschichte einsteigen, weil Sie sich in die Büsche geschlagen haben. Aber dann hat sie mir es schmackhaft gemacht, und in Aussicht gestellt, dass sie sich für mein Romprojekt stark machen will. Sie erinnern sich: Rom extra muros." Bremer wusste davon. Weber war nicht nur ein Liebhaber Südtirols und seines Weins, er war auch Romkenner geworden, nachdem er einmal mit einer Gewerkschaftsdelegation vom Papst in Privataudienz empfangen worden und anschließend noch eine Woche in der Heiligen Stadt geblieben war. Heimgekehrt hatte er allen von dieser wunderbaren Metropole vorgeschwärmt, so auch Bremer, der zum Regal gegangen war und die drei Rombände des legendären Radiokollegen Reinhard Raffalt herausgezogen und ihm diese zur weiteren Vertiefung seiner Kenntnisse in die Hand gedrückt hatte. Hocherfreut war er abgezogen und präsentierte ihm ein viertel Jahr später den Plan zu einem Romfilm, der die Stadt außerhalb der alten Stadtmauern zeigen sollte, weil er festgestellt hatte, es gäbe hunderte von Romfilmen, aber noch keinen aus diesem Blickwinkel. Bislang war das Projekt abgelehnt worden und, nachdem der Fernsehdirektor verfügt hatte sich auf die bayerischen Kernlande zu beschränken, in weite Ferne gerückt. Jetzt sollte es also verwirklicht werden. In zwei Teilen sogar, wie er verblüfft vernahm. „Das bedeutet, für das nächste Jahr sind schon zwei Filme fest und wir können nur noch vier an unsere Freien Mitarbeiter vergeben?" fragte er den freudestrahlenden Kollegen, der seinen Blick nicht von dem Vogelhaus abwenden

wollte. „Kein vernünftiger Vogel zieht in solch ein grauenhaft buntes Gebilde. Außerdem stellt man die im Frühjahr auf. Im Herbst zischen sie ab in den Süden." „Das Haus ist für Otto." Er musterte ihn nachdenklich: „Otto?" Und weil er nicht antwortete: „Muss ein seltenes Exemplar sein dieser Otto. Ja, nein, wir verteilen das Projekt auf zwei Jahre. Im kommenden ist nur einer geplant. Ich habe ja keine Zeit wegen der Zoosache. Da kann ich übrigens mindestens zwei Leute für Nebenberichte einsetzen." „Die werden begeistert sein." „So schlecht finde ich die Idee gar nicht. Die Barbara hat ein feines Händchen für Innovationen, und ewig wäre es mit unseren Dokumentationen sowieso nicht weiter gegangen. Die sind einfach nicht mehr zeitgemäß. Außerdem findest du in Bayern keinen Fleck mehr, wo nicht ein Stativloch auszumachen ist von Kollegen, die hier mal gedreht haben" Bremer erwiderte nichts. Also hatte Weber das Du akzeptiert. Brüder zur Sonne zur Freiheit, wie es in der Gewerkschaftshymne hieß. Oder sangen so mit stolzgeschwellter Brust nur noch die uralten Genossen der ehemaligen Arbeiterpartei? Webers Blick ging vom Vogelhaus weg und glitt prüfend durch den Raum den er bald beziehen würde. Bremer erinnerte sich an den Tag, als er nach der Festanstellung zum ersten Mal richtig Teil des Hauses geworden war und im eigenen Büro Platz nahm. Ein erhebender Augenblick!
Es klopfte und die Feichtin kam ins Zimmer und fragte ihn: „Entschuldigung, wenn ich die Unterredung störe. Die Programmredaktion fragt an, ob sie am Nachmittag den Narewfilm einsetzen kann. Da ist eine Sendung ausgefallen und die Chefin ist heute außer Haus. Ich denke, das geht klar, aber Sie

müssen ihr Placet geben." Bremer schaute zu Weber. Der nickte, stimmte zu. Im Wegdrehen verharrte ihr Blick kurz auf dem Vogelhaus. Sie schüttelte ihren Kopf und verließ den Raum: „Dann rufe ich gleich an." Auch Weber erhob sich: „Das ist ein prima Film, den Sie da gemacht haben. Ich verstehe nicht ganz, warum Sie mit der Chefin über Kreuz sind. Das wird sich geben. Sie ist gar nicht so engstirnig. Kommt halt mit einem anderen Hintergrund. Ich war überrascht, dass sie mein Romprojekt so gut aufgenommen hat." Er ging. Bremer blieb ein paar Minuten sitzen. Er freute sich über das Lob des Kollegen und dass sein Film überraschend wiederholt wurde. Dann stand er auf, nahm das Vogelhaus in die Hand und überlegte, wo er es am besten aufstellen konnte. Er musste es in die Fensterecke rücken und irgendwie befestigen. Daran hatte er überhaupt nicht gedacht. Otto war noch nicht aufgetaucht. Halb elf zeigte die Uhr auf dem Bildschirm. Eigentlich seine Zeit. Oder schlief er heute bis in die Puppen? Er schob das Haus in die Fensterecke und drehte es so, dass die breite Öffnung an der Vorderseite rechtwinklig zu ihm schaute. Es passte gerade. Wenn es keinen Sturm gab, würde es halten. Allerdings, wenn sich Otto darin tummelte, könnte Otto mitsamt Haus nach unten krachen. „Was treiben Sie denn da?" Die Feichtin stand neben ihm und begutachtete sein Werk. Er war so vertieft. Hatte ihr Kommen überhört. „Ich suche irgendwas, mit dem ich das Vogelhaus festmachen kann." „Sind Sie jetzt unter die Vogelzüchter gegangen?" „Ich brauch das für Otto." „Welchen Otto?" „Otto ist mein Eichhörnchen. Ich versorge ihn seit Wochen mit Futter. Wenn ich jetzt umziehe, verhungert der arme Kerl. Deswegen habe ich beschlossen ihn an das Haus zu gewöhnen. Sobald dies geschehen ist, werde ich es vorne am neuen Fenster aufstellen. Und damit er es auch gewiss findet, habe ich es leuchtend rot und gelb angestrichen." Sie schaute ihn lange an und fing an zu lachen. Er fragte irritiert: „Was gibt's da zu lachen? Die Zeit drängt." Sie nickte schwer und mitfühlend. Bevor sie etwas erwidern konnte, fuhr er fort: „Ich weiß, es ist nichts Weltbewegendes, aber der kleine Kerl ist mir ans Herz gewachsen." Sie legte ihre Hand auf seinen Arm: „Entschuldigen Sie, Herr Bremer, ich lache Sie nicht aus. Ich find's rührend, wie Sie sich um Maxl Sorgen machen." „Wer ist Maxl?" „Na Maxl halt", sie zeigte auf Otto, der inzwischen auf seinem Ast hockte und offensichtlich ihr Gespräch belauschte. Fehlte noch, dass er mit einer Nuss in den Pfoten ihnen zuwinkte. „Aber das ist doch Otto und kein Maxl!" Sie unterdrückte ein neues Lachen, atmete tief und sagte: „Ach Herr Bremer, wir alle auf dieser Seite des Hauses kümmern uns um ihn. Das ist schon zu einem regelrechten Wettstreit ausgeartet. Und der kleine Maxl weiß sehr gut, wo es etwas zu holen gibt. Die Karin bringt ihm sogar Kuchen aus dem Casino mit, denn er ist ein rechtes Schleckermaul. Der kennt sich auf allen Fensterbänken aus und wird Sie schon finden. Den brauchen Sie nicht umziehen. Hätte ich Ihre Sorgen gekannt, hätte ich sie rechtzeitig zerstreuen können. Gell Maxl?" Otto schien zustimmend zu nicken. Im Nebenzimmer läutete das Telefon, sie lief eilig hinaus und ließ ihn mit dem Verräter zurück. Einen kompletten Narren hatte er aus sich gemacht! Die gesamte Sekretärinnenschar würde sich krumm lachen über den einfältigen Redakteur. Er stampfte hinter seinen Schreibtisch und ließ sich schwer in den Sessel fallen. Das hatte ihm gerade noch gefehlt. Er zog seinen Terminkalender zu sich her. Noch knapp eine Stunde, dann musste er in den Schneideraum. Schuft! Verräter! Maxl! Was für ein Name! Otto klang eindeutig besser. Er blickte auf und sah, wie der Bursche behänd auf die Fensterbank sprang und das geheimnisvolle Objekt in Augenschein nahm. Er verschwand drinnen, tauchte wieder auf, linste zu ihm her und verschwand erneut. Zwei, drei Minuten lang. Zu spät, mein Freund, ich habe dich durchschaut! Bremer fuhr mit der Hand über den Tisch und erwischte seine Bleistiftsammlung in dem kleinen Metalleimer, die klappernd zu Boden fiel. „Verdammt!" Erschreckt von dem Lärm versuchte Otto rasch aus dem Haus zu springen, brachte es zum Kippen und rutschte mit ihm in die Tiefe. Bremer schnellte hoch, stürzte zum Fenster und sah die Trümmer unten auf dem Gitterrost zum Untergeschoß liegen. Da hatte er die Bescherung! Er war zum Mörder geworden! Zu allem Überfluss schrillte jetzt auch noch das Telefon. Er zischte ein unwirsches „Hallo" in den Hörer. Knisternde Stille, dann fragte eine Stimme zaghaft, ob er erst nach dem Mittagessen in den Schneideraum kommen könne. Sein Autor teilte ihm mit, er müsse noch zwei Passagen umstellen. „Geht klar", bellte er und legte auf.

Er musste Otto retten, der erschlagen in seinem Blute lag. Bremer stolperte aus dem Raum zum Eingang und die Rückseite des Gebäudes entlang. Das Gras kniehoch. Warum konnte das verdammte Ding nicht ins Grün fallen? Er fand das demolierte Haus. Betrachtete die Bescherung. Von Otto keine Spur. Durch den Rost konnte er nicht gerutscht sein. Er musterte das Meer der Halme, die Äste des nahen Baums. Otto hatte sich in Luft aufgelöst.

„Was machen Sie denn für ein Experiment?" Franz Dunkl, der Redakteur für besondere Aufgaben stand an seinem Fenster im Schacht und lugte zu ihm hoch. Bremer bückte sich und sammelte die Teile seines Vogelhauses zusammen. „Nichts. Ich wollte ein Vogelhaus anbringen und es ist mir runtergefallen. Entschuldigen Sie!" Dunkl beugte sich nach vorne, schüttelte den Kopf: „Ich weiß, dass ihr eine Zoosendung plant. Sind das Vorstudien?" „Nein, nur private Liebhaberei. Ich bringe an allen Gebäuden Vogelhäuser an." Die passende Antwort für den Wichtigtuer, der ihn monatelang genervt hatte mit Vorschlägen, wie Produktionskosten einzusparen wären, wenn die Autoren endlich lernen wollten, die neuen kleinen digitalen Kameras zu bedienen und bei ihrer Recherche mitzunehmen. Deren Bildqualität sei inzwischen so hervorragend, dass Vorgespräche, selbst Landschaftsaufnahmen locker in das Endprodukt eingebaut werden könnten, was Kosten und die spätere Drehzeit erheblich reduziere. Bremer beeilte sich fortzukommen, hörte aber noch, wie der andere rief: „Dann müssen Sie diese aber auch ordentlich festmachen. Am besten anschrauben. Ich..." Dunkl war eine Nervensäge. Selbst mit seinen ehemaligen Kollegen, den Kameramännern, hatte er sich angelegt, weil diese die kleinen Digitalkameras als Spielzeug betrachteten und nicht in die Hand nehmen wollten. Stattdessen hielten sie an den herkömmlichen fest, die weiterhin samt Stativ von ihren Assistenten durch die Gegend gezerrt werden müssten, wie Dunkl lauthals monierte: „Einige von ihnen schwören sogar auf die alten fünfunddreissiger Stative, die ich aus meiner eigenen Assistentenzeit noch kenne, und mit denen ich meinen Rücken ruiniert habe. Unmöglich!"

Sein neuestes Projekt waren Drohnenkameras, von denen er ein Modell hatte anschaffen lassen. Tatsächlich war die Qualität der Aufnahmen, wie Bremer bei einer Vorführung, die Dunkl auf dem Gelände des Senders organisiert hatte, feststellen konnte, nicht schlecht. Allerdings war das Flugobjekt stark windanfällig, und als er erfuhr, dass der Mietpreis pro Tag bei ein paar tausend Euro lag, hatte er abgewunken. Das gab sein Etat nicht her. Dunkl freilich träumte von den Drohnen. Er sah eine Einsatzzentrale im Sender entstehen mit stationären und mobilen Einheiten, von der aus aufgeweckte junge Leute ihre Kameras ausfliegen ließen, während jene, die sich dem Fortschritt verweigerten, im Casino warten und betröppelt in die Röhre schauen mochten, bis jemand ihre Dienste in Anspruch nahm. Auch die Einwände der Tonleute wusste er zu parieren, indem er ihnen spezielle Richtmikrophone versprach und Programme, die Fluggeräusche herausfiltern konnten: „Alles nur eine Frage der Zeit. Warum muss denn für jeden Pipifax ein Team losgeschickt werden? In jeder Stadt, an jedem Ort, auf Plätzen, Straßen und Autobahnen sind stationäre Kameras installiert. Es werden immer mehr, und es wird Zeit, dass die Sender darauf Zugriff erhalten. Dann brauchen auch die Praktikantinnen künftig während des Osterverkehrs nicht mehr nach Holzkirchen oder sonstwohin mit einem nörgelnden Team geschickt werden um über die Staus zu berichten. All das hole ich mir übers Netz ins Haus. Und wenn der Kleine mal muss und sich mit der fürsorglichen Mutter an den Straßenrand setzt, dann zoome ich ein wenig näher heran und kann im Kommentar die Frage aufwerfen, weshalb jeder und alle Ostern nach Italien fahren müssen. Auch in der Heimat gibt es schöne Urlaubsziele. Wärme und Sonnenschein sind keine Kriterien, sondern Ruhe und Besinnung. Entschleunigung heißt das. Überhaupt, wenn der Unsinn mit dem hemmungslosen Verkehr so weiter gehen wird, ist abzusehen, wann das Klima endgültig kippt. Dann braucht keiner mehr in den Süden zu preschen, weil die Gluthitze hier angekommen ist und unsere wunderbaren Buchen, Espen und Eschen werden von Palmen und Olivenbäumen verdrängt werden, und anstelle von Hecht, Wels und Zander schwimmen bald Krokodile in Donau, Elbe und Rhein."

Seine strikte Hinwendung zur Ökologie ergab sich aus der Unterforderung bei seinen redaktionellen Aufgaben, die er auf die Beschränktheit der Entscheidungsträger im Haus zurückführte, weil sie Notwendigkeiten technischer Innovation nicht begreifen konnten oder wollten. Bremer gegenüber bekannte er einmal, er schreibe an einem großen Werk, in dem er allen verständlich und drastisch die Folgen ökologischer Ignoranz verdeutlichen werde. Natürlich sei er sich darüber im Klaren als Einzelkämpfer Borniertheit und Fehlentwicklungen nicht erfolgreich abschaffen zu können, doch wolle er nicht einsehen, warum jeder heutzutage seinen Kaffee aus Automaten trinken müsse, die mit Tabs gefüttert würden, bloß weil die Leute zu faul und zu blöde seien einen ordentlichen Espresso zu machen. Auch wolle er nicht einsehen, warum die Industrie in immer rascherer Generationenfolge Fernseher, Smartphones und Computer herstelle und den Leuten einrede, sie brauchten diese. Damit wüchsen die Müllberge in den Himmel und natürlich die Gewinne dieser ökologischen Verbrecher. „Sie sehen, ich bin kein blinder Fortschrittsfanatiker. Hier wie überall gelten Vernunft und Augenmaß." Drucker und ihre Pipifaxpatronen wolle er gar nicht erst erwähnen. Möglicherweise hätten die Kaffeetabproduzenten ihre Idee von den Druckerherstellern abgeschaut: Mordsverpackung und kaum Inhalt als glänzendes Geschäftsmodell. „Sie werden sich gewiss daran erinnern, dass zu Beginn der Computerzeit davon die Rede war, dass zukünftig der Papierverbrauch in den Büros gesenkt werden könne." Er schaute Bremer Zustimmung heischend an, streckte beide Arme in die Luft und ließ sie wieder fallen: „Und was? Heute wird Papier backsteinweise verbraucht, weil keiner mehr die Kostbarkeit eines einzelnen Blattes zu schätzen weiß, das man in die Schreibmaschine spannt. Es wird stapelweise in Drucker und Kopierer gestopft und anschließend in den Papierkorb geworfen. Wir erheben uns über die Altvorderen, weil sie seinerzeit ganze Landstriche abholzten, damit sie ihre Schiffe bauen konnten, dabei treiben wir es viel toller." Er schwieg erschöpft, blickte leer vor sich hin und meinte schließlich: „Naja, zumindest dieser Verschwendung habe ich im Haus einen Riegel vorgeschoben und den Umstieg auf Recyclingpapier durchgesetzt."

Bremer erinnerte sich, die Sache war zäh angelaufen. Auch er selbst tat sich schwer mit dem graubraunen Papier. Inzwischen war die Qualität besser geworden und der Unterschied geringer. Doch wusste er, dass in den meisten Redaktionen auch blütenweißes Papier eingesetzt wurde. Schließlich wollten die Redakteure ihren glänzenden Einfällen zusätzliche Leuchtkraft verleihen. Dass Dunkl den Anstoß gegeben hatte, war ihm nicht bekannt, dafür aber, dass er mit einer anderen Initiative Schiffbruch erlitten hatte. Denn als er anregte auch Toilettenpapier durch Recyclingpapier zu ersetzen, brach im Haus die Hölle los. Nur Hartgesottene oder ökologische Fanatiker setzten sich den kratzenden Blättern aus. Alle anderen, und allen voran die Damen, weigerten sich. Eine Flut von Graffiti zierte rasch die Wände der Kabinen. Schließlich fingen viele an, eigenes Papier von daheim mitzubringen, wie in alten Zeiten das Pausenbrot. Alle sehnten den Feierabend herbei und verließen fluchtartig ihre Arbeitsstätten, sobald er angebrochen war. Als bekannt wurde, in den Cheftoiletten sei nach wie vor zartweiches Papier abzurollen, durchzog ein Sturm der Entrüstung alle Flure. Eine Schar junger Frauen wollte die Etage besetzen, denn damals war die Sitte aufgekommen, vermutlich aus den USA eingeschleppt, sich auch die zweiten Lippen anzumalen. Je nach Gusto in den Nationalfarben oder anderswie. Die Betroffenen sorgten sich um die Unversehrtheit ihres liebreizenden Schmucks. Sie konnten erst gebändigt werden, als auf einer eigens einberufenen Betriebsversammlung der technische Direktor versprach, sofort und noch in der Nacht alle Toiletten neu auszustatten. Ein dummer Umstand freilich verzögerte die Umsetzung. Die Einkaufsabteilung nämlich hatte derartige Unmengen geordert und durch vertraglich festgelegte Folgekäufe geschickt einen günstigen Preis ausgehandelt, dass zunächst nur ein Teil der Toiletten umgerüstet werden konnte, was dazu führte, dass

die anderen verödeten und nur in äußersten Notfällen aufge-
sucht wurden. Dies und die Sturheit des Papierherstellers, der
auf seinen Liefervertrag pochte, ließen das Lager anschwellen.
Was tun? Man verfiel darauf die Paletten Altersheimen und
ähnlichen Einrichtungen gegen Abholung anzubieten. Die
winkten dankend ab, so dass man sich schließlich mit der
Stadtverwaltung einigte und die Lieferungen an die öffentlichen Bedürfnisanstalten umleitete. Kostenfrei für den Stadt-
kämmerer, der die Notlage des Hauses ruchlos ausnützte.
Damit nicht genug! Die Angelegenheit hatte ein wunderliches
Nachspiel, wie Bremer von seinem Malerfreund Janus im
Buttermelcher, einem Vorstadtwirtshaus, das der Künstler
gelegentlich aufsuchte, unter Auflage höchster Verschwiegen-
heit erfuhr. Die zusätzliche Papierflut, auch die Stadt hatte
ihre Lieferverträge zu erfüllen und kaum Lagerplatz, führte
dazu, dass man die von Leid und Lust gepeinigten großzügig
bediente. Besonders verschwenderisch gingen jene damit um,
die eine Einrichtung an der Oberföhringer Straße, auf dem
Hochufer der Isar frequentierten. Zu allen Zwecken, selbst
zum Drehen von Zigaretten, die sie nach vollbrachter Tat mit
Tabakresten weggeworfener Stummel füllten, nutzten sie die
Blätter und achteten bei ihrem Tun leichtfertig und erleichtert
wenig darauf, dass der Boden innen wie auch außen, also rings
um den stillen Ort, bald reichlich mit Überbleibseln bedeckt
war. Der Herbstwind griff ein, wehte manche hinab in den
Herzogspark und einige Schnipsel, noch gut erhalten, lande-
ten auf der Terrasse eines Kunstprofessors, der hier eine
hundertachtzig Quadratmeter kleine Dienstwohnung für

dreihundertzwanzig Mark, zusätzlich einer Fehlbelegungsabgabe von achtzig, bewohnte.

Lange schon eigenen Malens überdrüssig nahm er ein paar der größeren Exemplare in die Hand, erkannte ihren künstlerischen Wert und schritt gegen die Windrichtung, sich jugendlichen Aufbegehrens erinnernd, fleißig sammelnd durchs Gelände und hinauf zur Quelle. Er begutachtete ihr Potenzial und begann postwendend Collagen mit akzentuierenden Farbtupfern hier und dort herzustellen. Mit ihnen fuhr er zum Lenbachplatz und zeigte sie einem erfolgreichen Galeristen. Dieser, ein großes Geschäft witternd, verlangte nach mehr und arrangierte eine Ausstellung, die, wie stets bei ihm, entsprechend publizistisch begleitet, vom kunstsinnigen Publikum der Metropole begeistert gefeiert wurde und dem alternden Professor und Künstler zu glänzenden Einnahmen und lokalen bald aber auch internationalen Ruhm verhalf.

„So hat", meinte Janus, der zuweilen Bremers Fernsehaktivitäten ein wenig degoutierte, grinsend: „Der Kulturauftrag deines Hauses, wenn auch vielleicht ein letztes Mal, Farbe ins Land gebracht."

In den nächsten Wochen kehrte Ruhe ein. Trügerische Ruhe. Bremer saß im Schneideraum, nahm die Texte ab und wartete auf die DVDs, die nach Mischung und Farbkorrektur eintrudelten. Dazwischen gab es Redaktionssitzungen und andere Besprechungen. Routine, bei der Konflikte vermieden wurden. Sein Verhältnis zur Chefin, und ihres zu ihm, blieben geschäftsmäßig kühl. Otto war ein paar Tage nach seinem Absturz wieder aufgetaucht. Kurz nur, als wolle er zeigen, dass

er noch lebe. Es regnete häufig. Ende November schneite es.
Bremer freute sich wie ein kleines Kind über den ersten
Schnee, saß träumend an seinem Schreibtisch und schaute
dem Spiel der Flocken vor seinem Fenster zu. Hier am Rande
der Stadt hielt sich der Schnee ein paar Tage auf Rasen und
Bäumen, während er sich im Häusermeer bald auf die Dächer
zurückzog, auf wenige aufgelassene Flächen zwischen den
Gebäuden und schmalen Streifen entlang der Bürgersteige, wo
er grau und unansehnlich wurde und schließlich weggetaut in
Gullys und Erdreich verschwand. Die diesjährige Nikolaus-
feier sollte, anders als in den letzten Jahren nicht in den
Redaktionsräumen stattfinden, sondern im Foyer. Geladen
wurden alle alten Mitarbeiter, Cutter und Kameraleute.
Männer und Frauen, die das Geschick, die Erfolge und, wie
Bremer fand, auch den Niedergang der Redaktion begleitet
und bestimmt hatten. Die Abteilungsleiterin hatte sich angesagt, auch der Fernsehdirektor wollte vorbeischauen, ein paar
Worte zum neuen Aufbruch sprechen, und die Initiatorin des
Neubeginns sowie ihre Mannschaft vorstellen. Weber übernahm die Versorgung mit Wein, Schinken und Bauernbrot.
Bremer war für das Casino zuständig, das Bier, Säfte, Wasser
und eine deftige Erbsensuppe bereitstellte. Die Sekretärin
und ihre Kolleginnen in der Hauptabteilung kümmerten sich
um Plätzchen, Kuchen und setzten Glühwein an. Gegen drei
trudelten die ersten Gäste ein. Alles war festlich gedeckt. Auch
ein paar Kerzen brannten auf mit Tannenreisern geschmück-
ten Pappunterlagen. Gegen halb vier erschien die Kulturchefin
mit dem Fernsehdirektor. Sie drängten sich an den rund
dreißig Wartenden vorbei, verschwanden im Büro und kamen

nach einer Viertelstunde mit der neuen Redaktionsleiterin in die Halle zurück. Diese bedankte sich zunächst für das zahlreiche Erscheinen und eigens und besonders beim Fernsehdirektor, der sich Zeit genommen habe, und schaute ihn erwartungsvoll an. Bremer hatte sich wie oft bei solchen Anlässen in eine Ecke verzogen und trank Wasser aus einem Glas, denn darauf hatte er bestanden, dass es Gläser gab, anstelle der sonst üblichen Plastikbecher. Der Fernsehdirektor begann zunächst einmal von der langen und beachtlichen Erfolgsgeschichte der Abteilung zu reden und kam dann auf die Zukunft zu sprechen, die hoffentlich neue Glanzlichter setzen werde. Er beschrieb den Werdegang der neuen Kollegin und sagte, der Plan der neuen Reihe habe ihn überrascht, doch schnell überzeugt, nicht zuletzt deswegen, weil sie mit viel Sachverstand und großem Engagement ihre Sache vertrete. Abschließend wünschte er allen noch eine schöne Feier. "Ich sehe, Sie haben ausreichend vorgesorgt." Er trat in die Reihe zurück. Die Abteilungsleiterin begnügte sich mit wenigen Worten, es sei schon alles gesagt, sie freue sich auf das spannende neue Jahr und hoffe, dass alle ebenso fröhlich zur nächsten Nikolausfeier zusammenkommen würden. "Naja, ein paar werden fehlen." Bremer hatte laut gesprochen, nicht laut genug, dass es vorne im aufklingenden Beifallklatschen verstanden werden konnte, doch jene in seiner Nähe drehten sich zu ihm um. Er sah, wie die Redaktionsleiterin ihm einen ärgerlichen Blick zuwarf, einem Luchs ähnlich, der Frau entging nichts, und prostete ihr zu. Trank sein Glas leer. Sie wandte sich ab und ging den Flur entlang zu den Redaktionsräumen. Der Fernsehdirektor und die Kulturchefin schlossen sich ihr an. Jeder und jede, nicht nur Bremer, hatten angenommen, sie blieben noch eine Zeitlang, mischten sich sozusagen unters Volk. Dies war offensichtlich nicht vorgesehen. Die hohen Herrschaften verschwanden und tauchten nicht mehr auf. Es dauerte ein paar Augenblicke, dann wurden die Gläser neu gefüllt. Einige drängten zum Suppentopf, andere probierten Schinken und Brot. Die meisten kannten einander und standen in Gruppen verteilt um die kleinen runden Tische. Bremer schlenderte herum. Redete mit jenen, die weitermachen konnten und suchte die anderen zu trösten, deren Schicksal noch ungewiss war. Einen Autor, der mit düsterem Blick am Ausgang stand, fragte er leise, ob er endlich seinen Antrag auf Ausgleichszahlung gestellt habe. Der rückte nicht mit der Sprache heraus, hob seine Bierflasche und murmelte: "Ich arbeite noch daran." „Bis März können Sie noch warten, dann läuft die Frist ab." Bremer schätze den Mann. Er galt als schwierig, machte aber gute Filme und war schon im laufenden Jahr nicht zum Zuge gekommen, weil Weber kein Projekt für ihn durchsetzen konnte. Zunächst hatte es so ausgesehen, als käme er bei der Literatur unter. Dies scheiterte, weil er sich mit dem Redakteur überwarf, wie er Bremer im Sommer einmal im Casino erzählte: „Der Irre hat mir eine Schildkröte aufgezeichnet und erklärt, so müsse ein Film dramaturgisch aussehen. Da konnte ich mir das Lachen nicht verkneifen. Schließlich habe ich schon ein paar Filme gemacht und denke, ich verstehe etwas vom Aufbau. Außerdem hat er solch seltsame Ansichten über Werfel geäußert, dass ich mich frage, warum er einen Film über ihn machen lassen will, wenn er ihn für einen belanglosen Vielschreiber hält. Der hat kein einziges Buch von ihm gelesen und plappert nach, was andere sagen." „Diplomat sind Sie nicht gerade." „Nee, ich bin Filmemacher, dachte ich. Derzeit kellnere ich drei Mal in der Woche im Fraunhofer. Ich bin daheim ausgezogen. Meine Frau will sich von mir scheiden lassen. und mein dreijähriger Sohn sagt bald Onkel zu mir. Sie sehen, mir geht es blendend." Schon lange hatte er ihm geraten, einen Antrag auf Ausgleichszahlung zu stellen, aber er hatte unwirsch geantwortet, er nehme keine Almosen an, solange er sich selber durchbringen könne. Bremer wunderte sich, dass Weber ihn nicht darauf aufmerksam gemacht hatte. Schließlich waren es frühere Gewerkschaftler, die für die langjährig Freien Mitarbeiter Ausgleichszahlungen durchgesetzt hatten, wenn sie keine Aufträge erhielten. Er versuchte ihm zu erklären, dass er beileibe nicht der Einzige sei, der diese Absicherung in Anspruch nehme. „Sie wissen, dass ich Ihre Arbeiten schätze, aber was Sie jetzt machen, ist kompletter Irrsinn. Es ist höchst einfallsreich die Schuld bei anderen zu suchen, anstatt zu kämpfen und für die eigenen Rechte und Belange einzustehen." Er sah ihn verärgert an. "Oder glauben Sie etwa, Sie bekommen Aufträge, wenn Sie im Fraunhofer Bier ausschenken?" „Nein, aber gutes Trinkgeld beim Abkassieren." „Dort verplempern Sie Ihre Zeit. Sonst nichts. Sie sagen, Sie sind Filmemacher. Also nutzen Sie Ihre Chance, die das Haus Ihnen bietet, und stellen Sie endlich Ihren Antrag. Sie haben Anspruch darauf, dass man Ihnen den Durchschnittsverdienst der letzten Jahre überweist, und dies mehrere Jahre lang. Damit können Sie in Ruhe Vorschläge zu neuen Projekten überlegen und sich umsehen. Hier oder bei einem anderen

Sender. Seien Sie kein Narr!" „Was wissen Sie denn von mir?"
"Ich weiß, was ich sehe." Bremer zeigte auf die Bierflasche
und wandte sich ab. Er ging zu dem Suppentopf und füllte
einen Teller. Schon komisch, wie sich die Zeiten geändert hatten und auch die Möglichkeiten der Autoren. Warum ärgerte
er sich über diesen Dummkopf? Er hatte ausreichend eigene
Probleme. Es war ihm zuwider sich über andere Gedanken zu
machen. Jeder war seines Glückes Schmied.
Die Suppe schmeckte gut. Wie jedes Jahr. Er holte sich einen
zweiten Teller. Renate hänselte ihn zuweilen und nannte ihn
Suppenkasper, wenn sie ihn fragte, was sie heute zum Mittag
machen solle, und er Kartoffelsuppe vorschlug, die sie wunderbar kochen gelernt hatte, nachdem er ihr jahrelang von den
Suppen beim Aschinger in Berlin vorgeschwärmt hatte.
Begonnen hatte seine Passion bei der damals üblichen Berlin-
fahrt vor dem Abitur, als er auf Döblins Spuren in die legen-
däre Kneipe gegangen war, die nach dem Krieg am Bahnhof
Zoo ihr Quartier aufgeschlagen hatte und, wie früher am
Alexanderplatz, billig Bier, Erbsensuppe und Schrippen anbot.
Fortan unterbrach er dort bei jedem Aufenthalt seine Streif-
züge durch die faszinierende und eigentümliche Stadt.
Einmal geriet er in eine Gaststätte am Charlottenburger
Markt. Im verrauchten und halbdunklen Raum saßen zwei
Männer auf langen hölzernen Rollstühlen und erzählten dröh-
nend von Stalingrad und dem verbrecherischen Oberkom-
mando der Wehrmacht, das sie in Stich gelassen habe und
Schuld daran trage, dass der Russe nun in Deutschland hocke.
Aus dem beschaulichen München kommend schien ihm der
Ort mit seinen lärmenden Menschen wie aus Zeit und Welt

gefallen. Janus lernte er im Zwiebelfisch kennen. Er malte, betrieb einen Trödelladen in der Suarezstraße und erzählte ihm von den ersten Nachkriegsjahren, von den Trümmer- und Ruinenlandschaften, die ihm und seinen Spielkameraden ein wunderbarer Ort für ihre Abenteuerstreifzüge waren. Unweit der Pension, in der er übernachtete, hatte ein ehemaliger Philosophiestudent in einem Haus, von dem bloß das Erdgeschoss noch intakt war, über dem ein paar Mauerreste der anderen Stockwerke in den Himmel ragten, eine Kneipe aufgemacht. Nach ihren Auftritten in den zahlreichen anderen Kneipen der Stadt kamen hier spätnachts Musikanten und Liedermacher zusammen. Sie hockten beieinander und sangen ihre Lieder bis der nächste Morgen anbrach. Ein paar von ihnen traf er später auf der Waldeck wieder und andere bei den legendären Essener Songtagen, wo Frank Zappa mit seinen „Mothers of Invention" auftrat. Einer der Mitorganisatoren, ein bärtiger, schmächtiger junger Mann und Revolutionär, wie viele damals, erlitt bald darauf eine religiöse Erleuchtung und predigte fortan seine Erkenntnisse all jenen, die sie hören wollten.

Bremer wunderte sich immer, dass er wenig Romane oder Erzählungen auftreiben konnte, in denen das Alltagsleben dieser geteilten Stadt in den frühen Nachkriegsjahren dargestellt wurde. In Zeiten des Kalten Krieges beschäftigten sich die Autoren offensichtlich mit anderen Stoffen. Das Naheliegende aufzubewahren kam ihnen nicht in den Sinn. "Das Glück im Winkel" wie es Sudermann um die Jahrhundertwende beschrieben hatte. Paul Gurk, längst vergessen, bildete eine Ausnahme. Es hieß, er habe seine Texte verfasst, während

er auf der Ringlinie in der S-Bahn die Stadt umkreiste. Erst
Ende der fünfziger Jahre und nachdem Günter Bruno Fuchs
die Werkstatt Rixdorfer Drucke in einem Kreuzberger Hin-
terhof mit Künstlerkollegen aufgemacht hatte, geriet Berlin
ins Blickfeld junger Autoren. Wolfgang lernte Bremer bei Karl
Günther kennen. Er lag im Nebenzimmer schlafend auf dem
Sofa. Es hieß, er sei ein Berliner Schriftsteller, der nach München gekommen sei um sich hier eine neue Bleibe zu suchen.
Er war in der Uckermark aufgewachsen, als Kind mit den
Eltern nach Westberlin geflohen. Damals, als die Grenze noch
offen war. Man einfach in die S-Bahn steigen und in den
Westen fahren konnte. Als Student hatte er sich den Rixdor-
fern angeschlossen und einmal ein Hörspiel geschrieben.
Ihre Freundschaft entwickelte sich mit den Jahren, beide lasen
viel und redeten miteinander über Literatur. Sie zerbrach, als
er dem herrisch und eitlen, inzwischen Vater von zwei Kinder
gewordenen Hausmann, erste eigene Texte zeigte und für
Radio und Fernsehen zu schreiben begann, während der
Freund nichts mehr veröffentlichte, aber auf seiner Schrift-
stellerexistenz beharrte. Mag sein, dass seine Arbeiten dessen
strengen Anforderungen nicht genügen konnten, allein er
betrieb sein Geschäft und redete nicht nur darüber. Er tröstete
sich mit den Worten Leonard Cohens, der einen naseweißen
Kritiker, der an seinen Romanen herummäkelte, aufforderte,
sich erst einmal hinzusetzen und ein paar hundert Seiten nie-
derzuschreiben. Kein übler Rat, denn ebenso wichtig wie
Können und Talent sind Zähigkeit, Wille und Fleiß, wenn
künstlerische Arbeit gelingen soll.

„Bilde Künstler, rede nicht." Ein Ratschlag des Alten, den Bremer sich früh schon zu eigen machte. Die uckermärker Erbsensuppe, die Wolfgang zu kochen verstand und um derentwillen er gerne in seiner Küche saß, verlor an Geschmack, als er die von seiner Mutter erlernten Fertigkeiten vergaß und sich den wetterwendischen Geboten des kulinarischen Zeitgeistes unterwarf. Was er fortan vorsetzte, mochte kalorienbewusst und gesund sein, doch schmeckte es fad.

Wenn Bremer zuweilen die Kochsendungen der Starköche einschaltete und am Schluss der Sendung von den eingeladenen Gästen ihr „wunderbar" und „köstlich" hörte, wünschte er sich oft, dass einmal jemand aufstünde und sage, der Kaiser trage keine Kleider. Vergebliches Hoffen!

„Schmeckt's nicht?" Verwirrt kehrte er in die Wirklichkeit zurück: „Ich? Wieso?" „Sie machen so ein Gesicht." Neben ihm stand seine Lieblingsautorin, ein Glas Wein in der Hand. „Sie haben mir gerade noch gefehlt!" Sie strich sich durchs Haar, lachte und meinte: „Jemand muss sich ja um Sie kümmern." „Das erledigt schon unsere neue Redaktionsleiterin." Er biss sich auf die Zunge. „Aber das hat sich doch geklärt. Wie ich höre, betreuen Sie weiterhin unsere Filme." „Den kläglichen Rest. Wieso wissen Sie schon wieder alles?" Sie drehte ihr Glas: „Sie unterschätzen uns Frauen." „Und ich dachte immer, ihr seid schrecklich benachteiligt." „Logisch, deshalb müssen wir ja zusammenhalten. Ohne die Vorzimmerdamen könnten die hohen Herrschaften doch einpacken. So ist das in Bayern. Die Frauen halten Haus und Hof zusammen und die Männer hocken im Wirtshaus." Bremer lachte: „Die Zeiten sind vorbei. Die meisten Wirtshäuser haben dicht gemacht oder sind Spezialitätenrestaurants. Die Bauern liegen daheim in ihrer Stube vor dem Großbildschirm und schauen unsere wunderbaren Produktionen an, solange es sie noch gibt." „Ich bin auf einem Bauernhof groß geworden." „Ich auch, aber damals haben wir Radio gehört. Wunschkonzert und Schlagerparade und den Seewetterdienst vor Sendeschluss." „Was haben Sie eigentlich mit Maxl angestellt?" „Otto hat überlebt. Er heißt nicht Maxl. Sie wissen tatsächlich alles. „Nicht so schwer. Meister Dunkl hat mir von Ihrem Malheur erzählt." Sie grinste und drehte sich. Eine attraktive Frau mit offenem, sympathischem Gesicht. Hellbraune Haare. Das Kleid, das sie trug, stand ihr gut. War ihm bisher gar nicht aufgefallen, wenn sie in sein Büro stürmte und über Projekte verhandelten wollte oder er sie sonst irgendwo traf. Sie spürte seine Blicke, ahnte wohl auch seine Gedanken und sagte: „Sie dürfen nachher mit mir kommen. Mein Mann stellt um halb acht im Literaturhaus seinen neuen Gedichtband vor." Als sie seine Verblüffung bemerkte, fuhr sie fort: „Sie sollten ihn kennen lernen." „Geht nicht. Ich muss bis zum bitteren Ende ausharren und aufräumen helfen." „Schade. Ihr zwei habt eine gewisse Ähnlichkeit bei euerm Weltverlorensein." „Soso. Naja. Vielleicht ein anderes Mal." Ihn irritierte die entstandene Nähe. Er war erleichtert, als sie sich abwandte und zum Tisch mit den Weinflaschen ging.

Zwei Stunden hat er geschrieben und ist nicht unzufrieden mit dem Ergebnis. Der nächste Morgen wird es zeigen. Bald Mittag. Zeit nach drüben zu gehen und das Essen aufzuwärmen. Die Allee liegt im Sonnenlicht und legt kurze

Schatten auf das angrenzende Feld. Nicht oft, doch auch heute kriecht Sehnsucht in sein Denken. Sehnsucht nach zweckgebundenen Reisen, nicht bloß Urlaubsfahrten. Ganz anders erlebte er Landschaft und Menschen, wenn er bei Dreharbeiten unterwegs war. Vorbei, nachdem er den Sender verlassen hatte. Ein Einschnitt, den er akzeptieren musste und will, auch wenn das lange brauchte und erst nach der halbseidenen Flucht nach Istanbul halbwegs gelang. Er wischt die Gedanken fort. Will nicht darüber nachdenken. Tatsache bleibt, dass er sich immer noch danach sehnt, in Sachen Film durch unbekannte Gegenden zu streifen. Bei der Arbeit an einer Radiosendung über das Zölibat haben ihm verheiratete katholische Priester erzählt, dass sie ihre Entscheidung für die Frau und gegen die Kirche auch heute noch treffen würden, doch litten sie unter dem Verlust des Priesteramtes. Priester bleibe man ein Leben lang. Natürlich ist das nicht zu vergleichen. Aber dennoch, es nagt an ihm. Als er das Haus verließ, war er noch guter Hoffnung gewesen, Nach ein paar Telefonaten mit Redakteuren, mit denen er redaktionell zusammengearbeitet hatte, schickte er Vorschläge an sie und malte sich aus, wieder als freier Autor und Regisseur arbeiten zu können. Nicht so rasch, wie er es sich vielleicht gewünscht hätte, aber im Laufe der Zeit. Die erhaltene Abfindung erlaubte ihm eine Weile zu warten. Er wartete lange und auch dann ergab sich keine Beständigkeit.

Neulich ist er wieder einmal ins Tal hinab zu den Fischern gelaufen. Sie betreiben am Nordufer des Stausees eine kleine Hütte, in der und um die herum an schönen Tagen fast das ganze Jahr über Betrieb herrscht. Mitglieder und Gäste sitzen oft stundenlang auf Bänken an hölzernen Tischen, trinken und reden miteinander. Schon bei ihrem ersten Spaziergang auf dieser Seite des Sees hatten sie sich zu ihnen gesetzt, zwei Limonaden getrunken, über das Wasser geschaut, in dem Blesshühner tauchten, Haubentaucher, und auf dem Möwen, Enten und Schwäne schaukelten. Hatten die Kähne am Ufer betrachtet und den Urwald auf der anderen Seite des Sees, hinter dem auf dem Hügel der Fernsehturm in einen wolkenlosen Himmel ragte, und hatten den Gesprächen gelauscht. Seitdem macht er immer mal wieder Rast in dieser alltagsfernen Oase. Oben, vom Burgberg aus, erblickt man bloß ein unermessliches Häusermeer, beherrscht vom Turm der Stadtkirche. Sieht die hübschen Häuserreihen der Alt- und Neustadt und Wohnviertel, die sich bis zum jenseitigen Hügel ziehen, mit Industrie- und Gewerbeflächen und ihren Gebäudeklötzen im Mittelraum. Rauschend noch dringen die unbarmherzigen Schreie der Automobile herauf zur Bastei. Kaum erkennbar das schmale grüne Band des Flusses. Unten freilich weitet sich das Grün, die Häuser verschwinden hinter hochaufragenden Bäumen und wandert man ein paar Kilometer flussabwärts zum Stausee, verlässt man das Menschenreich. Seine Spuren unterwerfen sich der Herrschaft einer höheren Macht.

Gegen sechs wird die Fischerhütte abgeschlossen und die meisten der dort versammelten machen sich auf den Heimweg. Ein paar freilich bleiben sitzen und leeren ihr letztes Glas. So auch an diesem Nachmittag, als Bremer spät erst ankam, und um die Ecke zu den Tischen an der Seeseite lief. Ein älteres Ehepaar saß dort und ein Fischer, den er kannte.

Er fragte, ob er noch etwas zu trinken bekommen könne und der Mann stand auf und brachte ihm eine Flasche Bier. Die Drei unterhielten sich über die Anfänge ihrer Leidenschaft und beide Männer waren sich einig, jeder gute Fischer habe als Schwarzfischer angefangen: „Das haben wir doch schon als Buben gemacht. Am Hammerbach und auch in der Mulde. Wenn die Polizei dich erwischte, dann setzte es eine Ermahnung und eine Schellen. Die hast du wohlweislich daheim verschwiegen, denn dann hättest du noch eine eingefangen. Aber nicht, weil du gefischt hast, sondern weil du dich hast erwischen lassen", meinte der Ältere. Der Jüngere nickte: „So war das. Genau! Einmal haben wir uns etwas Besonderes ausgedacht und kleine Schiffe gebaut mit einem Angelhaken drunter. Und wie's der Teufel will, kommen zwei Schandi vorbei und ham gefragt, was wir da machen. „Sehen Sie doch!" Aber in dem Augenblick hat einer angebissen. Ich habe Blut und Wasser geschwitzt und immer mal wieder an der Schnur gezogen, damit sie nichts merken. Kann man heute keinem mehr erzählen." „Eine gute Zeit war das." „ Ich hab seit Jahren keinen mehr angeln gesehen Die ham jetzt andere Probleme." „Tauschen möcht ich nicht." „Ich auch nicht." „Unsere Schwiegertochter ist den ganzen Tag mit dem Kleinen unterwegs: Musikschule, Sportverein. Jetzt kriegt er sogar noch Nachhilfe. Der hat gar keine Zeit für so was", meinte die Frau.

Während Bremer sich das Mittagessen aufwärmt, geht sein Blick zur Zeitung auf der Tischplatte. Das Studentenwohnheim am Rande der Innenstadt „Campus City", welch ein

Name, kann im Herbst bezogen werden. Für ein möbliertes Einzelzimmer mit einundzwanzig Quadratmetern sind vierhundertsechzig Euro plus Heizkosten zu zahlen. Mit einem Quadratmeterpreis von achtzehn Euro scheint sich LA immer mehr an den Münchner Verhältnissen zu orientieren, liest er. Nach seiner Berechnung ergibt sich zwar ein höherer Quadratmeterpreis, aber vielleicht beherrscht der Zeitungsschreiber eine andere Mathematik. Schon vor Baubeginn hat der Investor mit Hinweis auf eine gute Rendite um Käufer für die Appartements geworben. Und während der Bau aus Fertigteilen an der belebten Kreuzung zum Klotz emporwuchs fragte sich Bremer, ob der Bauherr für sein soziales Engagement das Grundstück von der Stadt oder dem angrenzendem Kloster günstig erhalten habe, und ob es für dergleichen Bauvorhaben eventuell Zuschüsse oder Steuervorteile gebe. Er bewundert findige Investoren. Seit einiger Zeit werden im Internet auch hohe Gewinnerwartungen bei Altenheimen angepriesen, und er wartet darauf, ebensolche für Flüchtlingsunterkünfte versprochen zu bekommen, denn dass diese ein lukratives Geschäft sind, steht für ihn außer Frage. Als er noch angestellt war, hat er über dergleichen Dinge kaum nachgedacht, und Renates bissige Bemerkungen am Frühstückstisch über die Zustände im Lande überhört. Sozial abgesichert lebte er in der Scheinwelt des Fernsehens und beurteilte die Gegenwart durch die Brille eigener Filme und jener, die er betreute. Erst nachdem er die Anstellung verloren hatte, nahm er sich selbst als Teil dieser anderen Wirklichkeit wahr und sein Blick auf Politik und soziale Belange änderte sich. Rückkehr zu den Wurzeln nannte er diese

Entwicklung. Tatsächlich hatte er sogar sein altes Saxophon wieder hervorgekramt und ernsthaft daran gedacht, in einer Combo zu spielen, wie er es am Ende seiner Oberschulzeit geplant hatte. Es blieb beim Versuch von ein paar Tönen. Es war ein Unterschied, ob man ein wenig für Taschengeld musizierte oder seinen Lebensunterhalt damit bestreiten wollte. Die Naivität jugendlicher Träume hielt dem Tageslicht nicht stand. Der Zusammenbruch erfolgte leise und unaufhaltsam, als er schon dachte, ihm sei der Umstieg vom Angestelltendasein zum freien Autor gelungen. Dass er im Haus keine Aufträge ergattern konnte, ließ sich verschmerzen, weil er damit gerechnet hatte. Nicht die Absagen. ihre Art ärgerte ihn. Wenn er überhaupt Antwort erhielt, waren es Floskeln. Falsche, nichtssagende Sätze von Kollegen, mit denen er vor kurzem noch zusammengearbeitet und geredet hatte.

Lediglich Ritzel von der Kirchenredaktion rief ihn an und verabredete ein Gespräch. Im Bräuhaus im Tal erklärte er ihm, er könne kaum etwas für ihn tun. Er werde im Herbst das Haus verlassen und eine Redaktion in Baden-Baden übernehmen: „Dort kann ich vielleicht noch ein paar Jahre in Ruhe verbringen. Hier mit der Euphorie um unseren Papst und nachdem die Fernsehdirektion die Deutungshoheit übernommen hat, sehe ich keine Zukunft mehr." Er zeigte auf die Mappe, in der Bremers Vorschläge steckten: „Für „Die Rauchspure der Taube" mit Filmen über Avvakum, den russischen Protopopen des 17. Jahrhunderts, und über andere sehe ich freilich geringe Chancen, aber den Film über die Totenkappelle in Straubing, sollten Sie den Saarländern anbieten. Die haben eine interessante kleine Reihe. Ich kenne die Kollegin gut und kann einen Kontakt herstellen, wenn Sie wollen." Bremer nickte und Ritzel griff nach seinem Glas: „Hier im Haus werden Sie schwerlich wieder einen Fuß in die Tür kriegen." Bremer schwieg. Trank ebenfalls.

Seit er nicht mehr ins Büro ging, öffnete sich ihm die Stadt neu und er genoss es durch die Fußgängerzone zu schlendern. Voll, laut und geschäftig. Renate hatte einmal empört ausgerufen: „Ich verstehe das gar nicht. Kein Mensch scheint in dieser Stadt auch nur irgendeiner Arbeit nachzugehen." Tatsächlich mochte man auch jetzt diesen Eindruck bekommen. Durch die schmale Passage zwischen dem Wirtshaus und den Tischen auf der kleinen Freifläche, auf der sie saßen, schob sich ein nicht enden wollender Strom von Passanten. Er sah, dass ihn sein Gegenüber erwartungsvoll anschaute: „Entschuldigen Sie, ich habe nicht recht zugehört. Noch immer bin ich es nicht gewohnt faul in der Sonne in der Fußgängerzone herumzusitzen." „Die beginnt erst am Alten Rathaus", meinte Ritzel: „Ich habe gesagt, dass es von Vorteil wäre, wenn Sie ihre Redaktionszeit nicht erwähnten, sondern auf Ihre Filme und Radiosendungen verwiesen." Bevor er antworten konnte, fuhr er rasch fort: „Naja, nicht jeder versteht das. Und ehrlich, auch ich hätte einen anderen Weg eingeschlagen. Habe ich ja auch. In unserem Alter fängt man nicht noch einmal von vorne an." Schroff sagte Bremer: „Ich fange nicht neu an. Ich kehre dahin zurück, wo ich schon einmal war." Ritzel winkte ab: „Ich weiß nicht recht." „Warum? Ich bin noch nicht mal fünfzig", Bremer, nun trotzig: „In den Medien läuft etwas grundsätzlich schief. Ich will nicht teilhaben an dieser Entwicklung." „Hochmut ist Ihnen nicht fremd." Bremer stutzte: „Wenn Sie das Hochmut nennen. Für mich ist es Zivilcourage." „Und was soll die bewirken? Sie sind raus aus dem Spiel. Die sind doch froh, dass Sie gegangen sind, sonst wäre das doch nicht so rasch", er hob die Hand: „Und für Sie auch finanziell lohnend über die Bühne gegangen." „Das Geld ist mir nicht wichtig. Außerdem, Sie werden auch einen alten Vertrag haben und diesen kaum für nichts und wieder nichts herschenken. Nein, wissen Sie, neunzig Prozent der Kollegen, die eine Festanstellung haben, sind damit zufrieden und scheren sich nicht weiter um die Belange des Hauses." „Sie haben sich auch nicht gerade mit Ruhm bekleckert. Noch nicht einmal in der Gewerkschaft sind Sie Mitglied."

Bremer war drauf und dran aufzustehen und zu gehen. Riss sich zusammen und entschuldigte sich. Der Kollege hatte ja recht, in der Tat hatte er sich kaum eingemischt und ohne Weber und die Gewerkschaft wäre alles nicht so gütlich über die Bühne gegangen. Auch Renate hatte er am Morgen angefahren, als sie ihn fragte, was er heute vorhabe. „Arbeiten. Was sonst?" Sie hatte ihn nur angeschaut und war wortlos gegangen. Das war nicht gut. Er konnte sich kaum noch daran erinnern, wann sie in letzter Zeit ein paar stille und entspannte Augenblicke miteinander verbracht hatten.

Eine junge Mutter zerrte ihren störrischen Sohn durch die schmale Gasse zwischen Wirtshaus und Tischen. Der ohnmächtige Zorn der Frau über ihr Leben. Ritzel spielte mit seinem Glas: „Beherzigen Sie meinen Rat. Vielleicht gelingt Ihnen beim SR ein Neuanfang. Sie wissen ebenso wie ich, wie schwer das heutzutage ist. Erfahrung und Können sind nicht ausschlaggebend, Da..." Bremer unterbrach ihn: „Ich bin kein Superstar der Branche, um den sich alle reißen. Das ist mir klar. Aber ich bin ein Arbeiter und verstehe etwas vom Geschäft." „Ich weiß nicht, ob Sie mit den Superstars tauschen möchten. Glauben Sie mir, deren Abhängigkeiten wollen Sie gar nicht auf sich nehmen. Die kennen weder Rast noch Ruh und haben keine Freude am heutigen Erfolg, denn der muss vom nächsten und größeren in den Schatten gestellt werden. Sonst sind sie weg vom Fenster." Er trank sein Glas leer und stellte es ab: „Ich mach mich dann auf den Weg." Bremer nahm einen Schluck: „Was ist bloß aus unserer Branche geworden? Wir..." „Wir", Ritzel schaute ihn nachdenklich an: „Wir sind alle nicht ganz unschuldig an dieser Entwicklung. Nichts kommt von Nichts." Er hob seine Hand und winkte der Kellnerin. Bevor Bremer antworten konnte, sagte er: „Lassen Sie den Kopf nicht hängen. Wenn Sie sich schon pathetisch als Arbeiter bezeichnen, dann sollten Sie auch wissen, dass es nicht die Superstars sind, die den Sender erhalten, sondern die Leute in der Verwaltung, in den Redaktionen, in Produktion und bei der Technik, also die Arbeiter, wenn Sie so wollen." „Und die zahllosen Freien Mitarbeiter", warf Bremer ein. „Auch die", Ritzel nickte: „Ohne die wäre das Programm gar nicht zu bewerkstelligen." „Sehen Sie, und deshalb habe ich mich dafür entschieden, wieder einer von diesen zu werden", sagte Bremer und grinste. Die Hochstimmung, das letzte Wort behalten zu haben, verflog, nachdem Ritzel gegangen war. So ganz Unrecht hatte er nicht, auch Renate hatte seine Entscheidung mit gemischten Gefühlen akzeptiert, hatte wohl auch gehofft, dass seine schlechte

Laune, die er schon monatelang mit sich herumschleppte und kultivierte, bald ihr Ende fände. Die Abfindung hatten sie gebührend gefeiert, danach wild, fast verzweifelt miteinander geschlafen. Nun war Stille eingekehrt.

Post liegt im Briefkasten. Eine Abrechnung der Verwertungsgesellschaft Wort. Er überfliegt die Summe. Mühsam ernährt sich das Eichhörnchen. Aber immerhin. Es ist ihm gelungen. Er hat es geschafft. Sie haben es geschafft. Viel hat nicht gefehlt und er wäre gescheitert. Sein Schutzengel hat ihn davor bewahrt. Er ist kein Kirchgänger wie seine Frau, aber er glaubt an Gott. Aus der Kindheit hat er seinen Glauben mitgenommen. Das einfache Gebet, das er zuweilen vor dem Einschlafen spricht. Das Aufgehobensein in der Gnade spendet Trost in Augenblicken, in denen Kopf und Leben zu bersten drohen.

Während er gefüllte Paprikaschoten aufwärmt und frische Nudeln kocht, hört er die Mittagsnachrichten. Arg gebeutelt ist das Land derzeit. Immer neue Details des VW-Betrugs kommen ans Licht und nach dem Weltfußballverband hat nun auch der DFB seine Korruptionsaffäre. Der Kaiser wankt und droht vom Sockel zu purzeln. Über allem die Flüchtlingskrise. Nach einer fahrlässigen Bemerkung der übermütigen Kanzlerin, durchaus vergleichbar mit dem unbedachten Nebensatz des DDR-Regierungssprechers zur Öffnung der Mauer, der das Ende der DDR einläutete, fühlen sich Millionen von Menschen eingeladen und strömen nach Europa und speziell ins Wirtschaftswunderland. Der Kanzlerin Worte „Wir schaffen das" in Erinnerung an „Wir sind das Volk" mit dem

Demonstranten seinerzeit in ihrem Heimatland der versteinerten Macht Grenzen aufgezeigt hatten und der damaligen Karriere der heutigen Kanzlerin einen Knick, aber auch neue Ausrichtung gaben, vereinnahmt sie im Rausch ihrer Selbstherrlichkeit alle und alles und reagiert höchst unwirsch, wenn manche ihr nicht Beifall zollen möchten.

Nun gibt es Krieg, Hunger und Leid und Flüchtlingslager schon lange und Politik und Bevölkerung der westlichen Industrienationen hatten und haben gelernt damit zu leben und davon zu profitieren. Die bewährten Geschäftsmodelle der Rüstungsindustrie und jene der Hilfsorganisationen ergänzen einander vorzüglich. Und dass die mächtigste Frau der Welt, wie sie zuweilen scherzhaft genannt wird, sich nicht aufraffen kann oder will, die Ursachen des Elends der Menschen in der Dritten und Vierten Welt zu bekämpfen, leuchtet Bremer durchaus ein, schließlich verdienen deutsche Konzerne und insbesondere die Waffenhersteller prächtig an den Zuständen im globalisierten Dorf. Allerdings verwahrt er sich heftig gegen die Behauptung „Wir alle sind schuld" an Hunger und Tod und nicht enden wollenden Kriegen. Er fühlt sich nicht schuldig und reiht sich zu den weltfremden Nörglern, die daran glauben, die Verursacher seien zu benennen und auch zu stoppen, wenn man nur wolle. Die Kanzlerin und ihre Vasallen entschieden sich für einen anderen Weg, scherten sich wenig um Meinung und Stimmung der Menschen im Lande noch um Recht und Gesetz, denn als der Ansturm immer größer wurde und Grenzkontrollen und Registrierung der Ankommenden nicht mehr möglich schienen, wurden diese kurzerhand abgeschafft. Ihre spontane Entscheidung fand ihre

Rechtfertigung in den Geboten der Menschlichkeit und steht für Bremer in krassem Gegensatz zur Industrie-, Wirtschafts- und auch Umweltpolitik ihrer Regierung. Da weiß die linke Hand offensichtlich nicht, was die rechte tut. Dergleichen kann als Schizophrenie bezeichnet werden. Und ohne das Engagement tausender freiwilliger Helfer und die überwältigende Spendenbereitschaft der Bevölkerung, wäre das Unternehmen rasch gescheitert, denn es zeigte sich, dass Politik und Behörden den Ansturm nicht bewältigen konnten. Die anderen EU-Staaten verhielten sich reserviert, zum einen, weil sie, wie Griechenland, Italien Frankreich und Spanien, selber Flüchtlingsprobleme hatten, zum andern, weil sie die Folgen der einsamen Entscheidung der Bundesrepublik nicht auf sich nehmen wollten. Einige wie Ungarn schlossen die Grenze und errichteten Zäune um vom Flüchtlingsstrom verschont zu bleiben. Auch Österreich erwog dergleichen, wobei die Verantwortlichen Wert darauf legten den Zaun nicht Zaun zu nennen, sondern Tor mit Randbegrenzung. Eine Sprachreglung, die Bremer als höchst eigenartigen alpenländischen Schwachsinn empfand, bis er im Gesamtwerk von Fritz von Hermanovsky-Orlando, mit dem er sich damals beschäftigte, schon im ersten Text „Maskenspiel der Genien" einen Hinweis fand, wie die Zustände in diesem Nachbarland zu verstehen seien. Dort las er, es sei eine traurige, aber unbestreitbare Tatsache, dass die Welt dem Phänomen Österreich mit tiefen Unwissen gegenüberstehe. Sie nehme gerade noch zur Kenntnis, was ein paar im Ausland verlegte Reisehandbücher über die gängigen Touristenrouten im Falschen aussagten, und damit gut.

Nicht geringe Schuld an diesem beklagenswerten Zustand gab Hermanovsky-Orlando den internationalen Fahrplankonferenzen, die es zustande brächten, dass bedeutende Schnellzuglinien, deren Expresse unter Pomp, Gestank und Donner von irgendeiner Grenzstation abgelassen würden, im Innern Österreichs schon nach kurzer Frist spurlos versickerten, nachdem sie irgendwann auf der Strecke durch einen rätselhaften Abschuppungsprozess den Speisewagen verlören. Meistens geschehe das in der Gegend von Loeben, diesem Gewitterwinkel des europäischen Reiseverkehrs. „Loeben ...ja, Loeben! Ein Zug, der was da drüberkummt, der is aus'n Wasser!" Mehr als einmal habe er es erlebt, dass alte, erfahrene Stationschefs einem aus Loeben ausfahrenden Express lange kopfschüttelnd nachschauten, wobei sie wohl auch ein kaum hörbares „Wieder einer...!" vor sich hin murmelten. Dann gingen sie ins Dienstzimmer zurück, stellten die Telegraphenleitung ab, würfen sich seufzend aufs schwarzlederne Sofa und stöhnten noch lange: „Jo ... jo, jo ... jo" ehe sie in traumgequälten Schlummer versänken.

Über den heutigen Zustand der österreichischen Staatsbahnen kann Bremer nicht urteilen, da er dort noch nie in einem Zug gesessen hat, doch wusste Renate von einem anderen Staatsunternehmen zu berichten, nämlich der Post, die mit eigenwilligen Öffnungszeiten und horrenden Gebühren es in den letzten Jahren geschafft habe, das einzig funktionierende Postamt des Landes ins bayrischen Freilassing zu verlagern, wo nun zahlreiche österreichische Firmen und Geschäftsleute Postfächer und Depots unterhielten um im Verkehr mit Deutschland und der restlichen Welt nicht gänzlich ins Hin-

tertreffen zu geraten. Möglicherweise wollte Renate mit dieser
Aussage seinen Zorn besänftigen, den er gegen das Hauptpost-
amt in LA hegte, nachdem er zum wiederholten Male, nach
seiner Meinung stundenlang, in der Schlage gestanden und
zugeschaut hatte, wie die Beamten arg umständlich mit ihrem
Computer hantierten, danach auf die Uhr blickten um in die
gewerkschaftlich erkämpfte Pause zu gehen und falls sie überhaupt gestärkt zurückkehrten, gewiss die teuerste Portovari-
ante herausfanden, von der sie erst abgingen und manchmal
auch nicht, wenn er ihnen androhte postwendend zur privaten
Filiale im Edeka zu laufen.

Höchst bedenklich das alles! Bedenklicher freilich erscheint
ihm der rasch einsetzende Meinungsterror zur Flüchtlingskrise. Kritiker, die darauf hinweisen, die Folgen seien nicht absehbar und nicht zu beherrschen, werden an den Pranger
gestellt und die Menschen im Land in gute und böse auf-
geteilt. Und während in den Medien Willkommenskultur
propagiert wird, wittern Immobilienbesitzer und Wohnungs-
bauunternehmen glänzende Geschäfte, denn auf ewig können
die Angekommenen nicht in Turnhallen untergebracht werden, und auch die Konsumindustrie erkennt prächtige Möglichkeiten. Die Menschen müssen versorgt, bekleidet und mit
Smartphones ausgerüstet werden, damit sie mit der Heimat in
Kontakt bleiben können. Erstaunlicherweise funktionieren die
Mobilfunknetze in den kriegszerstörten Herkunftsländern
wunderbar, was Bremer an der Technologiekompetenz seines
eigenen Landes zweifeln lässt, denn hier gibt es bei leisem Ge-
witterhauch nicht selten Probleme, wie die Störungsstatis-
tiken zeigen. Nur hinter vorgehaltener Hand und auf den Le-

serbriefseiten der Zeitungen wagen einige, die sich partout nicht zu den Bösen zählen lassen wollten, zuweilen Widerspruch.

Bremer hat einige dieser Briefe ausgeschnitten und aufbewahrt. In einem steht zu lesen „Zu meiner Schande muss ich gestehen, ich habe bisher an allen Wahlen teilgenommen. Erst bekamen die Grünen meine Stimme, in den letzten Jahren habe ich die Linkspartei gewählt. Meine Euphorie und Erwartung über den bevorstehenden Politikwechsel nach dem Bundestagswahlerfolg von SPD und Grünen wurde bereits im ersten Regierungsjahr enttäuscht. Der vermeintliche Pazifist Joschka Fischer erzählte von auschwitzähnlichen Zuständen in Jugoslawien, um die völkerrechtswidrigen NATO-Bomben und den Bundeswehreinsatz zu rechtfertigen. Tausende Tote damals und die vielen Flüchtlinge aus dieser Region waren und sind das Ergebnis. Heute ist mir klar, nur für Rot-Grün war es damals möglich, diese Propaganda zu verbreiten und Deutschland wieder in den Krieg zu führen. CDU und FDP hätten die Protestwelle der friedliebenden Bevölkerungsmehrheit nicht überstanden. Der Afghanistan-Einsatz folgte und deutsche Soldaten standen plötzlich am Hindukusch. Der Bundesnachrichtendienst lieferte mit dem Überläufer „Curveball" die Beweise für die erfundenen Massenvernichtungswaffen im Irak und obwohl die rot-grüne Regierung offiziell mit den USA nicht in den Krieg ziehen wollte, versorgte man die Alliierten mit Zieldaten für das Bombenfeuer. Die CDU/FDP-Regierung übte offiziell Zurückhaltung beim Libyen-Einsatz, unterstützte die Verbündeten aber mit Munition und Waffen. Und natürlich wurden die syrischen „Rebellen", die man im eigenen Land als Terroristen bezeichnen würde, mit Waffen und nachrichtendienstlichen Informationen versorgt. Das Ergebnis dieser Politik sind 1000000 tote Iraker, 100000 tote Afghanen, 50000 tote Libyer, 250000 tote Syrer, zerstörte Länder und gewaltige Flüchtlingsströme.

Hört man die Politikerparolen nach den verheerenden Anschlägen von Paris, könnte man meinen, die Strategie der letzten Jahre sei ein zündender Erfolg gewesen. All das geschieht nicht in meinem Namen. Bankenrettung, ESM, TTIP, Auslandseinsätze der Bundeswehr, Vorratsdatenspeicherung, Waffenlieferungen in Krisengebiete, die Russland-Sanktionen. NSA-Abhörprogramm in Deutschland, Drohnenleitzentrale der USA in Ramstein usw. Wenn Demokratie das alles möglich macht, bin ich wohl kein Demokrat."

Nach dem Essen räumt er das Geschirr in den Automaten und zieht sich andere Kleider an. Drunten in der Stadt findet eine Führung zum mittelalterlichen Leben in LA statt. Sei je liebt er es sich durch vertraute oder fremde Gassen führen und sich Geschichten über das Leben hinter den Fassaden erzählen zu lassen. Bei einem ersten Besuch auf der Burg, es war ein Tag der offenen Tür in den Museen der Stadt, kam er in die Kapelle als gerade ein Aufseher einer Anzahl von Besuchern die Altäre erklärte. Als sie gingen, stellte er ein paar Fragen, die dazu führten, dass der Mann mit ihm durch andere Räume lief und fortwährend erzählte, und erst nach einer Stunde ein Ende fand. Vor seiner Pensionierung war er Postler gewesen, hatte damals schon zuweilen Führungen gemacht, die nun seine Hauptaufgabe bildeten. Bremer schätzt solche Menschen, die ihr Hobby zum Beruf gemacht haben, und wenn sie spüren, jemand hört ihnen gerne zu, übersprudelnd ihr Wissen ausbreiten. Auch wenn manches nicht immer wissenschaftlich belegt sein mag, vermitteln sie doch ein Bild oder Selbstbild einer Region, das nicht selten fantastischer ist, als jenes der offiziellen Geschichtsschreibung. Warum soll in diesem Wald nicht ein Riese gelebt haben, eine Fee oder ein Zauberer? Nicht alles erschließt sich dem Menschenverstand. Für ihn sind Geheimnisse, Märchen und Träume ein selbstverständlicher und notwendiger Teil der Wirklichkeit.

Kurz nach eins. Um zwei soll die Führung beginnen. Zeit sich auf den Weg zu machen. Weil die Buslinie eingestellt wurde und Renate wie meist mit dem Wagen in die Kanzlei gefahren ist, geht er zu Fuß in die Stadt. Den Luxus zweier Autos wollen sie sich ersparen. Auch liebt er den Spaziergang. Zurück fahren sie später gemeinsam. Sein Weg führt am Rapsfeld entlang und hinter der Brücke über die Schnellstraße auf schmalem Steig hinab ins Tal. Pferde grasen auf der Weide eines Hofs am Gegenhang. Es ist still. Die Häuser in der engen Schlucht wirken verlassen. Kastenartige Neubauten mit hohen Fenstern, und geduckt, zwischen Sträuchern und Bäumen versteckt, zwei niedrige Hütten aus vergangener Zeit. Seit er jüngst die wunderbare Kindheitsgeschichte aus der Münchner Vorstadt von Hans Ernst gelesen hat, fällt ihm zunehmend auf, selbst hier auf dem Land sind kaum noch frei spielende Kinder zu sehen. Die ganz jungen hocken im Sandkasten oder versuchen sich am Klettergerüst auf umzäunten Spielplätzen von Müttern bewacht, die älteren warten an Bushaltestellen oder vor irgendwelchen Schulen auf die Autos ihrer Eltern. Die meisten sind in ihr Smartphone vertieft und fern jener anderen Abenteuerwelt, die es in seiner Kindheit noch gab. Heutige Straßenkinder sind jene, die in den Problemzonen der Großstädte wohnen. Am Rande von Drogen, Kriminalität und Prostitution.

Nach einer halben Stunde kommt er zur Freyung. Er mag diesen Platz mit der Kirche St. Jodok und dem herrlichen Blick auf die Burg. Unwillkürlich prüft er, ob das Notizbuch eingesteckt ist. Während des letzten Weihnachtsmarktes hat er sich die Telefonnummer eines der Händler notiert, den er schon lange anrufen will. Der Mann hat vom großen Brand der Burg in den sechziger Jahren erzählt und davon, er glaube kaum, dieser sei durch die Fahrlässigkeit einer Putzfrau verursacht worden. Da werde viel vertuscht, wie seine Nachforschungen zeigten. Überhaupt gehe in der Stadt manches nicht mit rechten Dingen zu. Bei Ausschachtungsarbeiten zum Bau des City-Palais zwischen Alt- und Neustadt sei man auf interessante historische Funde gestoßen. Doch bevor die Archäologen diese begutachten und eventuell ein Baustopp verhängt werden konnte, habe der Bauherr die Objekte einsammeln und in einer Nacht- und Nebelaktion die Fundstelle zubaggern lassen. Die Behörden hätten ein Bußgeld festgelegt, eine lächerliche Summe in Anbetracht des Millionenprojektes.

Sie waren beim Glühwein ins Gespräch gekommen, als nach der Eröffnung des Marktes durch den OB und andere Würdenträger der Stadt, die Bremer durch ihre bemühte Volkstümlichkeit aufgefallen waren, er seinen Nachbarn gefragt hatte, was dies für Pfeifen seien, die sich nun an die Theke drängten um sich kostenlosen Wein abzuholen, während er bezahlen musste. Der Wein schmeckte gut, war eigens von einem Winzer für diesen Zweck gekellert, wie ihm der Wirt erzählte, nachdem er ihn gelobt und ein zweites Glas bestellt hatte.

Von der Freyung sind es nur noch wenige Gassen bis zum Treffpunkt an der Martinskirche. Er macht kaum Teilnehmer aus. Ein jüngeres und ein älteres Ehepaar, eine junge Frau und eine zweite, die einen Ordner in der Hand hält. Diese stellt sich vor und sagt, nun werde wohl niemand mehr kommen und zeigt zum frisch renovierten Portal der Kirche hinauf: „Dort unter dem Gekreuzigten wird links die Offenbarung dargestellt, während rechts das Los der Ungläubigen aufgezeigt wird in Gestalt der mit einer Augenbinde versehenen Frau, die das Judentum verkörpern soll, und dem Richtschwert und der Hölle zum Opfer fällt." Sie weist darauf hin, diese Symbolik werde bei den meisten Beschreibungen der Historiker ausgespart. Danach geht es weiter zu anderen Stationen im engeren Altstadtbereich, an denen sie ehemaliges jüdisches Leben in der Stadt erläutert. Um 1450 wurden die Juden von hier und aus den anderen Städten Bayerns vertrieben, und erst im neunzehnten Jahrhundert begannen sich einige wieder anzusiedeln. „Sie kennen vielleicht das bayrische Juden-ABC: Ansbach, Bayreuth, Coburg. Dort fanden die übelsten Pogrome statt." Je länger sie spricht, desto deutlicher stellt sich für Bremer heraus, dass sein Blick auf die Judenverfolgungen zu korrigieren ist. Bisher hat er angenommen, dass Kirche und die von ihr dumpf gehaltenen Gläubigen verantwortlich für Ausschreitungen und Pogrome waren. Nun hört er, Drahtzieher waren die Fürsten und ihre Helfershelfer.

Ihr Handeln hatte nichts mit rechtem oder falschem Glauben zu tun, sondern war allein von wirtschaftlichen Erwägungen bestimmt. Sie holten die Juden ins Land und ließen sie in ihrem Machtbereich leben, solange sie sich gute Geschäfte versprachen und gaben sie preis, sobald ihre Schulden bei ihnen zu hoch waren, oder wenn sie zusätzliches Geld brauchten um ihren desaströsen Lebensstil zu finanzieren. Anstelle Fanatiker und den von ihnen geschürten Aberglauben in Schranken zu weisen, fachten sie ihn weiter an, ließen sogar Pogrome inszenieren und verwiesen die ausgeplünderten Überlebenden des Landes. Die eigentlich Verantwortlichen also waren die Herrscher und Profiteure, und die einfachen Menschen verführte und willige Helfer. Das sprach sie nicht frei von Schuld, doch stellte es diese in ein anderes Licht. Wie leicht sich Menschen und Massen manipulieren lassen und wie ohnmächtig der Einzelne dem ausgesetzt ist!

Als er später im Garten des Augustiners auf die Frau wartet, lassen ihn die Gedanken nicht los. Drinnen im Saal hört er die Gläser der Vertreter der Rüstungsindustrie und Waffenhändler klirren, vernimmt ihre stolzen Erfolgsbilanzen vor beifallsklatschenden Aktionären. Erlauscht das Kichern und Tuscheln jener, die aus dem Elend der Geflohenen Profit schlagen können. Ohnmächtige Zaungäste bevölkern die Bänke an der holzgetäfelten Wand. Die meisten gleichgültig, einige in bösem Streit mit ihren Nachbarn verstrickt. Es ist keine gute Zeit, die er grübelnd am Biergartentisch verbringt.

„Was hängst du hier herum und bläst Trübsal?" Neugierig blickt er auf und erkennt den Händler vom Weihnachtsmarkt. „Servus. An dich habe ich vorhin gedacht. Was treibt dich hierher?" „Das ist mein zweites Wohnzimmer. Ich wohne gleich um die Ecke." Er setzt sich: „Und du? Genug vom Landleben?" „Ich warte auf meine Frau." „Sie bringt Geld unter die Leute?" „Nein, sie ist noch in der Kanzlei." „Ach so." Der mönchsdick, rotglänzende Wirt stellt ihm ein Bier hin: „Bist spät dran. Wie geht es dir denn heute?" „Muss gehen." Er zögert, will noch etwas fragen, läuft dann zum Ausschank zurück. Der Mann schaut ihm hinterher, wendet sich Bremer zu. Zuckt mit den Schultern, nimmt sein Glas und trinkt es halb leer: „So ist es in der Welt." Bremer verspürt wenig Lust zu reden. Er ist ein Eigenbrötler geworden. War es wahrscheinlich schon immer. Er nimmt einen Schluck. Der andere langt gleichfalls zum Glas und leert es. Nickt dem Wirt zu, damit er ihm ein frisches Bier bringe. „Gibst Gas?" „Was sein muss, muss sein." Sie schweigen wieder. Bremer sieht, wie sich die Stimmung seines Gegenübers verdüstert. Grau und schwer hockt er auf dem Stuhl. Ganz leise sagt er dann: „Meine Frau ist auf und davon." Was soll er darauf antworten? Er schaut ihn nur an. Der Mann weicht seinem Blick aus, starrt leer in die Gasse: „Ich weiß nicht, was ich machen soll. Seit fast dreißig Jahren sind wir verheiratet. Sie reagiert nicht, wenn ich mit ihr reden will. Sie hat ihre Sachen gepackt und ist gegangen. Doch, sie hat sich noch einmal umgedreht und gesagt; „Du weißt es und ich weiß es." Dann war sie fort." Er greift nach dem Bier, stellt das Glas hart auf den Tisch zurück, als er feststellt, dass es leer ist. „Nichts weiß ich. Gar nichts!" Bremer fallen die Worte einer Frau aus dem Film letzte Nacht ein: „Die Männer haben

Angst davor, dass die Frauen sie auslachen. Die Frauen haben Angst, dass die Männer gewalttätig werden."

„Wir haben ein neues Wohnzimmer gekauft. Für den Rest unseres Lebens. Und nun dies!" Er ist nicht zu stoppen. Das ganze Leid bricht aus ihm heraus. Der große Zorn: „Sie hat diesen Schnösel kennen gelernt und schweigt. Es ist eine Mauer. Gegen diese renne ich vergeblich an." Renate taucht an der Ecke auf. Bremer winkt ihr zu. „Meine Frau. Wir müssen jetzt fahren." Er erhebt sich, klopft auf den Tisch und geht zum Wirt um seine Rechnung zu begleichen. Er ist erleichtert, als er neben Renate im Auto Platz nehmen kann. „War das nicht der Händler, den wir auf dem Markt getroffen haben?" „Er wohnt hier im Viertel. Und du, wie war dein Tag?" „Wir fahren noch beim Edeka vorbei. Dann brauche ich morgen nicht runter." „Macht ihr Urlaub?" „Ich muss ein paar Akten durcharbeiten und wir haben Zeit füreinander."

Er beneidet die Frau für ihre Begabung leicht einschlafen zu können, während er oft grübelnd im Bette liegt nachdem er das Buch weggelegt hat. Der Händler und seine Ohnmacht. Regelrecht davongelaufen ist er. Hat ihn im Stich gelassen. Davonlaufen! Nach dem letzten großem Streit bei dem es um die gerade fertiggestellten Filme gegangen war, um zukünftige Produktionen und neue Arbeitsabläufe, war er wütend in sein Büro gestürmt. Er hatte die Tür zugeknallt und sich an den Schreibtisch gesetzt. Draußen glitzerte Schnee. Es war bitter kalt. Otto und die Seinen, wenn es diese denn gab, hatten sich in ihr Winterquartier verzogen und zehrten davon, was sie in der warmen Jahreszeit gesammelt hatten. Ein paar Meisen tummelten sich im Geäst. Er sollte sein Zeug zusammenpacken, die Langlaufschi aus dem Keller holen und nach Dietramszell fahren. Dort auf der Loipe hinter dem Wald zur Hochfläche laufen, von der aus man die Kette der Berge sah. Alles vergessen! Rehe gab es dort. Auch einen Fuchs hatte er schon gesehen. Was wollte er noch in diesem Raum, den er in der nächsten Woche räumen musste, weil die Frau Chefin Weber hier einquartieren wollte, damit der trottelige Vasall in ihrer Nähe war, während er fernab in dessen Büro sich dem Nichtstun hingeben konnte. Fünf Filme zu betreuen waren eine lächerliche Aufgabe für ein Jahr. Noch lächerlicher waren die Vorgaben, wie Filme zukünftig auszusehen hatten. Nichtssagende Sätze hatte sie heruntergeleiert. „Ich wünsche in meiner Redaktion Filme, die auf dem Stand der Zeit sind. Nicht diese langweiligen Filmchen ohne dramaturgische Spannung und beliebig in Bild und Text. Ich will das Besondere sehen von einer Region, will Menschen kennen lernen, die typisch sind und etwas zu erzählen haben. Einfach Bilder hintereinander kleben und austauschbare Kommentarsätze darunter legen wird es in Zukunft nicht mehr geben." Außerdem verlange sie, alle Entwürfe und später die Drehpläne vorher und rechtzeitig zu sehen. Ein toller Vertrauensbeweis! Kontrolle, die er nicht gewohnt war, und auch nicht akzeptieren wollte. Es ging ihr nicht um die Filme, sondern allein um Macht und es ging um ihn. Sie wollte ihn fertig machen! Erledigen. Loswerden. Dagegen sich wehren? Wie denn? Von der Hauptabteilung war keine Unterstützung zu erwarten. Rein formal war sie im Recht. Natürlich konnte sie die Unterlagen verlangen. Auch früher hatte er Kopien an den

Redaktionsleiter geschickt. Pro forma. Die Gespräche mit den Autoren bis zur Fertigstellung lagen in den Händen des zuständigen Redakteurs. Der entschied, ob jemand an die kurze oder lange Leine genommen wurde und trug die Verantwortung dafür. So war es Usus und der Erfolg der Abteilung bestätigte diese Praxis. Kein Mensch konnte Kreativität entwickeln, wenn er fortwährend gegängelt wurde. Was glaubte diese Gans eigentlich, wie sie bisher gearbeitet hatten?

Er verließ sein Büro, lief zum Casino vor und trank rasch zwei Bier hintereinander. Nahm niemanden wahr, der dort auch immer sitzen mochte. Zurück am Schreibtisch öffnete er sein MacBook. Schrieb die Texte und speicherte die Datei auf einen Stick. Am öffentlichen Computer bei den Schneideräumen druckte er die beiden Seiten aus, ging dann in den Keller zum Kopierer, zog Handschuhe an, holte die Blätter aus dem Fach und legte sie in die Mappe. Zurück im Büro setzte er sich an seinen Schreibtisch und starrte aus dem Fenster in die Freitagsdämmerung hinaus. Er wartete bis alle gegangen waren und länger noch. Schließlich raffte er sich auf, holte Tesafilm aus der Schublade. Zog wieder die Handschuhe an, nahm die Kopien und pflasterte draußen den gesamten Flur von der Außentür bis zu den Redaktionsräumen mit Zetteln, auf denen zu lesen stand: „Hier geht's zum Affenstall." Das letzte Blatt an der Tür zur Abteilung trug die Aufschrift „Willkommen im Affenstall. Tritt ein! Bring Glück herein!" Er begutachtete sein Werk. Fand es gelungen, stopfte die restlichen Blätter in seine Aktentasche, verstaute das MacBook, nahm Mantel und Schal und machte sich zufrieden auf den Heimweg. Sollte die gesamte Redaktion der Teufel holen! An der Pforte grüßte er freundlich wie stets und wünschte ein angenehmes Wochenende. Nur die Autos der Sendezentrale, einiger Nachrichtenleute und des Sports standen auf dem verwaisten Parkplatz. Der Zauber der Freitagnacht. Renate erzählte er nichts von seiner Aktion. Am Sonntag gingen sie gemeinsam langlaufen. Föhnluft strich über die Berge und die Welt strahlte im Sonnenschein. Ein herrlicher Wintertag, der nicht enden sollte und doch rasch verging.

Am Montagmorgen waren die Zettel verschwunden. Das Vorzimmer fand er leer. Er ging in sein Büro, hängte den Mantel in den Schrank, setzte sich und schaltete den Computer ein. Zehn Uhr. Er hatte sich nicht beeilt an diesem Morgen. Im Posteingang entdeckte er keine neuen Mails. Er wollte gerade das Gerät ausschalten, als die Tür aufging und die Sekretärin erschien: „Da sind Sie ja endlich. Sie möchten zur Hauptabteilung kommen. Die anderen warten schon. Sie sind spät." Er langte nach seinem Kalender: „Wieso. Es steht doch keine Besprechung an. Was soll ich dort?" Er blickte zu ihr hoch. Sie schüttelte den Kopf: „Übertreiben Sie es nicht." Drehte sich um. An der Tür zögerte sie kurz, verließ dann den Raum ohne ein weiteres Wort. Sie schaute nicht auf als er draußen an ihr vorbeiging und sich auf den Weg machte. Im Fahrstuhl glitt er in den Tunnel hinein. In dem er sich immer noch befand, als er eine Stunde später wieder nach unten fuhr. Er war bis auf weiteres beurlaubt worden, musste unverzüglich sein Büro räumen und hatte vorläufig Hausverbot.

Ein paar Wochen lang blieb er in seinem Tunnelversteck, stellte sich dumm, trotzig und empört, und obgleich sie keine

Beweise fanden, wurde sein Vertrag aufgelöst. Die Abfindung war ordentlich, die Gewerkschaft hatte sich für ihn eingesetzt, auch wenn er kein Mitglied war. Weber bot sich an ihm sogar einen Anwalt zu besorgen, falls keine interne Lösung gefunden werden konnte, und seine Sache vor dem Arbeitsgericht verhandelt werden müsse. Dadurch wären sein Fall und Name in die Öffentlichkeit gezerrt worden. Es reichte, dass jeder im Haus Bescheid wusste. Treuherzig hoffte er damals noch, als freier Autor und Filmemachen weiterhin im Haus arbeiten zu können. Zumindest bei anderen Sendern der ARD. Zum ZDF wollte er nicht und keinesfalls zu den Privatsendern. Der resignierte Satz eines Studienkollegen, er müsse nun auch für die Privaten arbeiten, sollte ihm nicht über die Lippen kommen. Als er eines Abends, an dem das Dunkel sich ein wenig gelichtet hatte und er über seine Zukunft nachdenken konnte, mit Renate redete, sah sie ihn nur kopfschüttelnd an: „Ich verstehe dich nicht mehr."

Alles verstand er ja selber nicht. Verschanzt hinter Trotz und Zorn hatte er sich durch die Tage gequält, in seinem Elend gesuhlt, fremde Hilfe nur widerwillig angenommen und sich eingeredet, sich am eigenen Schopf packen und aus dem Sumpf ziehen zu können. Er war schweigend in der Wohnung herumgelaufen, hatte sich in seine Bücher vergraben und viel gelesen, hatte Exzerpte gemacht und Vorschläge ausgearbeitet für Radiosendungen und Filme und diese an den Mann zu bringen versucht. Der Erfolg blieb aus. Nur ein Lichtblick zeigte sich, nachdem er dem Rat Ritzels, des Kirchenmannes folgend, mit Saarbrücken telefonierte. Die zuständige Redakteurin akzeptierte den Beitrag, wollte freilich nur fünfzehn

Minuten anstelle der von ihm geplanten dreißig. Außerdem wünschte sie, dass ein Münchner Kirchenhistoriker, den sie aus ihrer Studienzeit kannte, die Darstellungen erläutern und einschätzen sollte. Er sagte wiederwillig zu und an einem strahlendem Sommertag standen sie in der Kapelle und drehten die Interviewpassagen, die vorher mit dem Professor abgesprochen waren. Bremer fand dessen Aussagen gelehrt und langweilig. Er vermisste die Faszination, die ihn umtrieb beim Anblick der Wandzeichnungen und Texte in diesem zweigeschossigen halbdunklen Raum. Nachdem er gegangen war, machten sie Detailaufnahmen von den Bildern, die er angesprochen hatte, und Bremer hielt den Kameramann an, die Atmosphäre, das Licht und Schattenspiel in Totalen einzufangen. Am nächsten Tag bei Außenaufnahmen war es dunstig und regnerisch und ein paar gute Stimmungsbilder gelangen. Während des frühen Mittagessens im Gasthaus am Eingang zum Stadtplatz betrachtete er die Männer am Stammtisch und sagte, dass er diese niederbayrischen Bauernschädel brauche. Als sie später nach diesem zusätzlichen Dreh die Ausrüstung im Teamwagen verstauten um heimzufahren, hatte er das Gefühl, der Bericht könne gelingen. Schwarze Wolken türmten sich am Himmel. Ein Gewitter kündigte sich an. Kurzentschlossen unterbrach er den Aufbruch und sagte den Leuten, er wolle noch zum Festplatz. Es war ein freies Team, dem es Recht war, ein paar Stunden Drehzeit mehr aufschreiben zu können, und so fuhren sie zum Gäubodenfest. Sie hatten Glück. Nach ein paar Einstellungen von vollen Budenstraßen über die dunkle Wolken glitten, brachen Wind, Blitze und Donner los. Die Besucher flohen in die Zelte oder suchten sonstwo Unterschlupf vor den Naturgewalten. Eine halbe Stunde dauerte das Inferno. Dann lichtete sich der Himmel. Bald stand die Sonne wieder im Blau und Karussell und Riesenrad drehten sich erneut. Wären nicht die Pfützen gewesen und die im Gegenlicht glänzenden Reste der Regentropfen auf den Kanten der Dächer und im Gestänge der Fahrbetriebe, man hätte meinen können, alles habe nicht stattgefunden.

Am nächsten Tag holte Bremer die DVD-Kopien, notierte die Einstellungen, schrieb das Interview ab und überlegte sich den Aufbau des Filmes. Er stellte rasch fest, mit dem Gespräch funktionierte die Geschichte nicht. Er bastelte zwar eine Fassung zusammen, doch danach schrieb er eine zweite auf. Ohne Interview, nur mit Bildern und Textpassagen von der Kapellenwand, den Wirtshausaufnahmen und dem Gewitter über dem Volksfest. Falls er einen guten Cutter bekam, konnte ein toller Beitrag entstehen.

Mit gemischten Gefühlen fuhr er in der folgenden Woche nach Saarbrücken zum Schnitt. Er ging kurz im Büro vorbei und redete mit der Redakteurin, die sich erkundigte, wie der Dreharbeiten gelaufen seien. Er sagte: „Alles in Ordnung.“ Seine Absichten erwähnte er nicht. „Dann kann ich ja morgen Nachmittag den Beitrag anschauen. Kommen Sie heute nach Arbeitsschluss vorbei, dann begleite ich Sie ins Gästehaus. Ich habe einen vollen Tag. Viel Erfolg!“ Damit war er entlassen und machte sich auf in den Schneideraum. Seine Vorarbeit zahlte sich aus. Nach kurzem Abtasten und Angewöhnen begannen sie mit dem Schnitt. Die Cutterin war sein Jahrgang, hatte früher noch herkömmliche Filme geschnitten und beherrschte den elektronischen Schnitt souverän. Er überlegte nicht lange und entschied sich gleich für die Fassung ohne Interview. Die ersten entscheidenden Bilder funktionierten und alles nahm einen guten Lauf. Gelang immer besser, je mehr die Cutterin das Material kennenlernte, und desto besser er ihr seine Absicht verdeutlichen, und sie eigene Vorstellungen einbringen konnte. Gegen vier hatten sie mehr als zehn Minuten geschafft. Sie drehte sich zu ihm um: „Ich bessere noch die notierten Passagen aus. Sie gehen jetzt. Morgen früh schauen wir uns alles an. Das war ein guter Tag." Er antwortete: „Finde ich auch." Erwacht aus seinem Arbeitsrausch räumte er Zettel und das MacBook in die Tasche, nahm seinen Koffer und machte sich auf den Weg ins Redaktionsbüro. Müde und zufrieden. Seit Monaten hatte er nicht mehr im Schneideraum gesessen und gar nicht wahrgenommen, wie sehr ihm dies gefehlt hatte. „Na, wie kommen Sie voran?" „Kein Problem. Läuft gut." „Frau Hütter ist eine versierte und angenehme Kollegin. Ich schneide gern mit ihr." Auf dem Weg zum Parkplatz entschuldigte sie sich keine Zeit für ihn zu haben, aber sie säßen in der Endredaktion zum ersten Band eines Buches über das Fernsehen in der digitalen Welt. „Wir sind eine Gruppe von Fernsehleuten und Informatikern und wollen den Band unbedingt noch vor der Buchmesse auf den Markt bringen." „Sit down and be counted", sagte er, und als sie fragend stehen blieb, erzählte er ihr, vor Jahren beim Gespräch mit einem Redakteur des irischen Fernsehens in Dublin habe ihn der ein Buch mit diesem Titel in die Hand gedrückt. Er und andere Kollegen hatten es in den Siebzigern geschrieben und darin vor der Kommerzia-

lisierung und Amerikanisierung des Fernsehens gewarnt und vor der verhängnisvollen Rolle der Medien in McLuhans globalem Dorf. „Das Buch war ein ziemlicher Erfolg. Man kann es auch heute noch lesen. Bewirkt hat es nichts. Die Zeit ist drüber hinweggegangen, weil sich die Welt verändert hat. Ähnlich wie bei Orwells „1984", das manche heute hervorkramen. Orwell entwirft eine Zukunft aus den Erfahrungen mit totalitären Regimen aus den dreißiger und vierziger Jahren, die damals vorstellbar war, aber diese Strukturen erscheinen harmlos, betrachtet man die Gegenwart." Sie antworte nicht, ging weiter zu einem neuen Golf und als sie drinnen saßen, meinte sie, dass die Wohnung nicht weit weg liege. Sie hätte ihm alles erklären können, zeige ihm aber lieber den Weg. Das sei einfacher. Fragte dann: „Waren Sie deshalb in Irland?" Er stutzte kurz: „Nein. Nein! Für so ein Thema hätte sich damals kaum einer interessiert. Zumindest keiner, den ich kannte. Ich habe eine Radiosendung über Literaten in Irland gemacht. Sie wissen vielleicht, Autoren und andere Künstler, müssen in Irland kaum Steuern zahlen. Auch ein paar Deutsche sind dorthin umgezogen." „Tatsächlich? Das wusste ich nicht." „Sie müssen sechs Monate im Jahr dort leben. Für mich als freier Mitarbeiter lohnt sich das nicht."
Nach kurzer Fahrt bogen sie in eine Vorstadtstraße. Auf beiden Seiten eingeschossige Häuser, jeweils ein oder zwei Fenster breit, mit unterschiedlich bunten Fassadenanstrichen. Sie stoppte vor einem hellblauen, schloss die Eingangstür auf und führte ihn in eine Art Wohnzimmervorraum. „Hier unten ist der Aufenthaltsbereich mit kleiner Küche und Bad. Oben befinden sich zwei Schlafräume. Derzeit sind Sie der

einzige Gast. Tee, Kaffee und Sprudel finden Sie im Kühlschrank. Vorne gleich an der Hauptstraße ist ein Supermarkt.
Sie haben ihn vielleicht gesehen. Dort gibt es ein Früh-
stückscafé, und ein paar Häuser weiter lauert ein Grieche. Der
ist gar nicht so schlecht. Direkt davor können Sie in den Bus
steigen, falls Sie in die Innenstadt möchten." „Danke, danke,
ich werde heute nicht mehr viel unternehmen, bin ja früh
los." „Ach ja", sie zeigte zu einer Tür auf der gegenüberlie-
genden Seite: „Da geht es in einen kleinen Garten." Sie
schickte sich zum Gehen an, drehte sich noch einmal zu ihm
um: „Wir sitzen die nächsten Abende zusammen an unserem
Buch. Vielleicht kann ich Sie morgen mitnehmen. Gute Ideen
können wir immer brauchen, auch wenn wir schon viel Material zusammengetragen haben. Also, lassen Sie sich's gut
gehen."

Anfang dreißig mochte sie sein. Nicht unsympathisch. Sie
wusste also nichts von seiner Redaktionsmisere. Freier
Mitarbeiter hatte er gesagt. War er ja auch wieder. Wie sie
wohl auf den Film reagieren wird? Ganz sicher fühlte er sich
nicht.

Zurecht, denn als sie am nächsten Mittag kam und den Film
anschaute, blieb sie erst einmal schweigend sitzen. Dann sagte
sie: „Den Beitrag nehme ich nicht ab. Ich weiß nicht, was Sie
sich dabei gedacht haben. Er entspricht nicht meinen Vorstellungen und enthält nichts von dem, was wir abgesprochen
haben." Sie schaute auf ihre Uhr: „Das ist ein eklatanter Ver-
tragsbruch, den ich nicht hinnehmen werde. Ich rede mit
meinem Chef. Dann sehen wir weiter." Sie verließ den Raum
ohne dass er etwas erwidern konnte. Die Cutterin drehte sich

zu ihm um: „So habe ich sie noch nie erlebt." "Und was jetzt?" „Ich schätze mal, dass Sie gleich wieder auftauchen wird." Sie wandte sich dem Computer zu und klickte das Interview an: „Ob wir uns das vielleicht doch einmal anhören?" Bremer legte ihr die Hand auf die Schulter: „Nein, das machen wir nicht! Was soll's! Der Film ist gut. Wir brauchen Musik an ein paar Stellen. Rufen Sie den Musikberater an und fragen ihn, ob er Zeit hat!" Während sie zum Hörer griff, nahm er sich seine Notizen vor. Bei der Abnahme hatte er gesagt, an welchen Stellen er sich Kommentar und Zitate vorstellte und auch ein paar Passagen vorgelesen, die sich aus den Texten der gezeigten Abbildungen ergaben. Keine schwierige Aufgabe. Freilich der erste Satz musste noch gefunden werden. „Der Mike ist frei. Ich habe ihm gesagt, ich rufe in einer halben Stunde noch mal an. Dann werden wir ja hoffentlich wissen, woran wir sind."

Lange brauchten sie nicht zu warten. Nach fünfzehn Minuten klopfte es an der Tür und Kugler, der Chef, kam herein, hinter ihm die Redakteurin. Er grüßte und reichte ihm die Hand: „Na Meister Bremer, haben Sie den Föhnsturm in München gut überstanden?" Bremer schaute ihn verblüfft an. Sie waren einander schon einmal begegnet. Nur wann und wo? Kugler setzte sich und sagte: „Dann wollen wir doch mal sehen, was Sie uns mitgebracht haben." Und zur Cutterin: „Lassen Sie mal laufen." Noch immer verwirrt, nahm Bremer hinter ihm Platz. Dann fiel ihm ein, das war der Toni! Sie hatten gemeinsam in München angefangen und sich irgendwann aus den Augen verloren. Nach den ersten Bildern wollte er wie vorhin Textvorschläge anbringen, verstummte, als Kugler abwinkte:

„Lassen Sie mal. Es ist nicht der erste Film, den ich mir anschaue. Das Weitere kann ich mir denken, wenn die Grundlage stimmt." Also begnügte er sich damit Kugler zu beobachten. Eine Reaktion war nicht zu erkennen. Auch er blieb ein paar Augenblicke lang stumm, nachdem der Film zu Ende war, drehte sich dann zu Bremer und sagte: „Ein kleines Kunstwerk haben Sie da in Arbeit. Nicht ganz das," er schaute zu der Redakteurin: „Was wir sonst im Programm haben, aber sehr gut." Und wieder zu Bremer: „Ich bin gespannt, ob der Text ebenso gelingt." Bremer stotterte überrascht und erleichtert: „Ich hab, ich weiß noch nicht recht. Zuviel Text will ich nicht drunter legen, Ich meine..." Kugler hob die Hand und senkte sie wieder: „Das denke ich auch. Aber einfach wird es nicht." Er stand auf und sagte zur Redakteurin, die verblüfft zu ihm hochschaute: „Ja, Sabine. Ich denke, wir können das kaufen. Du hast dich doch schon öfter beklagt, dass alle Filme einander gleichen. Jetzt haben wir mal etwas Eigenes." „Ja aber..." Er winkte ab: „Ich habe mir das gleich gedacht, als ich in der Projektanmeldung las, dass du Bremer beauftragt hast. So ist er nun mal, unser ehemaliger Redakteurskollege, der nun wieder auf Freiersfüßen wandelt." „Seinen Hintergrund kannte ich nicht." „Macht nichts. Vergessen, vorbei!" Er blickte Bremer an: „Das letzte Mal haben wir uns bei Mutter Hoppe gesehen, wenn ich nicht irre. Neben dem Roten Rathaus in Berlin. Da haben Sie, hast Du gerade bei den Bayern angefangen gehabt. Elend lange her." Er drehte sich zur Cutterin: „Gut geschnitten. Da haben sich zwei gefunden. Die Mischung ist übermorgen, wie ich gelesen habe. Da habt ihr noch einiges zu tun. Ich gehe dann mal." Er winkte der

Redakteurin zu, die jeden Blickkontakt zu Bremer vermieden hatte, und sagte: „Ich hätte da noch was, und, ach ja, du solltest den Hermann Becker als Sprecher bestellen. Der kann das. Ich meine, wir können die Herrschaften in Ruhe arbeiten lassen." Sie verließen den Raum. Bremer schaute blind vor sich hin, hörte wie die Cutterin sagte: „Dann bestelle ich jetzt den Mike. Aber erst einmal gehen wir kurz etwas essen. Es ist schon fast zwei."

Dass er sich ausgerechnet jetzt an die Saarbrückenepisode erinnert ist schon seltsam. Sein Gedächtnis funktioniert eigenartig. Oder auch nicht. Das Bild des Händlers taucht auf. Eigentlich schon. Nachdem er den Film getextet hatte und am folgenden Tag die Mischung gut über die Bühne gegangen und die DVD fertig war, lief er in die Redaktion um sie dort abzugeben und sich zu verabschieden. Er traf nur die Sekretärin an. Die Redakteurin hatte sich bereits ins Wochenende verabschiedet und Kugler war in einer Sitzung und nicht zu sprechen. Er fuhr mit dem Bus ins Gästehaus. Eigentlich wollte er erst am Samstag früh den Zug nehmen. Die Leere hätte ihn erdrückt. Er räumte kurzentschlossen seine Sachen zusammen, warf den Schlüssel wie verabredet, in den Briefkasten und machte sich auf zum Bahnhof. Per E-Mail erfuhr er das Sendedatum. Vom Büro abgeschickt. Er hätte anrufen können, schob es immer wieder auf. Seitdem hat er aus Saarbrücken nichts mehr gehört. Hat alles verdrängt, als sei es nie geschehen. Ob das Buch über das Fernsehen erschienen ist? Bremer weiß es nicht.

Halb sechs. Renate schläft eingekuschelt in Decke und Kissen. Nur ihr braunes Haar liegt frei. Es ist schön, dass sie lange noch nicht aufzustehen brauchen. Die Pflicht! Nicht immer folgen sie ihrem Ruf. In den letzten Jahren ist es ihnen gelungen die Anforderungen des Tages, Arbeit und Geld verdienen mit dem Verlangen nach Muse und Freiheit neu in Einklang zu bringen. Seitdem ist auch wieder Zeit für die Liebe. Einander berühren und die Welt in den Hintergrund treten lassen. Leise und ohne die verzweifelte Gier, die zumindest ihn eine Zeitlang beherrschte, als er die Tage zählte, an denen sie nicht miteinander geschlafen hatten. In allen Phasen des Alters erfindet und ordnet sich das Leben neu. Die Fähigkeit in sich hineinzuhorchen besaß er eigentlich immer, doch nicht immer will er die Botschaft hören. Oder kann es nicht. Handelt töricht gegen das, was er erkennt. Ein guter Schutzengel bewahrt ihn vor größerem Schaden. Dies zu vertiefen versagt er sich. Er will das Geheimnis des Lebens nicht in seiner Gänze ergründen. Vielleicht hat er nicht viel verstanden. Wichtig ist, den Weg zu gehen, den das Herz einem weist.

„Kochst du uns Kaffee?" Aus dem Gestrüpp von Haaren zwischen Kissen und Decke blitzen Augen hervor. „Kann ich machen." Er wirft die Beine nach oben, schwingt sie zum Boden zurück, erhebt sich und geht hinunter in die Küche. Füllt den Automaten mit Pulver und Wasser. Er setzt sich an den Tisch und streicht mit der Hand über die Fläche aus schwerem Holz. Draußen ist der Tag schon erwacht. Er hört die Stimmen der Vögel im Walnussbaum, als er die Tür öffnet und die Zeitung aus dem Briefkasten holt. Eine Krähe hüpft wütend fort, weil er sie bei der Futtersuche stört. Es ist wieder Krieg in der Welt. Er weiß es ohne die Schlagzeile lesen zu müssen. Und es herrscht Angst, dass daraus ein großer Weltenbrand entstehen könnte. Er legt die Zeitung auf das Tablett neben den Teller mit den beiden Butterbrezln, stellt zwei Tassen dazu, die gefüllte Kanne, und geht ins Schlafzimmer zurück. Ein Rocksong empfängt ihn. „Blinded by rainbows" von den Rolling Stones. Renate hat das Radio eingeschaltet. Vorsichtig stellt er das Tablett ab und rutscht auf seine Seite. Er nimmt die Kanne und gießt die braune Flüssigkeit in ihre Tasse, füllt auch seine Schale, aus der er seit Jahren seinen Frühstückskaffee trinkt. Die Nachrichten beginnen mit Meldungen aus Syrien und Berichten von der Flüchtlingskrise. „Ich kann das Gesabber nicht mehr hören. Als ob es nichts anderes mehr gäbe auf der Welt." „Sei still und hör zu! In den Frühnachrichten senden sie manchmal Sachen, die ich später im Auto nicht mehr höre. Entweder fehlen sie ganz oder haben einen anderen Tenor." „Da sind die Chefs in den Redaktionen eingetroffen oder die Aufpasser der Parteien haben zum Hörer gegriffen und sorgen dafür, dass wir nur das hören, was wir hören dürfen." „Das ist doch bescheuert. Oder nicht?" „Jüngst haben Mitarbeiter des WDR öffentlich über ihre Arbeitsbedingungen geredet. Da konnte man erfahren, wie es um die Pressefreiheit in den öffentlichen Medien bestellt ist." „Es ist etwas faul im Staate Dänemark." „Da ist mehr als etwas faul. Ich kann die wehleidigen Klagen mancher Journalisten über ihr gesunkenes Ansehen nicht mehr ertragen. Für den Niedergang sorgen nicht die Hasskommentare im Internet und ebenso wenig die Pöbeleien von irgendwelchen Radikalen. Da müssen sich die Herrschaften schon an die eigene Nase fassen und mal überlegen, wann und wo sie ihrem Handwerk zuwider handeln. Die einen, weil sie unerträglich gegängelt werden, die anderen, weil sie der Hybris verfielen und glauben sie seien Teilhaber der Macht anstelle deren Kontrolleure. In den Leserbriefen der Zeitungen findet man oft genauere Informationen oder treffendere Meinungen als auf den normalen Seiten. Auch die meisten Politiker haben lange schon den Bezug zur Realität verloren und geben nur noch Worthülsen über Menschenrechte und Demokratie von sich. Der alte Bahr hat bei einem Treffen mit Schülern jüngst gesagt: „In der internationalen Politik geht es nie um Demokratie und Menschenrechte. Es geht um die Interessen von Staaten. Merken Sie sich das, egal, was man Ihnen im Geschichtsunterricht erzählt." „Ein Grund warum ich mich lieber mit Erbschaftsangelegenheiten herumschlage, als mit Mord, Korruption und Steuerbetrug. Aber auch hier, je tiefer ich in die Verhältnisse mancher Familien hineinschaue, desto mehr fällt mich das Grauen an, und ich muss aufpassen, dass ich mich nicht verliere. Engelsgleich will mir manchmal scheinen, ist unser Leben. Trotz aller Probleme." Sie reicht ihm ihre Tasse: „Schenkst du mir noch einmal ein?" Bremer nimmt die Kanne von der Bücherablage neben seinem Bett und gießt vorsichtig nach. Er stellt sie zurück neben die neue Ausgabe von Norwids Gedichten. Der Pole hat den schwärmerischen Zeitgenossen Mickiewicz und Slowacki seine nüchternen Verse entgegengesetzt. Er lehnt sich zurück in sein Kissen. Der Wetterbericht verheißt einen sonnigen Tag. Er sieht sich in seinem Arbeitszimmer über das Feld blicken,

hinüber zum Weg und den mächtigen Bäumen mit der Holz-
bank dazwischen, auf der er manchmal sitzt, wenn er nachdenken will oder einfach nur träumen. „Ich bin froh, dass ich
damals die Entscheidung getroffen habe. Es war ein langer
und auch schmerzhafter Abschied. Aber er war notwendig."
Sie liegt still. Starrt vor sich hin. Dann fragt sie: „Damals, als
du nach Istanbul fuhrst, wolltest du da wieder heimkehren
oder für immer dort bleiben?" Schwer senkt sich die Erinnerung herab. Dann antwortet er: „Ich weiß es nicht. Wusste
es damals nicht." Langsam dreht sie den Kopf. Sucht seinen
Blick: „Es ist gut, dass du nicht lügst." Und nach einer Pause:
„Umarme mich! Ich will dich spüren. Ganz fest."
„Lay back in the arms of someone." Smokies Lied fällt in den
Schlafraum und nachdem die letzten Worte und Töne ver-
klungen sind, macht sie sich frei und sagt leise: „Wir sollten
aufstehen. Sonst vergeht der Tag ohne uns." Er grinst, streicht
ihr übers Haar und sagt: „Jetzt wird wieder in die Hände
gespuckt. Wir steigern das Bruttosozialprodukt". Das haben
„Ton, Steine Scherben" gesungen, erinnerst du dich?" „Trio
gab's damals auch mit „dadada"." „Wir leben mit unserem
Musikgeschmack in der Vergangenheit." „Genau, wir sollten
etwas für die Gegenwart tun. Die ist auch nicht so schlecht."
„Du meinst, wir können zufrieden sein?" „Geht doch noch.
Oder?" Nun grinst sie ihn an. „Das sollten wir nachprüfen."
„Wir kommen nie auf einen grünen Zweig, wenn wir den
ganzen Tag im Bett liegen." „ Aber schön ist es. Wunder-
schön!"
Irgendwann kriecht der Alltag zurück in den Raum. Sie lassen
ihn gewähren. Renate zieht die Vorhänge auf, kehrt zu ihm

zurück ins Bett und schnappt sich ihr Buch. Wenn sie liest, die tiefe Konzentration in den Augen verbunden mit dem Spiel der Lippen. Als esse sie die Buchstaben auf. Manchmal rümpft sie die Nase. Das Telefon lassen sie klingeln und hören zu, wie der Anrufbeantworter sich einschaltet und seine Botschaft verkündet. Er hat ihr nur die Hälfte von dem erzählt, was in dem Bericht über Egon Bahr zu lesen stand. Seine Warnung vor dem Krieg hat er verschwiegen. Der Einundachtzigjährige sieht die größte Kriegsgefahr im Internet und sagt: „Wir weigern uns zur Kenntnis zu nehmen, dass es das erste Mal wäre, dass eine neue Erfindung nicht für den Krieg missbraucht wird." Die US und Russland hätten den Cyber War ja schon ausprobiert, erstere im Iran etwa", und betont: „Wir brauchen eine internationale Vereinbarung zur Eindämmung elektronischer Kriegsführung – so wie wir es früher mit konventionellen und atomaren Waffen gemacht haben." Der alte Mann sieht sich im Jetzt an die Vorkriegszeit seiner Kindheit erinnert und richtet seine Warnungen an die schrecklichen Kinder der Neuzeit, wie Peter Sloterdijk die Heutigen nennt. Wie aber auch sollen sie seine Worte verstehen, nachdem die digitalen Medien lange schon ihren Alltag bestimmen und ein Abstreifen dieser Fessel nicht mehr möglich ist?

Wenn er zuweilen über die Veränderungen der letzten Jahrzehnte nachdenkt, packt ihn Staunen und Unbehagen. Er fühlt sich wie jener Indianer, der sich nach einer Flugreise, oder war es eine Eisenbahnfahrt, am Ziel angekommen, erst einmal hinsetzte und wartete, bis seine Seele dem Körper nachgekommen war Doch trotz dieser digitalen Zeitenwende ist der Tabubruch im Jugoslawienkrieg bestimmender für sein

Denken. Dass der Krieg nach Europa zurückkehrte und militärisches Eingreifen inzwischen als selbstverständlich erachtet wird, droht sein Weltbild zu zertrümmern. Wie Hornissen fallen seitdem Militärs und Politiker im Namen von Demokratie und Menschenrechten über andere Staaten her. Betrachtet er die Weltkarte im Arbeitszimmer an seiner Wand, so sieht er den großen sibirischen Krieg am Horizont aufleuchten, und fragt sich, wie die Welt danach aussehen wird. Alfred Döblin hat in seinem Roman „Berge, Meere und Giganten" einen Blick in diese Zukunft gewagt. Achtzig Jahre ist das nun her. „Was liegst du so angestrengt grummelnd neben mir?" „Ich überlege, ob wir uns heute vom „Grill ins Haus" Essen bestellen sollen." „Vielleicht brate ich uns Spiegeleier." „Du bleibst hier. Ich brauche dich noch." „Tatsächlich?" „Aber sowieso. Genau!" Zufrieden kehrt sie zu ihrem Buch zurück. Mehr als dreißig Jahre leben sie nun miteinander und ein wenig der Leichtigkeit der Liebe ihrer ersten Jahre ist in der letzten Zeit wieder erwacht. Dabei sah es zu Beginn gar nicht so aus, als ob sie je zusammenkommen könnten, denn als auf einem Filmabend der Hochschule im großen Hörsaal der Universität sein erster Kurzfilm gezeigt wurde, stand eine struppige Studentin auf und erklärte, der Film sei vergeudete Zeit und ohne Sinn und Verstand. Er versuchte sich zu verteidigen und sagte, Flaherty habe sich mit der Kamera in den Sumpf von Louisiana gesetzt und beobachtet und auf die Geschichten gewartet, die dann seinen Film „Louisiana Story" ausgemacht hätten. Man müsse nur die Augen aufschlagen. Sie schnaubte verächtlich und meinte, da habe er aber etwas missverstanden. Sie habe die Flaherty-Reihe im Werkstattkino angeschaut. Mag sein, dass er sich hingesetzt habe. Aber er sei nicht sitzen geblieben, da hätte er sich nämlich nur einen nassen Hosenboden geholt, sondern habe die Bilder intelligent zusammengefügt und den Geschichten eine Struktur gegeben. Das mache seine Größe aus. Ein Freund habe ihr neulich sein erstes Buch präsentiert. Da seien auf über dreißig Seiten alle Buchstaben und Satzzeichen aufgelistet gewesen und dazu habe er erklärt, in seinem Buch seien alle Texte der Weltliteratur versammelt und auch die, die er schreiben könnte. Dem habe sie aber auch sofort den Laufpass gegeben. Mit ihm solle er sich zusammentun, aber viel Hoffnung habe sie nicht. Sie setzte sich zufrieden hin. Er blickte ein wenig hilflos in den Saal und war froh, als das Licht erlosch und ein anderer Film gezeigt wurde.

Zwei Wochen später saß er im Lesesaal der Staatsbibliothek und überlegte, ob er einen Kaffee trinken gehen solle. Da kam sie herein, zwei Bücher in der Hand und schaute sich nach einem freien Platz um. Es gab noch zahlreiche, sie aber steuerte auf seinen Tisch zu und setzte sich neben ihn. Den Kaffee konnte er vergessen! Diese Blöße würde er sich nicht geben. Er beugte sich tief über seinen Notizblock und das aufgeschlagene Buch von Bunuel und notierte eine Passage, die er eigentlich gar nicht brauchte. Beobachtete in den Augenwinkeln, wie sie ihre Kollegmappe auspackte und hörte ein ärgerliches „Mist!" und dann die Frage: „Kannst du mir vielleicht einen Kugelschreiber leihen?" Umständlich schrieb er ein Wort zuende und drehte sich langsam zu ihr: „Ich hasse Kugelschreiber. Einen Bleistift kannst du von mir kriegen." Sie schnaubte: „Was soll ich mit einem Bleistift?" Sah sich nach einem anderen Opfer um. Er beeilte sich ihr zu erklären, ein Bleistift sei das beste Schreibgerät, denn der funktioniere überall, bei Wind und Wetter und überhaupt wisse das jeder vernünftige Mensch. „Und wenn du solch einen hast, gibt es gar keine Probleme." Er schob ihr seinen Castell hin: „Ein altes Modell aus den zwanziger Jahren, das wieder aufgelegt wurde. Im Verlängerer ist ein kleiner Spitzer drinnen, falls dir mächtig viel einfällt." Und weil er von anderen Tischen ein Zischen hörte, fügte er leiser hinzu: „Kannst du behalten, ich habe noch einen", und wandte sich wieder seinen Notizen zu. Freilich so ganz konzentriert war er nicht, und nach endloser Zeit beugte er sich zu ihr und fragte, ob sie mitkommen wolle, er gehe jetzt einen Kaffee trinken. „In fünf Minuten. Gute Idee!"

Als sie dann gingen, fragte er sie, was sie eigentlich studiere. „Jura, was denn sonst? Jemand muss schließlich dem Chaos Einhalt gebieten." „Chaos ist der Grundzustand des Universums." „Was du nicht sagst. Ich halte das für eine faule Ausrede all jener, die seine Gesetze nicht kennen und sie auch nicht anwenden wollen." „Mit dieser Meinung machst du dir bei den Physikern keine Freunde." „Gott würfelt nicht!" sagte sie nur und öffnete die Tür zur Cafeteria. Sie holten sich beide ein Kännchen Kaffee. Er nahm noch einen Käsekuchen und sie eine Wurstsemmel und ein Glas Mineralwasser. Am Tisch meinte sie dann: „Du solltest auch Wasser zum Kaffee trinken. Kaffee entzieht dem Körper Flüssigkeit. In Wien wird ganz selbstverständlich zum Kaffee auch Wasser serviert." „Du kommst also aus Wien?" „Meine Eltern sind vor zehn Jahren dorthin gezogen. Nach der Matura bin ich hierher zurück. Ich will mein eigenes Leben führen." Sie grinste ihn an: „Brauchst du sonst noch Informationen?" Er grinste zurück: „Geht schon. Damit komme ich weiter." Er nahm ein Stück von dem Käsekuchen und versuchte es in den Mund zu balancieren. Es fiel auf den Teller zurück, so dass er es aufspießte, damit es gelang. „Und du bist also auf der Filmhochschule?" „Ich habe zwei Semester Mathe studiert bis ich nichts mehr verstand. Dann bin ich herumgegangen und im letzten Frühjahr habe ich mich bei der HFF beworben. Seitdem versuche ich da etwas zu verstehen." „Und machst du Fortschritte?" „Wie man's nimmt. Die Kritiker sind erbarmungslos. Das weißt du ja." Sie lachte: „Auch Zwerge haben klein angefangen." „Den Film hast du also auch gesehen. Mein Betreuer hat mit Herzog bei den Hofer Filmtagen Fußball gespielt. Er soll ein guter Mittelstürmer sein." „Und, hast du auch noch andere Talente?" „Führe mich nicht in Versuchung." „Probieren kann ich es ja. Aber du solltest dir dennoch angewöhnen Wasser zum Kaffee zu trinken. Selbst in einem Land ohne Kaffeekultur."

Sie gingen noch zwei Stunden in den Lesesaal und am Abend lagen sie miteinander im Bett. Das war so folgerichtig wie der Tag, der zur Nacht übergeht, bis dann der Aufgang der Sonne den neuen Morgen anbrechen lässt. Viel gab es einander zu erzählen und miteinander zu tun. Nach wenigen Wochen konnten sie beide es sich nicht mehr vorstellen, wie sie je ohne einander je hatten auskommen können. Knapp ein Jahr später standen sie vor dem Traualtar und nach dem Abschluss ihrer Studien gebar Renate ihr erstes Kind. Eine Tochter, die sie Anna Maria nannten. Ein kleines Zugeständnis an die polnische Mutter von ihr, ahnte diese doch, dass ihre Tochter in den nächsten Jahren ihre Juristenkarriere unterbrechen und sich den Kindern, Paul wurde ein Jahr später geboren, widmen würde.

Sie lösen sich voneinander. Während sie ins Badezimmer verschwindet, bleibt er liegen. Leer und kalt wird der Raum, wenn sie ihn verlässt. Von Anfang an spürte er, welch kostbares Wesen sie ist. Weit stärker, als er selbst sich einschätzt. Seine panischen Eifersuchtsattacken in der Folgezeit ihrer Beziehung erklärte er sich damit. Ungenügend empfand er sein Tun und Handeln im Vergleich zu dem, was sie auf sich nahm. Erst in letzter Zeit, und im Rückblick auf die gemeinsamen Jahre, gelingt es ihm ihre Liebe gelassen zu sehen und ihr vor allem aber sich selbst zu vertrauen. Freilich bedurfte es dazu der großen Krise, in der beinahe alles zerbrochen wäre. Er wischt die Erinnerung fort.

Am Nachmittag sitzen sie auf der Veranda. Die Sonne scheint von einem wolkenlos blauen Himmel herab. Bremer hat eine Flasche Wein aus dem Keller geholt. Faul und satt hängen sie in ihren Stühlen. Fern der Rastlosigkeit, die sonstwo den Freitag bestimmt. Zeit verliert ihre Geschwindigkeit in Mußestunden. Verrinnt leise und schön. Während sie ihr Buch über den Brückenbauer liest, ertappt er sich dabei, wie sein Blick immer häufiger von den Seiten hoch auf die Landschaft geht, die er freilich nicht wahrnimmt, weil er in Tagträumerei versinkt. Er sieht sie beide in ihrer Stube hocken oder auf einer Decke im Englischen Garten, umgeben von Skripten, Kollegheften und Mappen, sicher in der Gewissheit gemeinsamen Lebens. Leicht verflogen damals die Stunden in unbekümmertem Tageslauf. Abends gingen sie ins Kino oder zogen durch die Vorstadtwirtshäuser. Saßen im Robinson auf dessen Bühne Musikanten und Kabarettisten ihr Talent erprobten oder im Buttermelcher und Fraunhofer und redeten mit Gleichgesinnten über Gott und die Welt und jenes andere Leben, das sie führen wollten, als jene draußen vor der Tür. Offen und frei gingen die Worte, ohne Scheu und Furcht, die heute die Diskussionen bestimmen, wo keiner mehr seine eigene Meinung laut äußert. Aus Angst vor möglichen Folgen geschwiegen wird und die Mehrheitsmeinung alles erschlägt.

Auf der Heimfahrt von Saarbrücken fühlte er sich elend. Er hatte sich durchgesetzt und er hatte verloren. Er zeigte die DVD und Renate freute sich über den Film. Der Rest des Honorars wurde überwiesen. Wenig genug. Er wusste, dass er keinen weiteren Auftrag von dort erhalten würde. Andere waren nicht in Sicht. Der Schwung, mit dem er seine Vorschläge schrieb und wegschickte, verpuffte allmählich. Grau und leer wurden die Tage des heraufziehenden Herbstes. Die Kinder, die während der Semesterferien zuweilen bei ihnen aufgetaucht waren, zogen wieder in ihre Studienquartiere und Renate widmete sich, gleichsam als Sinnbild seines Versagens, ihrer Karriere. Gegen ihn. Um es ihm zu zeigen. Er hasste sich und seine Gedanken während der trostlosen Stunden am Computer. Absage um Absage flatterte ins Haus. Er wollte sie nicht lesen. Was hatte er noch mit dieser verschworenen Bande zu schaffen. Er wich Renate aus. Wollte nicht, wusste auch nicht, was er mit ihr reden sollte. Quälend verliefen die Wochenenden, an denen beide auf ein freundliches Wort warteten. Manchmal nachts spürte er ihre Hand. Sie suchte, tastete nach ihm. Er tat, als schliefe er fest. Obgleich er wach lag wie sie, bis er endlich ins Dunkel davontrieb. Natürlich trank er zu viel, auch wenn er sich in der Wohnung zusammenriss, Wasser in sich hineinschüttete und manchmal ein Glas Wein. Es war nicht so, dass sie gar nicht miteinander sprachen. Alltagskram. Nachrichten von Tochter und Sohn. Sie schimpften über die Nachrichtensendungen in Fernsehen und Radio. Zuweilen erzählte sie von ihrer Arbeit. Vorsichtig, damit sie ihn nicht verletze mit ihrer geordneten Existenz. Sie vermied es nach seinen Plänen zu fragen. Womit er sich beschäftige. Nicht selten zog er sich abends in sein Arbeitszimmer zurück. Hinter die verschlossene Tür. Während sie Radio hörte oder in einem Buch las. Er schaltete den Computer ein. Prüfte die Mails, stöberte im Internet herum. Manchmal öffnete er die Dateien alter Manuskripte. Las und versuchte die Stimmung zu ergründen, in der sie geschrieben waren. Dann brach Ekel über ihn zusammen und er klickte die Texte weg. Ins Schlafzimmer wagte er sich noch nicht. Stocherte weiter im Internet nach etwas, an dem er sich festhalten konnte. Er wusste, dass es in I-Tunes hunderte von Radiostationen gab, die Musik nach jeglichem Geschmack sendeten. Er vermied sie einzustellen, fürchtete, sie könne die Musik hören, vielleicht zu ihm kommen und fragen, warum er allein in seiner Klause sitze und alte Rocksongs spiele, während ihre tolle Plattensammlung im Wohnzimmer verschimmle. Solle sie doch! Sie kam nicht. Auch er rührte sich nicht vom Fleck. Wenn er mitbekam, dass sie sich zum Schlafen fertig machte, blieb er noch eine Weile auf seinem Stuhl, dann schlich er ihr hinterher. Sie lag auf ihrer Seite, ihm den Rücken zugewandt. Leise zog er sich aus. Schaltete die Bettlampe ein und nahm einen der Krimis von der Ablage. Manchmal gelang es ihm in die Geschichte einzutauchen, bis er müde das Licht auslöschen konnte.

In früheren Zeiten, als die Kinder noch bei ihnen wohnten, auch später, als sie zum Studium fortgegangen waren und immer seltener kamen, blieb die Wohnung Rückzugsort und frei von den Belangen der Außenwelt. Gleich nachdem er ein Büro im Sender bezogen hatte, trennte er die beiden Bereiche rigoros. Daheim lagen nur Notizblöcke für Exzerpte und Gedankensplitter. Ihre Ausführung erfolgte am Arbeitsplatz. Wenn schon Renate ihre Berufspläne hinter Haus und Kinder zurückstellte, wollte er ihr zumindest in seiner Freizeit zur Seite stehen. Auch der Urlaub wurde entsprechend geplant und vier Wochen im Sommer waren die Regel. Dazu kamen noch Tage oder manchmal auch eine Woche zu anderer Zeit. Wenn es nicht klappte auch unbezahlt. Das ging damals ohne Probleme. Die Stimmung und die Kollegen waren andere als gegenwärtig. Jeder hatte seinen Bereich. Man arbeitete zusammen und miteinander, aber auch eigenverantwortlich in der eigenen Redaktion. Die vielen Sitzungen und Besprechungen gab es noch nicht. Ihr Aufkommen war für Bremer ein Indiz zunehmender Verunsicherung. Man wagte es nicht mehr allein Stoffe und Projekte zu entwickeln und durchzusetzen, bekam Angst vor dem Scheitern. Vertraute dem eigenen Instinkt und der Erfahrung kaum noch, und begann sich in der Gruppe zu verstecken. Kein Wunder, dass nun vorwiegend bloß Mittelmaß entstand und die Freude an der Arbeit ver-

lorenging. Viele Köche verderben den Brei. Oder hieß es zu
viele? Im doppelten Sinn des Wortes?

Nachdem er den Sender verlassen hatte, bekam die Wohnung
ein neues Gesicht. Das Arbeitszimmer wurde zum dominie-
renden Ort für Bremer. Anfangs, in Erwartung rascher Erfolge, gelang es ihm sich morgens an den Schreibtisch zu setzen
und Vorschläge auszuarbeiten, die er am Nachmittag zur Post
trug. Nachdem aber die ersten Absagen eintrudelten und er
zunehmend das Gefühl bekam, nutzlose Arbeit zu verrichten,
saß er lustlos vor dem Schirm. Schob die Mappen hin und her
und schaute verdrossen zur Bücherwand. Vielleicht war es
erfolgversprechender eine Rundreise zu unternehmen und
persönlich in den Redaktionen vorzusprechen. Ein paar Kollegen kannte er von Symposien, an denen er teilgenommen
hatte. Er verwarf den Gedanken. Zu viel Lärm um nichts.
Vielleicht sollte er zweigleisig fahren. Nicht nur Vorschläge
schreiben, sondern sich zudem einen Stoff vornehmen und
ausarbeiten. Der Kotzebue ging ihm schon lange im Kopf
herum. Auch die Regina von Greiffenberg lag irgendwo bei
den verschollenen Angeboten. Die hatte er seinerzeit nach
Nürnberg geschickt, nachdem der Kellermann gut aufgenommen worden war. Doch fand man den Vorschlag keiner
Antwort wert.

Die Barockdichterin wurde 1633 auf Schloss Seisenegg in
Niederösterreich geboren. Mit achtzehn hatte die streng pro-
testantisch erzogene Freiin von Seisenegg ein religiöses Erwek-
kungserlebnis. Es bestimmte fortan ihr Leben und ihr litera-
risches Schaffen. 1663, als die Lage für Protestanten im
katholischen Österreich schwieriger wurde, zog sie mit ihrer

Mutter auf Schloß Steinbühel bei Nürnberg. Sie hatte früh den Vater verloren und ihr Onkel, der lange schon bei ihr Vaterstelle vertrat, bekannte ihr in diesem Jahr seine Liebe. Sie wies ihn zurück. Er erkrankte, sie vermutete ein göttliches Zeichen und willigte ein, nachdem der reformierte Markgraf von Brandenburg-Bayreuth einen Heiratsdispens gewährt hatte. Als das Ehepaar Schloss Seisenegg verkaufen wollte und deshalb nach Österreich reiste, trat der Käufer plötzlich, wohl um einen besseren Preis zu erzielen, zurück, und veranlasste durch gute Beziehungen zum Wiener Hof, dass der Ehemann auf kaiserlichen Befehl unter dem schweren Vorwurf blutschänderischen Konkubinats verhaftet wurde. Weil er sich mit „seines verstorbenen Bruders Tochter in Lieb eingelassen" habe. Der Fall zog weite Kreise, führte zu diplomatischen Hin und Her, bis schließlich Kaiser Leopold I. von Strafverfolgung absah und auch erlaubte, dass die beiden wieder auf Schloss Seisenegg wohnen durften. In dieser kaiserlichen Gnade sah Regina ein weiteres Zeichen Gottes. Sie wähnte sich fortan in der Gunst des Herrschers und glaubte ihr lange gesuchtes Lebensziel nun darin gefunden zu haben, den Kaiser zum Protestantismus zu bekehren. Ein waghalsiges Unternehmen in Zeiten heftiger Gegenreformation, von dem sie sich trotz Warnung von Freunden und wachsender Anfeindung nicht mehr abbringen ließ. Und weil sie als Freifrau von niederem Adel keinen Zugang zum Hof hatte, versuchte sie ihre Botschaft in Gedichte und Traktate zu packen, und hoffte mit Hilfe von Mittelsmännern könnten diese Texte in die Hände des Kaisers gelangen. Alle Versuche schlugen fehl. Im Umfeld des Hofes waren ihres Schriften aber durchaus gelesen und die offenen und geheimen Botschaften auch verstanden worden, schließlich gab es eine inquisitorische Buchzensur, die Buchhandel und Bibliotheken kontrollierte. Sie wurde eindringlich verwarnt, sollte sie ihre Umtriebe nicht einstellen. Deshalb und weil nach dem Tod ihres Gatten neuer Streit um Seisenegg entbrannte und ein Prozess mit dem einstigen Kaufwilligen drohte, suchte sie wieder in Nürnberg Zuflucht. Von ihrem „Deoglori-Plan" freilich, wie sie die Bekehrung von Kaiser Ferdinand nannte, ließ sie nicht ab. Bis zu ihrem Tod verfasste sie Zeile um Zeile und glaubte, mit Gottes Hilfe werde sie ihre Lebensaufgabe erfolgreich abschließen.

Mehr als zweihundert Briefe schrieb die Regina von Greifenberg an ihren Dichterfreund Siegmund von Birken über ihr Vorhaben. Sie lagerten im Archiv des Pegenesischen Blumenordens, den Birken seinerzeit gegründet hatte.

Nach Nürnberg zu fahren, sie zu entziffern um die innere Biografie dieser merkwürdigen Frau aufzuspüren? Vielleicht eine lohnende Aufgabe? Nur... Er legte die Zettel ins Archiv zurück.

Immer häufiger verließ er schon am Vormittag die Wohnung und streifte ziellos durchs Viertel. Setzte sich auf eine Bank in den schmalen Parkflächen, die der Moloch gelassen hatte. Er dachte an Renate in ihrem Büro und aufkommendes schlechtes Gewissen raubte ihm den letzten Rest von Energie. Bei allen Vorbeigehenden sah Zielgerichtetheit und Geschäftigkeit. Und er? Er rannte nach unten und später ins Wirtshaus an der Ecke. Jeden Tag, an dem er wusste, Renate würde erst am Abend heimkehren.

Eines Tages, als er auf die Straße trat, setzte Regen ein. Den Brief, die nächste Absage vermutlich, steckte er ungeöffnet in die Jackentasche. Zu nass für den Park. Zurück nach oben? Warum? Also schlich er gleich in diese andere Welt, die ihn nicht mehr loslassen konnte. Die er nicht mehr loslassen wollte. Oft, immer öfter gesellte er sich an der hufeisenförmigen Theke zu jenen, die über Fußball, Autos und Politik plapperten oder stritten. Jeden Tag. Jede Stunde. Ihr Leben lang. Die meisten waren älter als er. Ein paar Handwerker, Männer vom Bau. Ladeninhaber. Sie schienen keine Zeit zu kennen. In dem halbdunklen Raum existiert sie nicht. An manchen Tagen tauchte ein junger Mann auf. Wie ein Strohhalm in Jeans und Lederjacke stolzierte er zur Theke. Bestellte sich ein Bier, legte einen Zwanziger auf die Platte und ließ sich Münzen geben. Er ging zum Spielautomaten, schob sich auf einen Hocker und warf Münze nach Münze in den Schlitz. Versank in der blinkenden Welt. War das Geld verspielt, holte er einen weiteren Schein aus der Tasche und bestellte ein neues Bier beim Wirt. Hatte er Glück, klaubte er den Gewinn aus der Schale, steckte ihn ein und verließ fluchtartig den Raum, als fürchte er, jemand, die Gäste oder der Wirt, der die Plünderung des Automaten argwöhnisch zur Kenntnis nahm, würden ihm seinen Gewinn streitig machen. „Warum gibst du dem Burschen denn kein Lokalverbot, wenn er dir andauernd den Automaten leermacht? Dann brauchst du dich nicht mehr zu ärgern." „Das ist meine Sache. Ich hab dir schon einmal erklärt, er wohnt bei mir in der Siedlung. Ich kenne ihn von klein auf. Seine Frau sitzt an der Kasse in unserem Edeka. Er arbeitet dort im Lager. Früher, wenn er den Rappel kriegte, ist er tagelang von einem Spielsalon zum nächsten gezogen. Dann hat die Inge dafür gesorgt, dass er überall Spielverbot erhielt. Seitdem spielt er nur noch bei mir." „Die verfluchte Sucht wirst du nie los." „Wahrscheinlich nicht, aber irgendwie hat er sie nun im Griff. Er ist kein schlechter Kerl." „Na, ich weiß nicht." „Du wirfst nicht den ersten Stein!"

Auf dem Weg zur Toilette passierte Bremer den buntlockenden Automaten. Dass die Frau die Sucht ihres Mannes kontrollierte und tolerierte, wollte ihm nicht aus dem Kopf. Der stille Vorwurf, dem er sich zunehmend ausgesetzt sah, brannte und lähmte ihn. Eine vergessene Münze lag in der Schale. Er steckte sie ein. Dabei ertastete er den Briefumschlag. Kurzentschlossen warf er ihn in den Papierkorb unterhalb des Waschbeckens. Beim Händewaschen musterte er sein gerötetes Gesicht. Müde sah er aus. Er bückte sich und fischte den Umschlag wieder aus dem Korb. Zwei eng beschriebene Seiten. Er trat zum Fenster, damit er besser lesen konnte. Bremste das rasche Überfliegen der Zeilen. Ein ihm unbekannter Redakteur hatte seinen Istanbulvorschlag angenommen und fragte an, ob er den Stoff bis zum Frühjahr realisieren könne. Er schaute auf die staubbedeckte Scheibe. Schemenhaft waren der Hinterhof zu erkennen und die Fassade des Hauses mit seiner Wohnung unter dem Dach. Er stopfte den Brief zurück in die Jackentasche und wusch sich noch einmal die Hände. Wusch auch sein Gesicht. Was war los im Lande der Skipetaren? Da hatte er sich bemüht alle möglichen Themen vorzuschlagen, von denen er annahm, dass sie den gegenwärtigen Trends entsprachen, und nun

sprang jemand auf diesen abseitigen Stoff an. Ob Ritzel sich eingemischt hatte? Er musste inzwischen im Breisgau sein. Zurück an der Theke gefiel ihm das trügerische Halbdunkel von Weltabgeschiedenheit nicht mehr. Er trank sein Glas leer und lief eilig in die Wohnung zurück. Auf dem Weg nach oben fiel ihm ein, dass Renate etwas von einem Abendtermin erzählt hatte. Es könne spät werden. Auch gut! Hinter der Tür kehrte die Schwere zurück. Er setzte sich an seinen Schreibtisch und las den Brief noch einmal gründlich durch. Der Redakteur war nicht bloß von dem Thema angetan, sondern teilte ihm auch eine Kontaktadresse eines Historikers in Istanbul mit, der sich seit Jahrzehnten mit den deutschen Emigranten in der Türkei während des Dritten Reiches und den Jahren danach beschäftigte. Ein flüchtiger Wehrmutstropfen fiel in den Becher von Bremers Eitelkeit. Es gab also auch andere, die an dem Stoff dran waren. Tröstlich freilich, dass der Redakteur an zwei Sendungen von jeweils einer Stunde dachte und auch drei bis vier Wochen für Recherche und Aufnahmen in Aussicht stellte. Ein märchenhaftes Angebot, vor dem er beinahe zurückschreckte. Das nicht auszuschlagen war. „Überzeugt hat mich, dass Sie nicht nur Personen und Dokumente sprechen lassen wollen, sondern das Ganze in ein akustisches Portrait der Stadt am Bosporus einpacken und so auf den Spuren der großen Radiomacher wandeln wollen. In Zeiten von Jingles und Infotainment will ich zumindest in meinem Bereich zeigen, was Radio kann. In diesem Sinne! Lassen Sie bald von sich hören!"
Bremer nahm die Istanbulmappe vom Stapel. Ganz ordentlich viel Material fand er da zusammengesammelt. Er schaute auf

die Uhr. Kurz nach zwölf. Nach dem Mittag konnte er anrufen. Er stand auf, ging in die Küche und machte sein Essen warm. In die Freude über den Auftrag mischten sich Zweifel. Einen tollen Brocken würde er sich da aufladen. Er musste seine Tage neu in den Griff kriegen. Dann würde sich auch sein Verhältnis zur Frau wieder bessern. Im Laufe des Nachmittags versuchte er mehrmals in Baden-Baden anzurufen. Ohne Erfolg. Offensichtlich war die Redaktion an diesem Freitag nicht besetzt. Er vergewisserte sich anhand seines Jahrbuches, die Nummer stimmte, und beschloss den Anruf auf den Wochenbeginn zu verschieben. Das vergebliche Bemühen hatte seine Laune verdorben. Er holte sich eine Flasche Rotwein aus dem Weinregal und setzte sich mit Jüngers „Eumesville" auf das Sofa im Wohnzimmer. Ein merkwürdiges Buch des Achtzigjährigen. Sein Versuch sich als Anarch zu definieren, der seine Freiheit im Dienste des Despoten bewahrte und, wenn die Zeiten unerträglich wurden, im Waldgang zu überleben gedachte, sich also verbarg und als Einsiedler in einer Felsenhöhle leben wollte bis das Dasein wieder erträglich war, schien ihm zu kurz gedacht. Trotz seiner Bewunderung für die Belesenheit und Schaffenskraft des Alten blieb Unbehagen, wenn er Texte von Jünger las. Seinen Pessimismus und sein negatives Menschenbild mochte er nicht teilen. Barmherzigkeit und Gnade hatten dort keinen Platz. Bei Jüngers Abgrenzung des Anarchen vom Anarchisten zog Bremer letzteren vor. Wohl wissend, dass dieser schuldig wurde, und Schuld auf sich nahm.

Er erwachte im Dunkel, machte Licht und schaute auf die Uhr. Halb zehn. Renate war noch nicht daheim. Die Wein-

flasche hatte er ausgetrunken. Ein schaler Rest stand noch im
Glas. Er setzte sich wieder auf das Sofa. Hatte keine Lust auf
Abendbrot. Räumte Glas und Flasche weg. Auf dem Weg
zum Arbeitszimmer lauschte er an der Eingangstür, ob er sie
im Treppenhaus heimkommen höre. Der Brief lag neben dem
Computer. Eine Botschaft aus anderer Zeit. Er wollte ihn in
die Hand nehmen, unterließ es und drehte sich um. Lief in
den Flur, zog Jacke und Schuhe an. Seit Jahren war er abends
nicht mehr allein nach draußen gegangen. In Stockholm
zuletzt. Nachdem er mit dem Kameramann aneinander geraten war, weil dieser zwei Einstellungen nach einem anstren-
genden Arbeitstag nicht mehr drehen wollte, war er allein
durch die helle Mittsommernacht gerannt und verloren
zwischen den Feiernden herumgeirrt. Hatte sich heimgesehnt
nach Frau und Kindern. Fort von der plärrenden Meute. Fort
vom Team, das er andauernd antreiben musste. Als er ins
Hotel zurückkehrte, empfingen ihn die Kollegen an der Bar.
Zufrieden standen sie blöde trunken vor ihren Weingläsern
und redeten auf ihn ein, als sei nichts gewesen. Man muss
entspannen können. Wir kriegen das schon hin. Wusste der
Esel nicht, dass ein Bild, das man gesehen, aber nicht gedreht
hatte, auf ewig verloren war? Gleich einem Augenblick des
Glücks, dem man keine Beachtung geschenkt hatte. Er hätte
ihn und die anderen umbringen können. Hasste seine Senti-
mentalität und blieb bei ihnen stehen.
Im Wirtshaus an der Ecke traf er auf ein anderes Publikum als
tagsüber. Junge Leute. Frauen und Männer, die sich laut
unterhielten. Aus der Box dröhnte Computermusik. Er wollte
gleich wieder umkehren, als er Eisenbahner in einer Ecke vor

seinem Glas hocken sah. „Was machst du denn hier um diese
Zeit?" „Und du? Bist du besser dran?" Er setzte sich und
winkte der jungen Frau hinter der Theke, dass er ein Bier
wolle. Sie zapfte es rasch und während sie es hinstellte, konnte
er tief in ihren Ausschnitt blicken. Der andere bemerkte seinen Blick und nachdem sie sich weggedreht hatte, sagte er:
„Das ist die Karin. Bei ihr würde ich gerne einmal unter den
Rock. Aber weil sie mich nicht lässt, muss ich ein Bier nach
dem anderen bestellen, damit ich mein Vergnügen habe."
„Bist ein echter Schwerenöter." „Früher wäre sie mir nicht
ausgekommen," lautete die Antwort. Sie tranken beide.
Schwiegen. Nach einer Weile schaute Eisenbahner zu ihm her
und meinte; „Du bist auch so ein Federfuchser, der vom
tatsächlichen Leben keine Ahnung hat." „Wenn du meinst."
„Meine ich." Er stand auf und ging zur Toilette. Bremer
musterte die junge Frau hinter der Theke. Ein rosa T-Shirt
spannte sich über ihren Busen. Sie blickte zu ihm her und
lachte. Er senkte seinen Blick. Nach dem Hinsetzen fuhr
Eisenbahner über ihn her: „Du brauchst mich nicht dumm
anreden, wenn ich am Abend im Wirtshaus sitze. Ich bin dir
keine Rechenschaft schuldig. Bin keinem Rechenschaft schuldig. Nichts weißt du von meinem Leben. Mehr als vierzig
Jahre habe ich bei der Eisenbahn gearbeitet und jetzt mache
ich das, was mir passt. Das ist gar nicht so einfach. Wenn man
in die Rente geht, dann fällt man erst einmal in ein tiefes
Loch. Du zählst nicht mehr. Gehörst nicht mehr dazu. Die
Linna war ja noch drei Jahre lang beim Edeka und ist erst jetzt
daheim. Aber geklappt hat es schon vorher zwischen uns nicht
mehr so richtig, und in den drei Jahren ist der Rest den Bach

runtergegangen. Schon lange rühren wir einander nicht mehr
an." Er schaute Bremer nicht in die Augen während dieses
Ausbruchs, sondern starrte auf den Tisch und drehte sein Glas
in der Hand. Trank und bestellte sich ein frisches Bier. Er
schwieg bis es vor ihm stand. Dann fuhr er fort: „Weißt du,
dass ich ein Leben lang bei den Kleingärtnern war? Die Parzelle hab ich von meinem Vater übernommen und war sogar
ein paar Jahre im Vorstand. Ich habe mir vorgestellt, wie ich
dort einmal meinen Lebensabend verbringe. Aber es ist ein
Unterschied, ob du nur nach Feierabend und am Wochenende Zeit hast oder ganze Tage dort hockst. Dann wird dir
das zu wenig. Das ist verrückt, doch so ist es. Und es hat sich
auch verändert mit den Jahren. Viele von den Alten sind
weggestorben oder es wurde ihnen zu mühsam, und die neu
angefangen haben, hatten andere Vorstellungen. Sie haben die
alten Hütten abgerissen und regelrechte Paläste hingestellt.
Exotische Bäumchen und Ziersträucher aus den Garten-
centern herbeigeschleppt und ihren Rasen mit der Nagelschere
geschnitten. Gemüse hat keiner mehr angebaut. Das hat
schon die Linna gemeint, dass ihr Salat, Tomaten und gelbe
Rüben im Edeka nachgeworfen werden. Sie es nicht mehr ein-
sieht, warum sie sich selber abplagen soll. Aber es ist ein
Unterschied, ob ich den Radi zu meiner Brotzeit aus dem
Garten hole und esse oder beim Edeka kaufe. Und die Hol-
ländertomaten schmecken nach Wasser und sonst nach gar
nichts. Ich habe sogar ein kleines Kartoffelfeld gehabt. Wunderbar sag ich dir! Meine Linna hat immer Stampf gemacht.
Die meisten wissen gar nicht mehr, was das ist. Die kennen
nur Fritten und Kartoffelbrei aus dem Supermarkt." Er trank,

lachte und sagte: „Einer von den Neunmalklugen hat sogar ein Reh auf seine Parzelle gestellt. Ein lebendiges, wohlgemerkt. Als der Vorstand ihn fragte, was das soll, hat er gemeint, wegen seiner kleinen Angelika. Die habe im Fernsehen mitbekommen, dass die Tiere nachts von irgendwelchen Autos permanent überfahren würden. Sie liebe Rehe und wolle zumindest eines in Sicherheit wissen. Als ich das gehört habe, dachte ich mir, dass sie es vielleicht vor ihrem Vater retten wolle, der war nämlich der Erste, der mit einem schwarzen Riesenmonster bei uns aufkreuzte und immer recht schwungvoll die Kurve zu unserer Anlage nahm. Wie auch immer, auf jeden Fall wollte er das Tier behalten. Da sind der Fritz und ich eines Nachts bei ihm eingestiegen, haben das Reh in seinen Lieferwagen gepackt und im Wald freigelassen. Das gab ein Theater! Die Kleine vergoss Rotz und Wasser, der Vater tobte, beschuldigte Gott und die Welt. Beruhigte sich auch nicht, als ihm der Fritz erklärte, dass sein Zaun zu niedrig sei, das Tier sei einfach drüber gesprungen und davon. Schließlich druckte der Irre Zettel und hängte sie auf. „Reh entlaufen. Finderlohn pipapo." Das glaubst du nicht. So war's aber. Doch das ist nur die eine Seite. Viel schlimmer war der Terror, den die Neuen veranstaltet haben. Auf einmal hieß es, die Anlage muss komplett anders gestaltet werden. Wie sehen die Hütten aus? Die Wege? Warum lässt der Frenzel seine Parzelle so verwildern? Das gesamte Unkraut wuchert zu uns rüber. Und dies und das und immer mehr. Der hat sich dann an seinem Kirschbaum aufgehängt, der Franz. Das gab ein heilloses Durcheinander und betroffenen Mienen bei einigen, aber dann haben sie die Bierkästen in seinem Verschlag gezählt und waren beruhigt. Er war kein übler Kerl, der Franz Frenzel. Den hat der Tod seiner Barbara aus der Bahn geworfen. Wir haben oft zusammen gesessen. Weißt du, es muss nicht alles wie gelackt aussehen. Das ist so wie bei dieser geschissenen Aktion „Unser Dorf muss schöner werden", wo du dann durch geschichtslos gestylte Orte fährst, aus denen Nachbarschaft und Leben gewichen sind, und Protzerei Platz gemacht haben. Der eine will besser sein als der andere und jeder hat sich zu fügen. Weißt du, wenn die Sonne scheint, das Miteinander stimmt, du jederzeit zum Nachbarn gehen und mit ihm reden und feiern kannst, dann ist es nicht wichtig, ob die Hütte neu gestrichen ist und der Rasen abgeleckt. Verrückt ist das! Ich habe vor zwei Jahren hingeschmissen und verkauft. Das war nicht mehr mein Ding. Und ich laufe auch kaum noch an der Anlage vorbei. Ich will das nicht sehen, wie die sich wechselseitig totschlagen und die Welt verbessern."

Bremer hatte schweigend zugehört. Seine Gedanken schweiften zu dem Hausmeisterpaar, mit dem sie früher befreundet waren, als die Kinder noch klein waren. Sie hatten drei Töchter in ähnlichem Alter. Eines Tages hatte der Mann, er war als Installateur bei einer nahen Firma beschäftigt, ihnen von Billighäusern erzählt, die von der Stadt für kinderreiche Familien errichtet werden sollten, und gesagt, dass sie sich beworben hätten. Ein Jahr später zogen sie ein und luden zum Einweihungsfest. Ihr Haus war das dritte von neun an einer dicht befahrenen Vorstadtstraße, das, von einem Buschstreifen von dieser getrennt, an einer Anliegerstraße lag. Es waren zweigeschossige Häuser, jedes mit einem schmalen Vorgarten versehen und einer kleinen Gartenfläche hinter dem Haus.

Dort hatte der Mann seinen Grill aufgebaut. Campingstühle und ein Tisch standen zwischen zwei frisch gesetzten Bäumchen, die schon drei Äpfelchen trugen, wie er stolz zeigte. Es war ein sonniger Spätsommertag und die Kinder spielten in einem kleinen Sandkasten vor einer hohen Buchsbaumhecke, über die der Giebel eines der alten Häuser dieses Viertels ragte. Die Gärten der Neubauten waren mit niedrigen Maschendrahtzäunen voneinander getrennt. Manche lagen noch brach, andere bargen gleichfalls Gartenmöbel und auch Wäscheständer zwischen ihren schmächtigen zwei Bäumchen, die jeder sein Eigen nannte. Bremer fragte sich, warum es ausgerechnet zwei sein mussten und nicht drei. Eine gläserne Tür führte in den Wohnraum. Dahinter lagen die Küche, Bad und Toilette sowie zur Straße hin noch eine kleine Kammer. Im ersten Stock waren die Schlafräume. Eine einziehbare Treppe führte zu einem engen Speicher unter dem Dach. Der Keller beherbergte einen Waschraum, in dem neben Waschmaschine und Trockner auch eine Tiefkühltruhe stand. Der größere andere war vollgestellt mit noch nicht ausgepackten Kartons. Er sollte nach den Plänen des stolzen Hausherrn einmal zum Partyraum ausgebaut werden. Überall roch es frisch und neu, und es war erkennbar, dass sich die Familie wohl fühlte in ihrem neuen Heim. Als sie später bei Bier, Kotelett und verschiedenen Salaten saßen, Bremer mochte den Kartoffelsalat, den die Frau angerichtet hatte, überlegte er, ob er auch in solch einer Umgebung wohnen wollte. Eigentlich nicht! Zu vertraut und lieber war ihm die Mietwohnung in der Innenstadt. Dort gab es Leben. Läden. Die Schule der Kinder war gleich um die Ecke. Hier fühlte er sich am Rande der Welt. Ab und an trat jemand auf die Terrasse der anderen Häuser und schaute zu ihnen her. Ganz vorne spielten zwei Mädchen bei einem großen Puppenhaus. Bremer stellte sich vor, wie es an einem Nachmittag im nächsten Sommer aussehen mochte, wenn in jedem der Gärten gegrillt, gegessen und geredet würde. Er hörte den Lärm, roch verbranntes Fleisch und sah die alten Anlieger hinter der hohen Hecke auftauchen, mit Schrotflinten in ihren Händen.

Sie fuhren in den nächsten Monaten zuweilen in die Siedlung hinaus. Im Frühjahr tauchten in den Vorgärten steinerne Löwen auf. Sträucher waren gepflanzt und ein kleiner Springbrunnen ergoss seine Fontäne in ein Blumenbeet. Hinter dem Haus war der Maschendrahtzaun durch einen mannshohen Holzzaun ersetzt worden, an dem sich Weinreben rankten. Grau gewordene Plastikeimer, Schaufeln und Formen bedeckten den fest gewordenen Grund des Sandkastens.

Die beiden erzählten davon, dass es ihnen gut gehe. Sie zufrieden seien. Der Mann sei nun Verkaufsleiter in seinem Betrieb geworden und Rosa fahre seit zwei Wochen einen der Schulbusse der kleinen Gemeinde. Die Kinder fühlten sich wohl in der neuen Schule und Helga, das Schwesterkind, das bei ihnen lebe, habe eine Lehre als Kindergärtnerin angefangen. Zu den meisten Nachbarn hätten sie ein gutes Verhältnis. Nur einer schere aus der Gemeinschaft aus, und weigere sich, den Verschönerungswahn, wie er sage, mitzumachen. Aber der sei unerlässlich, damit die alten Anlieger kapierten, dass hier keine Sozialhilfeempfänger wohnten.

Die Besuche wurden weniger und hörten bald auf. Zu unterschiedlich waren die Lebensräume geworden. Einmal kam

Bremer auf dem Weg zu einem Termin an der Häuserzeile
vorbei und sah einen Möbelwagen vor dem Haus stehen.
Offensichtlich hatten sie neue Sachen gekauft. Kurz darauf
traf er den Mann im U-Bahnhof am Marienplatz. Beim Bier
an einem Imbiss erzählte er ihm, er habe sich scheiden lassen.
Er arbeite noch immer bei seiner alten Firma, suche aber eine
Anstellung im Allgäu, wo er inzwischen mit seiner neuen Frau
wohne. Er solle doch einmal vorbeikommen, vergaß aber, ihm
die Anschrift zu geben. Bremer fragte auch nicht danach.
„Du hörst mir ja gar nicht zu." Bremer tauchte verwirrt aus
seiner Erinnerung auf. Verärgert schaute Eisenbahner ihn an:
„Ich habe dich gefragt, ob du noch ein Bier willst." Er hielt
ihm sein leeres Glas entgegen. Neben ihm wartete die Kellnerin. Bremer nickte, und als sie die beiden Gläser nahm,
wollte er ihr hinterher und sagen, dass er genug habe. Ließ es
aber. „Ich habe dir schon zugehört. Du hast ja Recht. Sobald
man zu viel Gewicht auf Äußerlichkeiten legt, geht die Gemeinschaft flöten und die Liebe auch. Und weil bei dir nichts
mehr geht, willst du der Kellnerin unter den Rock." Sekunden
später lag er neben seinem Stuhl und der Eisenbahner pflügte
sich durch die Gäste und aus dem Raum. Neugierige Gesich-
ter starrten ihn an und die Kellnerin kniete neben ihm. „Sind
Sie verletzt?" Mit ihrer Hilfe rappelte er sich hoch. „Ich glaube
nicht." „Was war denn das?" „Keine Ahnung, der hat durch-
gedreht." „Eigentlich ist er immer ganz friedlich und trinkt
leise sein Bier." Sie zeigte auf die beiden Gläser. „Haben Sie
wirklich keine Beschwerden?" Er schüttelte den Kopf. Sie
stellte den Stuhl auf und Bremer setzte sich. „Aber ich zahle
nur meine Zeche." Sie griff nach dem zweiten Glas, musterte

ihn noch einmal und lief hinter die Theke zurück. Die anderen Gäste wandten sich wieder ihren Gesprächen zu. Bremer nahm einen tiefen Schluck. Der rechte Ellbogen, auf den er gefallen war, schmerzte. Er trank aus, stand auf, zahlte an der Theke. Unter neugierigen Blicken verließ er das Wirtshaus. Die Kirchturmuhr zeigte halb zwölf. Er konnte jetzt nicht in die Wohnung zurück und lief ziellos die Straße entlang. Die Freinacht nach dem Abschluss der Arbeitswoche verbrachten alle in den zahlreichen Schänken und Wirtshäusern. Vor den Türen standen die Raucher und frönten ihrer Leidenschaft. Unwillkürlich suchte er die dunklen Ecken und Toreinfahrten nach Liebespaaren ab, wie er dies von Romanen aus der Nachkriegszeit kannte. Renate hatte ihm erzählt, dass die Umgebung der Discotheken ein vielversprechendes Jagdrevier der Obdachlosen bildete. Sie wussten, dass manche Gäste sich die hohen Getränkepreise nicht leisten wollten oder konnten, und ihre Alkoholvorräte an vermeintlich sicheren Orten draußen versteckten, und holten sich ihren Teil. Fair trading nannte sie dies. Fairer zumindest, als jenes diverser Händler, die mit Gütern der dritten Welt gute Geschäfte machten und jegliche Form der Ausbeutung weit von sich wiesen. Er war müde und setzte sich auf eine Bank in dem kleinen Park an der Straßenecke. Er musste eingeschlafen sein, denn als er die Augen aufschlug, sah er auf der Rasenfläche sich ein Paar im Tanze drehen. Es war Eisenbahner in Frack und Zylinder. Eine Frau in seinen Armen. Sie trug ein weißes, langes Kleid und einen breitkrempigen Sommerhut. Im Licht eines Scheinwerferkegels tanzten die beiden zu den Klängen von Scott Mckenzie's „San Francisco". Bremer schaute und staunte, rieb sich die Augen. Bis die Musik verstummte, das Licht erlosch und der Park wieder im Dunkel lag.

Zehn Uhr zeigte der Wecker, als er die Augen aufschlug. Die Nacht lag noch schwer im beginnenden Tag. Er lauschte auf die Geräusche in der Wohnung. Hörte nichts. Vielleicht war Renate einkaufen gegangen. Sein Gesicht sah müde aus. Verquollen. Grau. Die Tür zu ihrem Arbeitszimmer war verschlossen. Auf dem Küchentisch stand sein Frühstücksgeschirr. Er goss Kaffee in die Tasse. Nippte vorsichtig an der heißen Flüssigkeit. Milch nahm er schon lange nicht mehr. Zucker erst zum Nachmittagskaffee. Draußen schien die Sonne. Die konnte ihm gestohlen bleiben. Alles konnte ihm gestohlen bleiben. Er nahm die Fernbedienung in die Hand und schaltete das Radio ein. Eine Moderatorin plapperte munter vor sich hin. Als sei alles in Ordnung. Die Eingangstür wurde aufgeschlossen. Renate wechselte ihre Schuhe im Flur und kam in die Küche. „Du bist ja auch wach." Das Auch gefiel ihm nicht. „Ich habe frische Semmeln mitgebracht. Vielleicht möchtest du eine." Sie legte die Tüte auf den Tisch und ging zur Anrichte die anderen Sachen auszupacken. „Ich hab gar nicht gehört, wann du heimgekommen bist." „Ich habe auch nicht gehört, wann du heimgekommen bist." Sie stutzte, verharrte kurz, dann räumte sie Joghurt und Käse in den Kühlschrank. Er nahm eine Semmel und bestrich sie mit Rama, biss hinein, kaute, schluckte und spülte mit Kaffee nach. Plötzlich drehte sich Renate um und setzte sich zu ihm an den Tisch. „Hör zu, ich muss was mit dir besprechen." „Auch gut" dachte er: „Dann ist das Wochenende ja gelaufen." „Ich habe bei Fink gekündigt und fange am nächsten Ersten bei einer

Kanzlei in Landshut an." Er schaute sie an: „Wo liegt Landshut?" „Red nicht so!" „Kein Mensch kennt Landshut, wenn er in München wohnt." Sie zuckte mit den Schultern: „Wie auch immer. Ich habe schon lange gesagt, dass ich vom Strafrecht weg will. Die sind spezialisiert auf Familien- und Erbschaftsangelegenheiten, und gestern habe ich mich mit Brunner getroffen und zugesagt." „Du hättest mich einweihen können." „Wollte ich, aber du warst ja nicht ansprechbar in den letzten Wochen." Er goss sich frischen Kaffee nach und nahm die zweite Semmelhälfte in die Hand. „Dann gehst du also nach Landshut und ich fahre nach Istanbul." „Spinnst du jetzt?" Er sah, dass sie wütend wurde. „Wieso? Den Auftrag habe ich gestern erhalten. Der Brief liegt auf dem Schreibtisch. Oder dachtest du, ich sei in Rente gegangen?" Sie beherrschte sich: „Aber das ist doch großartig!" Er wich ihrem Blick aus: „Ich soll eine zweistündige Radiosendung machen." „Und wann?" „Ja sofort. Ich brauch bloß noch in Baden-Baden anrufen, dann kann ich loslegen." „Ich wusste, dass du es schaffst." „Naja, ich kenne den Redakteur nicht einmal. Hatte den Vorschlag auf gut Glück hingeschickt." „Aber das ist doch ein Grund zu feiern." „Sowieso, nachdem du mir so eine Überraschung aufgetischt hast." Sie lachte: „Dafür bin ich immer zu haben. Weißt du was, erst gehen wir noch einmal ins Bett und am Nachmittag fahren wir nach Landshut. Ich habe nämlich ausgemacht den Vertrag noch heute zu unterzeichnen." „Hoffentlich finden wir die Stadt. Ich habe keine Ahnung, wo die liegen soll." „Macht nichts, den Weg ins Bett wirst du ja wohl noch kennen."

Bevor er sich morgens an den Schreibtisch setzt, nimmt er erst einmal die Bleistifte des vergangenen Tages aus Schale und Schublade und prüft, welche zu spitzen sind. Seit jeher schreibt er die erste Fassung seiner Texte mit der Hand auf Notizblöcke oder in Hefte, die er auf seinen Reisen zusammengekauft hat, bevor der Herlitzkonzern mit seinem knallbunten Kram weltweit das Angebot verdarb und gediegene Hefte kaum noch zu finden sind. Neben dem Stiftverlängerer von Faber Castell trägt er stets ein Notizbuch in seiner Jackentasche. Zunächst war es ein Moleskine, doch nachdem bald ähnliche auftauchten, entschied er sich für die billigeren Versionen, denn er hat festgestellt, die Moleskine gehen bei täglichem Gebrauch ebenso rasch aus dem Leim, wie die anderen. Als er den ersten Laptop erstand, glaubte er auf Reisen seine Notizen gleich in den Computer tippen zu können, war aber am Abend meist viel zu abgespannt um das Gerät einzuschalten. Nach drei Versuchen ließ er es bleiben. Ein Notizbuch ist handlicher und die brauchbaren Einträge sind rasch übertragen, wenn ihm dies nötig erscheint. Ein Smartphone kann ihm gestohlen bleiben. Zumindest so lange wie dies noch möglich ist, denn er weiß, dass kein Mensch der betörenden Tollheit der gierigen Krake entrinnen kann. Bei einem Besuch auf der Cebit um die Jahrtausendwende, als die Computerindustrie einen ersten Dämpfer erhielt und zahlreiche Firmen ins Nichts zurückfielen, plärrten die Mobilfunkentwickler und Hersteller ihre Botschaft unbekümmert und laut in die Hallen. Ihre Vorstellungen von damals und die Realität heute! Bremer muss sich eingestehen, dass er solche eine Entwicklung sich nicht hätte ausdenken können. Freilich, die Bewunderung hält sich in Grenzen. In seinen Augen stellen die neuen Geräte eine ernste Bedrohung dar. Ihr tatsächlicher Nutzen steht für ihn in keinem Verhältnis zu dem Schaden, den sie anrichten. Die Identität im Netz erweitert die Persönlichkeit nicht, sondern zerstört sie in der realen Welt. Bei ihnen daheim ist nur noch ein Computer mit dem Internet verbunden. Die anderen sind willkommene Arbeitshilfen. Und das Mobiltelephon wird für Gespräche genutzt und ausgeschaltet um den Rest von Privatheit zu bewahren, der noch vorhanden ist. Ihm ist klar, dass der totale Überwachungsstaat längst Wirklichkeit geworden ist, desto lauter seine Befürworter beschwichtigen und desto frohgemuter alle wegsehen und dem Abgrund zurennen. Nicht verwunderlich erscheint es ihm, dass selbst in seriösen Zeitungen Bemerkungen auftauchen, nur die Katharsis eines Krieges könne die Sinnkrise der Gegenwart lösen und Vergleiche mit dem Zustand der Welt vor dem ersten Weltkrieg gezogen werden. Betrachtet er den Lauf seines eigenen Lebens, so scheinen ihm solche Gedanken zugleich absurd, doch auch folgerichtig. Eine ungeheure Informationsflut ist in den letzten Jahrzehnten über die Menschen hereingebrochen. Einstige Schutzzonen, sei es der Familie, des Dorfes, des Staates, sei es der Religion oder anderer erworbener Weltanschauung stürzen ein und die Trümmer werden fortgespült. Kaum einer kann noch als Handelnder bestehen, die meisten sind Getriebene geworden, dem Konsum verfallen, der Gier nach Geld. Sex und Macht gaukeln Entkommen und Freiheit vor. Einmal bei einem Spaziergang mit Renate belauschte er ein junges Liebespaar an der Mauer des Friedhofs einer alten Kirche auf dem Hochufer des Flusses. Während die junge Frau gleich ihnen versonnen ins Tal hinabschaute, tippte ihr Begleiter auf seinem Smartphone herum und sagte schließlich, dass Freunde für den Nachmittag zu einem Gartenfest einlüden. Dort könnten sie nachher vorbeischauen. Sie drehte sich langsam zu ihm „Ich möchte einfach nur mit dir zusammen sein. Es ist so einen schöner Tag. Siehst du das nicht?" und zeigte in die blauschimmernde Ferne.

Sein Schreiben folgt keinem genauen Plan. Nur in groben Umrissen ahnt Bremer den Gang der Geschichte, wenn er beginnt. Der erste Satz, die ersten Episoden bestimmen den Lauf. Der neue Avvakumtext ist nicht als Biografie gedacht, er soll von Russland erzählen. Dem alten zu Avvakums Zeit und jenem von heute. Eine eigentümliche Beziehung haben die Deutschen zu diesem Land und seinen Bewohnern. Schon während seiner Senderzeit hat er eine Radioskizze über den Protopopen geschrieben und in den Folgejahren zahlreiche Bücher russischer Autoren gelesen. Westliche Autoren, besonders jene der Gegenwart, scheinen ihm alle verblendet und voller Ideologie, wenn sie über Russland schreiben. Lediglich Norman Mailer war es in seinem Roman über den Kennedy Attentäter Oswald, mit der Beschreibung seiner russischen Zeit gelungen, ein wirklichkeitsnahes Bild sowjetischen Alltags der fünfziger Jahre zu zeichnen. Kein anderer hat es versucht, geschweige denn verstanden, dass in diesem scheinbar alles regelnden und kontrollierenden System auch Privatheit möglich war. Kindheit, Jugend, erste Liebe. Selbst Berufsleben in staatfernen Zonen stattfand und Zufriedenheit sowie Lebensglück sich einstellen konnten. Dieser Bereich der Identität wurde im Westen weder gesehen noch in den Jahren nach dem Zusammenbruch des politischen Systems in Betracht gezogen. Die Propaganda des Kalten Krieges zeigt Wirkung bis in die Gegenwart. Töricht und dumm, glaubte man eine geschichtslose Gesellschaft problemlos in die westliche Werteordnung überführen zu können. Absurd auch zu glauben die neuen Eliten müssten die Prinzipien des freien Marktes erlernen. Die meisten nutzten ihr in der Planwirtschaft erworbenes Wissen und Können und stellten rasch fest, sie eigneten sich wunderbar unter den neuen Bedingungen zu großem Reichtum zu kommen. Wie auch anders? So gänzlich unterschiedlich waren die Strukturen der Wirtschaft nicht und gesellschaftliche Verantwortung, sei es solche demokratischer oder kommunistischer Ausprägung, war und ist hier wie dort den eigenen Interessen untergeordnet. Belanglose Äußerlichkeit, die sich rasch erlernen lässt und im Hintergrund bleibt, solange Brot und Spiele die Übrigen betören und ruhig halten. Für Bremer ist es folgerichtig, dass in den neuen Gesellschaften Nationalismus wieder in den Vordergrund tritt, und bei aller Kritik am zunehmenden Einfluss der Kirchen auf die Politik in den Ländern Osteuropas, sieht er die Rolle der orthodoxen Priester in Russland immer noch positiver, als jene bigotter Fernsehprediger in den Vereinigten Staaten von Amerika.

Als er sich ins Auto setzte wusste er nicht, wie lange die Reise dauern würde. Zwar hatte er Renate gesagt er werde in spätestens vier Wochen wieder daheim sein, aber insgeheim rechnete er mit einem längeren Aufenthalt. Eigentlich wollte er gar nicht mehr zurück. Sie war verärgert, dass er den Wagen genommen hatte. Jeder andere wäre in den Flieger gestiegen. Doch sie kannte seine Abneigung gegen das Fliegen, seine Angst, die er anderen gegenüber verbarg und wegredete. Es unnatürlich nannte eine Strecke von mehr als tausend Kilometern innerhalb von ein paar Stunden zurückzulegen. Aus vertrauter mitteleuropäischer Umgebung abrupt in eine fremde orientalische oder wie auch immer Welt einzutauchen.

Er fuhr aus der Tiefgarage und schaute vor der Kreuzung zu seinem Mietshaus hinüber. Es war noch früh und der Bürgersteig lag verlassen. Bürgersteig. Ein schönes Wort. Früher gab es noch den Milchladen an der Ecke. Vor sieben schon konnte man dort Semmeln und Milch kaufen, die in Kannen oder Flaschen gezapft wurde. Lange her. Heftiges Hupen von einem hinter ihm wartenden Fahrzeug riss ihn aus seinen Gedanken. Er fuhr an. Am Supermarkt vorbei, in dem sie die meisten Waren einkauften. Die große Straße entlang. Fort aus der vertrauten kleinen Welt seiner Stadt. Bei Weyarn zweigte der Weg zum Spitzingsee ab. Nach Bayrischzell und den anderen Ausflugszielen der Vergangenheit. Am Irschenberg stand die kleine Kapelle im Frühlicht vor der Kulisse der Berge. Unten im Inntal führte die andere Autobahn an Brannenburg vorbei nach Italien. Dort am Hang zum Wendelstein lag der Ponyhof, wo die Kinder so viele Ferienwochen verbracht hatten. Er blieb auf der Hauptstrecke nach Salzburg und weiter nach Wien. Kramte eine Cassette aus der Tasche auf dem Nebensitz. Er wollte die erste Folge von Musils „Der Mann ohne Eigenschaften" anhören. Den Roman hatte er vor langer Zeit gelesen und war neugierig auf die Radiofassung. Er versuchte sich auf die Worte zu konzentrieren. Doch immer wieder schweiften seine Gedanken ab, so dass er die Cassettenplayer abschaltete und zu einem Musiksender wechselte. In der Frühzeit des letzten Jahrhunderts waren großartige Romane entstanden. Der verfluchte Hitler und seine Spießgesellen hatten nicht nur unendliches Leid über Millionen Menschen gebracht und Deutschland in Trümmer gelegt, sondern auch den Höhenflug der Literatur gestoppt. Sie hatten den jüdischen Geist aus dem Land und fast ganz Europa verjagt und der Herrschaft des Banalen den Weg bereitet. Am Rasthaus beim Mondsee hatten sie oftmals eine kurze Pause gemacht und auf einem Feld hinter der Ausfahrt zum Attersee war einmal ein großes Rehrudel aufgetaucht. Wie stets nahm ihm der herrliche Anblick des Klosters Melk über dem Donautal gefangen. Lange schon wollte er die Anlage besichtigen. Der streitsüchtige Bischof Kren lebte hier. Auf seine Art ähnelte er dem Protopopen Avvakum, dessen Selbsterlebensbeschreibung ihm nicht aus dem Kopf ging. Wehmut schlich sich in sein Denken. Vor Wien dachte er daran Renates Eltern zu besuchen. Was hätte er sagen können? Der Vater war jüngst pensioniert worden. Sie planten ihre große Reise. Einmal rund um die Welt. Er blieb auf der Autobahn. Kam gut durch den Stadtverkehr, verpasste freilich die Abzweigung nach Budapest und fuhr auf die Lobau. Dort hing noch Sommerbadewetter in der Luft. Er fand keinen Weg zur Schnellstrasse, so dass er umkehren musste. Hinter Schwechart begann die große Ebene. Er spürte Hunger und kramte ein Brot aus der Tasche, das Renate hergerichtet hatte. Absurd erschien ihm der Gedanke

an Flucht. Hinter Budapest ging die Autobahn in eine Land-
straße über. So recht hatten sich die Ungarn an die neuen
schnellen Autos noch nicht gewöhnt. Ihre waghalsigen Über-
holmanöver erforderten seine ganze Aufmerksamkeit. Kurz
nach fünf erreichte er die jugoslawische Grenze. Schichtwechsel! Er musste eine halbe Stunde warten, bis die Post
wieder aufmachte, und er sich ein Visum kaufen konnte. Neben ihm auf der Bank saß ein etwa Dreißigjähriger. Er zeigte
auf die schmale Tasche vor seinen Füßen und sagte, er sei
Serbe, wohne mit seinen Eltern in Stuttgart und müsse
dringend seine Mutter besuchen, die während ihres Heimat-
urlaubs erkrankt sei. Nun habe sein alter Golf kurz vor der
Grenze den Geist aufgegeben. Ob er ihn mitnehmen könne?
Er heiße Goran. Bremer zögerte zunächst, musterte den
Mann, dachte auch daran, dass er Serbien nicht kannte. Der
Krieg war noch nicht lange vorbei und in den Medien wurde
abgeraten, die Balkanroute zu benutzen. Schließlich willigte er
ein und bereute es nicht. Sein Begleiter half bei den umständ-
lichen Zollformalitäten, zahlte später, als er ihn am Steuer
abgelöst hatte, die Maut und auch eine Strafe für zu schnelles
Fahren auf der fast leeren Schnellstraße. Er erzählte, er habe
sich krankgemeldet, sein Chef denke natürlich, dass er in
Stuttgart sei und er fragte, ob er Bremers Mobiltelephon benutzen dürfe, denn er müsse ihn anrufen, bei seinem sei der
Akku leer. Er wechselte die Karten, hörte wohl ärgerliche Vor-
würfe, versuchte sich zu rechtfertigen und schaltete wütend
ab. Sie kamen gut an Belgrad vorüber und gegen halb eins
hielten sie an einer Raststätte im Niemandsland. Hier sollte
ein Freund seinen Fahrgast abholen. Bremer war müde. Allein

wäre er nie so lange und so weit gefahren. Es war ein guter Platz. Goran kannte den Besitzer, besorgte ein Zimmer und setzte sich auf ein kurzes Bier mit ihm auf die Terrasse. An den Tischen hockten Frauen und Männer zwischen Bergen von Plastiktaschen. Immer wieder hielten Pkw, aus denen weitere kletterten. Gleichfalls mit viel Gepäck. „Die Leute kommen aus der ganzen Umgebung. Von hier aus fahren sie mit den Bussen nach Deutschland, Belgien und Holland zur Arbeit."

Nachdem Goran ihn verlassen hatte, blieb Bremer noch eine Weile sitzen und trank ein weiteres Bier, fasziniert von dem Trubel in der modernen Karawanserei. Freilich, wo früher Kaufleute und Händler Rast machten, auf dem Weg zu fernen Handelsplätzen, auf denen sie ihre Waren feilboten und neue einkauften, saßen nun im Schein der Lampen übernächtigte Menschen, die unterwegs waren, Leib und Leben zu den westeuropäischen Arbeitsmärkten zu tragen. Ein wunderbarer Stoff für einen Film, dachte er, als er sein Bett aufsuchte und rasch einschlief. Der Eindruck verstärkte sich am nächsten Morgen beim Frühstück.

Die Bilder blieben noch lange in seinem Kopf. Er war froh den Wagen genommen und sich in keinen Flieger gezwängt zu haben. Die herrliche Karstlandschaft von Nis. Die weite Ebene. Hohe Berge, rabenschwarz verrußte Tunnel. Armselig wirkte die bulgarische Grenze, die rasch überquert werden konnte. Die Bauernhöfe, an denen er nun vorüberkam, gefielen ihm gut. Bei Sofia verfuhr er sich. Sah Verfall und Chaos, kam durch riesige Neubauviertel und bemerkte zahlreiche Frauen, die am Straßenrand ihre Dienste anboten. Endlich

zurück auf der Hauptstrecke tauchten in den Ausläufern der
Stadt südländisch italienisch wirkende, kleine quadratische
Häuser mit Ziegeldächern auf. Hübsche Orte. Vor der Grenze
zur Türkei verließ er die Schnellstraße und hielt an einer
Tankstelle. Sie lag an der alten Strecke zum Übergang. Der
Tankwart lud ihm zum Kaffee ein. Er schimpfte über den
Standort der Tankstelle und über Politiker, die den Menschen
das Blaue vom Himmel versprächen und sich die Taschen
vollstopften. Kriminelle hätten sein Land in Besitz genommen, betrögen das Volk und trieben Schindluder im Namen
von Freiheit und Demokratie. Er habe früher als Kellner am
Schwarzen Meer gearbeitet und dann in einem Tourismus-
büro, wo er auch seine Frau kennen gelernt habe. Vor acht
Jahren hätten sie die Tankstelle gekauft und auch ein kleines
Restaurant eingerichtet. Die Geschäfte seien zunächst gut
gegangen, sie hätten es sich leisten können Sohn und Tochter
auf die Universität zu schicken. Doch nun, nach dem Bau der
neuen Autobahn und der Eröffnung der großen Grenzstation,
kämen nur selten noch Lkw oder Transitreisende vorbei. Er
wisse nicht, ob er die Tankstelle weiterhin betreiben könne,
weil die anderen bessere Konditionen erhielten als er. Während er noch redete war ein großer griechischer Sattelzug
vorgefahren. Der Mann schenkte Bremer noch einmal Kaffee
ein und eilte zur Zapfsäule. Ein wenig älter mochte er sein.
Ende fünfzig. Ein freundlicher und fleißiger Mann. Sein
Deutsch hatte er in den Hotels an der Schwarzmeerküste
gelernt.
Als der Grieche davonfuhr und der Mann an den Tisch
zurückkehrte, wollte Bremer aufstehen und sich gleichfalls auf

den Weg machen. Der Tankwart hielt ihn zurück, er setzte sich und fragte, ob er bei ihm übernachten wolle. Seine Frau habe für den Abend Schaschlik hergerichtet und Wein. Ein paar Freunde hätten sich angesagt. Musikanten. Sie würden die alten Lieder singen, essen und trinken und Geschichten erzählen. Ein verlockendes Angebot. Bremer wäre gerne geblieben. Seine Unrast trieb ihn fort. Er sagte dem Mann, er habe in Istanbul ein Hotel gebucht und früh am nächsten Morgen einen Termin. Der Mann wünschte ihm enttäuscht: „Gute Fahrt".

Auch an der türkischen Grenze war offensichtlich Schichtwechsel und erst nach endlosem Hin und Her und zahllosen Zetteln und Stempeln konnte er nach einer Stunde passieren. Entlang der Autobahn nach Istanbul sah er große Tafeln, auf denen mitgeteilt wurde, die Strecke sei mit EU-Geldern finanziert worden. Sieh an, dachte er nur. Bei Dunkelheit erreichte er die Stadt am Bosporus. An hell erleuchteten Hochhaussiedlungen vorbei fuhr er ins Zentrum. Erspähte schließlich ein Schild zum Taksimplatz und fand dort in einer Querstraße das Dorint Hotel. Eine richtig tolle Stadt, die ihn unverzüglich zu einem ersten Erkundungsspaziergang einlud. Nach der Dusche betrachtete er im Spiegel sein müdes Gesicht. Grau und alt. War man alt, wenn man auf die fünfzig zuging und sich gar nicht so fühlte? Wie fühlt man sich in diesem Lebensabschnitt? Er wusste es nicht. Wusste auch nicht, ob er ein neues Leben anfangen sollte oder wie das alte weitergehen konnte.

Offensichtlich ist seine Senderzeit nicht gänzlich vergangen. Heute Nacht träumte er davon einen Auftrag von Radio Bremen erhalten zu haben und wachte mit einem großen Glücksgefühl auf. Renate ist schon in die Arbeit gegangen. Neun Uhr. Selten, dass er so lange schläft. Im zweiten Teil des Traumes war ein Kollege aufgetaucht, der tuschelte mit dem Redakteur und versuchte ihm den Auftrag mit dem Hinweis wegzuschnappen, er habe so lange schon keinen Film mehr bekommen. Scheinbar hatte er keinen Erfolg und zog laut schimpfend von dannen. Draußen auf dem Parkplatz wartete der drahtige junge Mann auf Bremer und zischte böse: „Das wirst du bereuen. Das ist mein Stoff. Du bist kein Filmemacher mehr." Bremer schob ihn beiseite, stieg ein und ließ den Motor an, während der andere wütend auf das Wagendach trommelte. Sein Herz klopfte und beruhigte sich langsam. Als er die Straße gewann, der Kollege im Spiegel verschwand, kehrte das Glücksgefühl zurück.

Beim Kaffee versucht Bremer die Person einzuordnen. Er sieht bloß ein fratzenhaftes Gesicht, die schlanke Gestalt und findet keine Ähnlichkeit mit jemandem, den er kennt. Fast zehn Jahre sind vergangen, seit er den letzten Film gemacht hat. Die große Freude, als er den Auftrag erhielt! Er schaltet die Nachrichten ein. Im Osten Polens ist das NATO-Manöver „Anaconda" zu Ende gegangen. Verbände fast aller NATO-Staaten nahmen daran teil und neben der regulären Armee Polens zusätzlich eine Einheit der sogenannten „Heimatarmee" aus Freiwilligen. Auch die Ukraine als Nicht-NATO-Mitglied war eingeladen und die nationalistische UPA hat ihr Können gezeigt. Für Bremer ist es ein ungeheurer Skandal, dass die Bundeswehr mit der UPA gemeinsame Sache macht, wie seinerzeit die Reichswehr mit der damaligen UPA, in deren Tradition sich die heutige sieht. Wieder geht es gegen einen gemeinsamen Feind, nämlich Russland, wie die Strategen der Nato unverhohlen zugeben. Dass dies im Westen verhalten, in Osteuropa aber lauthals bejubelt wird, erscheint ihm der zweite Skandal, denn das aggressive Verhalten der NATO ist nicht minder gefährlich als jenes Russlands. Von ihrer behaupteten Friedfertigkeit zeugt der für dies Manöver gewählte Name „Anaconda" nicht gerade. Unter Anakonda findet er im Meyer von 1909 diesen Eintrag: „Die Anakonda soll über 10 Meter lang werden, ist oberseits dunkel olivenfarben, schwarzbraun gefleckt, mit einem schmutzig gelbroten und einem schwarzbraunen, vom Auge aus verlaufenden Streifen, unterseits blaßgelb, schwärzlich gefleckt mit zwei Reihen ringförmiger, schwarzer, innen gelber Augenflecke. Sie lebt meist im Wasser, sonnt sich gern am Ufer, besteigt auch Bäume, nährt sich hauptsächlich von Fischen und macht sich durch ihre Räubereien sehr verhasst. Sie flieht den Menschen, soll aber Badenden gefährlich werden. Während der Verdauung liegt sie träge und haucht einen pestartigen Geruch aus. Beim Austrocknen der Gewässer vergräbt sie sich im Schlamm und verfällt in einen Zustand der Erstarrung. Man verwertet sie wie die Boa constrictor, auch kommt sie oft lebend nach Europa." Dass vor allem die baltischen Staaten und auch die Nationalisten im Westen der Ukraine sich über dergleichen Markantes herzlich freuen, steht für Bremer außer Frage. Leitet ihr Handeln doch weniger die große Angst vor Russlands Aggression als viel eher die Scheu, sich mit den eigenen Ver-

strickungen in den hitlerschen Vernichtungskrieg zu beschäftigen, was nach fast einem Vierteljahrhundert staatlicher
Unabhängigkeit Bremer höchst geboten scheint. Hätte er in
dem Augenblick, in dem ihn solche Gedanken plagen, gewusst, was er ein paar Tage später in polnischen Medien lesen
kann, die deutschen finden es nicht erwähnenswert, nämlich
dass die Angehörigen der ukrainischen SS-Einheit Galizien in
der neuen Ukraine rehabilitiert werden sollen, so wären seine
Gedanken noch grimmiger geworden. Sein Zorn lässt sich mit
Witz und Ironie nicht mehr bändigen. Worte wie Vaterland
oder auch Mutterland haben für ihn durchaus Bedeutung.
Hemmungsloser Nationalismus freilich hat im 21. Jahrhundert nichts zu suchen. Ohnehin entsprach er nie dem Empfinden der Völker, sondern wurde von Herrschern und Demagogen und wird heute von Politikern den Menschen eingebläut.
So wie die Judenverfolgung des Mittelalters in Bayern und
anderswo von Herrschenden ausgelöst, angestachelt und dann
dem Volk zugeschrieben wurde, so geschieht es beim Nationalismus der Gegenwart. Die Zerschlagung Jugoslawiens mit
ihren entsetzlichen Folgen ist Bremer ein bezeichnendes Beispiel. Ähnliche Prozesse vollzogen sich nach dem Zusammenbruch der Sowjetunion und lassen sich gegenwärtig in der
EU beobachten. Der Austritt Großbritanniens mag viele
Gründe haben, ist aber in erster Linie ein Erfolg von Demagogen, deren Argumente höchst fragwürdig sind. Wie werden
sie argumentieren, wenn Schottland, Wales oder Nordirland
Eigenstaatlichkeit einfordern oder Gibraltar sich für Spanien
entscheidet? Zu bezweifeln ist auch, ob die Menschen in den
neuen Republiken am Südrand Russlands ein besseres Leben

führen, seit sie in Diktaturen hausen und zwischen modernen Prachtbauten und den Palästen der Reichen um ihre Existenz kämpfen müssen. Brot und Spiele und korrupte Politiker werden sie nicht ewig niederhalten. Tand ist das Gebilde aus Menschenhand.

Der Wandel in Bremers Haltung vollzog sich leise in den letzten Jahren. Eine Altersfrage? Vielleicht? Er will es nicht ausschließen. Vielleicht aber auch Folge seines Schreibens, das ihn beim Studium der Vergangenheit immer kritischer auf die Gegenwart blicken lässt. Der Verfall der Schreibkultur und der Niedergang der Medien bewirken, dass private Meinung und öffentliche Äußerung, wie früher in den Staaten des Ostblocks, immer stärker auseinander triften. Öffentlich wird nur noch geplappert, wie in den unsäglichen Fernsehdiskussionen, oder hemmungslos aufeinander eingedroschen. Die Vernunft schweigt, auch deshalb, weil man postwendend ins Abseits gerät, sobald man sich gegen die Einheitsmeinung stellt. Nur die Gedanken sind frei. Jüngst hat er in Jean Pauls Briefen gelesen: „Alle meine Werke sind wie mein Leben frei geboren, keine Sklavenkinder irgendeiner knechtischen Absicht; darum blieb ich auch arm." Ein stolzer Satz aus einer Zeit voller Wolken Anfang des 19. Jahrhunderts. Heute nicht mehr wiederholbar.

Er schaut auf die Uhr. Fast zehn. Es ist Zeit nach drüben zu gehen, falls er noch etwas zustande bringen will. Wenn an manchen Tagen die Spannung fehlt, schiebt er die Zettel beiseite und tippt die mit Hand geschriebene erste Fassung in den Computer. Manchmal ein paar Seiten, meist nur einige Zeilen wie auch heute, bis er wieder zum Bleistift greift und die Arbeit vorantreibt. Schwierig ist es den Text zu halten, nach längeren Pausen, die er einschieben muss, um andere Projekte auszuarbeiten, damit ein wenig Geld auf das Konto kommt. Die Avvakumgeschichte ist sein bisher umfangreichstes Vorhaben. Die anfängliche Idee, ein Portrait des Protopopen anhand dessen Selbstbiografie und zeitgenössischer Quellen zu entwickeln, scheiterte, weil er zunächst nur wenige brauchbare Übersetzungen fand. Erst nachdem er die große Lesskowausgabe, die seinerzeit in der DDR erschienen war, erstanden und gelesen hatte, öffnete sich sein Blick auf das alte Russland. Doch als er entschied die deutsche und die westeuropäische Sichtweise auf das heutige Russland in den Text einzubauen, bürdete er sich ein neues Problem auf. Der Kalte Krieg hatte zu einer eklatanten Verengung geführt, die weiter wirkte und befördert wurde. Die große Öffnung im neunzehnten Jahrhundert, als russische Kunst und Literatur in West- und Mitteleuropa Fuß fassten und Begeisterung auslösten, war vorüber. Land und Volk verschwanden hinter einem Vorhang politisch ideologischer Art, der immer undurchlässiger wurde. Zwar schien es, er würde nach dem Zusammenbruch der Sowjetunion aufgezogen, doch geschah dies höchst zögerlich und inzwischen ist er geschlossen wie eh und je. Eigentlich ein Unding. Seit langen und nicht erst, nachdem er die Bücher des Wortmetz Arno Schmidt gelesen hat, neigt er dazu, allen Westeuropäern eine Weltkarte in die Hand zu drücken um ihnen deutlich zu machen, welch kleines Anhängsel ihr unruhiges Staatengewirr auf der eurasischen Landmasse bildet. Wie lächerlich es ist zu glauben, im riesigen Russland lebten in einer Terra incognita eine Anzahl Wilde, unentdeckt, mit Fellen bekleidet in Erdhöhlen und von Bären und Wölfen umringt, wie man es im fünfzehnten Jahrhundert noch annahm. Amüsiert las er im Vorwort zu Sigismund zu Herbersteins Buch „Reise zu den Moskowitern 1526", das Traudl Seifert 1966 neu herausgab: „Ein Land, das wie Russland zwischen Europa und Asien liegt und an beiden Kontinenten Anteil hat, kann sich nicht für eine europäische oder asiatische Kultur entscheiden. Sondern muss eine eigenständige Kultur ausprägen, die beiden Erdteilen verbunden ist. Hier gibt es dann kein „Entweder-Oder", sondern nur ein „Sowohl-Als-auch"! Russland entschied sich in diesen fünfhundert Jahren nicht für Europa oder für Asien, sondern es entschied sich nur für sich selbst." Dann fand er einen Satz, der damals zu schreiben war, es auch heute noch ist: „Die Russen sind im Grunde genommen Menschen wie wir alle; man muss sie nur zu nehmen wissen, mit Würde und mit einer Offenheit, die bis an die Grenze der Grobheit und Unhöflichkeit gehen darf." In hunderterlei Varianten hat er diesen Satz gelesen. Verankert im Bewusstsein seines Volkes hat er sich kaum und wo, dann höchst seltsam. Zwar lässt sich in allen Schichten Sympathie und mehr als diese für das Nachbarvolk ausmachen, doch gleichzeitig auch schroffe Ablehnung, von Furcht und Verachtung gespeist. Dies ist nicht allein Folge der Geschichte der letzten Jahrhunderte, sondern hat Wurzeln, die weit in die Antike zurückreichen, als die Völker nördlich des Schwarzen Meeres als Barbaren bezeichnet wurden. Im etymologischen Wörterbuch fand er unter Barbar: grausamer Mensch. Rohling, Ungebildeter als Entlehnung von griechisch barbaros. Und unter Barbarei: Unmenschlichkeit, Rohheit, niedrige Entwicklungsstufe. Unwissenheit. Aus lateinisch barbaria Ausland - im Gegensatz zu Rom und Griechenland. Römer wie Griechen blickten hochmütig auf die Fremden und sahen sie sklavengleich unter grausamen Herrschern leben, unfähig je ihre Ketten abzustreifen. Eine Charakterisierung, die sich im christlichen Abendland bald für alle fremden Völker einbürgerte, insbesondere aber für das Riesenreich der Moskowiter im Osten des europäischen Kontinents, aus damalig geografischer Sicht noch als Norden bezeichnet. Die Linie, die von vielen Gelehrten und Historikern von Iwan dem Schrecklichen zu Peter dem Großen, der Zarin Katharina bis Stalin und Putin gezogen wird, lähmt nach Bremers Meinung bis heute Erkennen und Auseinandersetzung mit Russland, und führt zu dem Trugschluss, die Menschen dort könnten niemals ein menschenwürdiges Gesellschaftssystem aus sich heraus entwickeln. Er sieht eine Entwicklungslinie von Avvakum, Lermontow, Lesskow, Dostojewski, Tolstoi und vielen anderen bis hin zu Solschenizyn und Kopelew. Diese ergibt ein anderes Bild, und jene, die ihr Verdammungsurteil formulieren, wären zu fragen, welche Literaten in den westlichen Ländern sich so schonungslos mit der Geschichte des eigenen Landes beschäftigten, wie die beiden letzteren mit der russischen. Weder die Kolonialgeschichte Englands oder Frankreichs fand Niederschlag in einem bedeutenden Werk, noch, sieht man von Anna Seghers „Das siebte Kreuz" ab, das Dritte Reich in der deutschen Literatur. Es blieb die Aufgabe der Historiker, dies auf sich zu nehmen. Nach der langen Nacht des Faschismus waren die Schubladen der Literaten leer. Alfred Döblin kehrte

nach dem Krieg wie viele andere Emigranten, im Schutz der
Siegermächte kurzzeitig nach Deutschland zurück und berichtet in seinen Erinnerungen, die erste Begegnung mit den Res-
ten der aus den Kriegszeiten hinterbliebenen Literatur und der
ersten keimenden neuen sei eigentlich zum Verzagen gewesen:
„Welche Hilflosigkeit trat vor einen. Wie viel Krampf und
Verworrenes, und vor allem wieviel Verblasenes, das sich für
„mystisch" hielt. Und dazwischen: wie viel Bemühung von
hundert einsamen Schreibern, die zum ersten mal wieder
schreiben konnten, ohne sich zu fürchten und die nun etwas
herausschrien, meist Deklamationen und tief gefühlte Rheto-
rik. Der Boden brachte zuerst nur Gras und Unkraut hervor."
Auch nach mehr als einem halben Jahrhundert schwebt für
Bremer eine Wolke der Verklärung über seinem Land. Sie
wich kurzzeitig beim Aufruhr um die Wehrmachtsausstellung,
als die Verbrechen der Landser Thema wurden, doch bildete
sie sich rasch neu und verdunkelt sich in jüngster Zeit zu den
Zeitzeugendokumentationen des Fernsehens, in denen Beteiligte unbeteiligt von Geschehnissen auf einem fremden
Planeten berichten. Bremer hat für eine Radiosendung einiges
über die Verbrechen der Wehrmacht gelesen. Natürlich wusste er, dass nicht alle daran teilhatten. Doch, fast alle gaben
vor, davon, und auch von der Judenvernichtung, nichts mitbekommen zu haben. Er nahm dies keinem ab. Er ahnt, warum alle schwiegen und Frau und Kindern nichts vom Kriege
erzählten. Einmal hat er eine Krankenschwester interviewt, die
1944 in Kattowitz im Lazarett arbeitete. Auch sie wollte vom
Geschehen in Auschwitz erst nach dem Kriege erfahren haben.
Sagte dies, ohne dass er danach gefragt hatte. Er ließ es dabei

bewenden. Auschwitz liegt unweit von Kattowitz. Die faule Trägheit des Denkens dauert fort und fort.

Bremer lässt seinen Blick über die Zeilen gleiten. Viel hat er nicht zustande gebracht. Mehr nachgedacht und gegrübelt vor weißem Papier. Morgen, morgen. nur nicht heute, sagen alle faulen Leute. Herbert Rosendorfer hat ihm einmal erzählt, dass er die Geschichten seiner Bücher beim Autofahren entwickle. In der Weltabgeschiedenheit dieses Käfigs habe er seine besten Einfälle. Nach seiner Pensionierung als Kammergerichtsrat, diesen Titel erhielt er in Naumburg und ein paar Lebensjahre später als der von ihm geschätzte ETA Hoffmann, ist er nach Südtirol heimgekehrt, wo er geboren wurde. Er verfasste in seinem Haus auf dem Berg ein vielbändiges Werk über die deutsche Geschichte. Vermutlich genügten ihm die vorhandenen Darstellungen nicht, und so präsentierte er zu seinem eigenen Vergnügen, wie er seine Schriftstellerei umschrieb, eine persönliche Sicht.
Bremer betrachtet den Bücherstapel zur russischen Geschichte, blättert in seinen Notizen. Die Hinwendung Russlands nach Europa begann nicht erst unter Peter dem Großen, dem Albert Lortzing in seiner Oper „Zar und Zimmermann" ein freundliches Denkmal setzte, das die rigorose Machtpolitik dieses Zaren verklärte. Sie begann bereits im 16. Jahrhundert unter Iwan IV. Iwan der Strenge ließ Kaufleute aus aller Herren Länder ins Land, auch Handwerker, Berater und in ihrem Gefolge zahlreiche Glücksritter, die im europäischen Teil des Reiches ihre Geschäfte betrieben. Von vielen wird Iwan IV, der Schreckliche genannt. Es ist zu vermuten, dass er

diesen Beinamen schon früh von seinen Standesgenossen bekam, denn kaum war er zum Zaren gekrönt, suchte er drastisch Macht und Einfluss der alten Bojarengeschlechter einzuschränken, und umgab sich mit ihm wohlgesonnenen Gefolgsleuten vorwiegend aus dem niederen Adel, den sogenannten Opritschniks. Für Bremer ein hübsches Beispiel für Kontinuität in der Menschheitsgeschichte. Denn auch heutzutage, wenn in den modernen Demokratien die Macht von einer Partei auf die andere übergeht, werden rasch noch Beförderungen für verdiente Mitarbeiter veranlasst, und die neuen Inhaber der Mehrheit suchen vakante Posten mit ihren Verwandten oder Freunden zu besetzen oder schaffen neue für sie. Besonders beliebt ist der diplomatische Dienst. Dort lassen sich zwei Fliegen mit einer Klappe schlagen: man besorgt einem nichtnutzen Sprössling eine angenehme Anstellung und kann ihn zugleich so weit fortschicken, dass er einem nicht mehr permanent auf den Wecker geht. Wie einst der Adel betrachten die politischen Parteien den Staat und seine Institutionen als ihr Eigen, wenn auch nicht als persönliches Eigentum, denn damit gehen sie höchst fürsorglich um, während sie sich bei öffentlichen Geldern nicht so am Riemen reißen. Werden sie bei Handlungen ertappt, die am Rande der Legalität und ein wenig darüber reichen, verteidigen sie dies damit, dass sie sich prozentual, als gewählte Volksvertreter, nicht anders verhielten, als der Rest der Bevölkerung. Dergleichen Rechtfertigung brauchten die Bojaren zu Zeiten Iwan IV. nicht. Sie genügten sich selbst.

Doch Iwan IV. unterschätzte die Macht der alten Adelsgeschlechter, verkannte die Trägheit des Volkes und musste lernen, dass die neu geschaffenen Vasallen zwar seine Ziele zu unterstützen schienen, aber, je einflussreicher sie wurden, desto deutlicher verfolgten sie eigene Ziele und scherten sich immer weniger um seine Reformen. Bald sah er sich überall von Feinden umgeben. Er reagierte verstört, zügellos und grausam. Ließ Berater hinrichten, ermordete Gefolgsleute, erdrosselte im Rausch eigene Söhne, denen er Thronraub unterstellte, und hetzte die Opritschniks zu immer grausamerem Vorgehen gegen Bauern wie Adel um vermeintliche Gegner zu vernichten. Seine andere Seite zeigt einen Herrscher von hoher Intelligenz, tiefreligiös, der fromme Traktate verfasste und sich mit Gelehrten aus aller Herren Länder umgab. Immer wieder auch geißelte er sich, beklagte seine Lasterhaftigkeit, seine Sünden und offenbarte kindlichen Trotz. Er zog sich in ein Kloster zurück, wollte dem Zarenthron entsagen, bis er schließlich von einer Abordnung der Städte zurückgeholt wurde. Nach seinem Tode stritten die Söhne des Zaren aus seinen zahlreichen Ehen um die legitime Nachfolge und scheuten sich nicht auch mit ausländischen Mächten Verbindungen einzugehen um ihren Anspruch auf den Zarenthron durchzusetzen. Besonders bizarr wurde die Lage, als in Polen ein angeblicher Zarensohn auftauchte, mit einem polnischen Heer gen Moskau marschierte und die Stadt besetzte. Dieser Dimitri und seine Unterstützer beabsichtigten Russland aus den Klauen der Orthodoxie zu befreien und der heiligen katholischen Kirche zuzuführen.

Diese Zeit der Wirren endete erst, als die russischen Städte sich verständigten und Michail zum neuen Zaren wählten. Unter dem ersten Romanow kam das Land allmählich zur

Ruhe und fand zu eigener Identität. Mit dem Ende der Konflikte im Westen ging der Blick nach Osten und die Eroberung des sibirischen Raumes wurde in Angriff genommen. Allerdings kam es nach Michails Tod 1645 und der Einsetzung seines sechzehnjährigen Sohnes zum Zaren erneut zu innenpolitischen Unruhen. Ausgelöst durch Misswirtschaft und Korruption bei der Gefolgschaft des unmündigen Zaren und dem fortwährenden Machtkampf des neuen und alten Adels, gab es Aufruhr in Moskau und anderen Städten, landesweit Aufstände der unterdrückten Bauern und in den neu erschlossenen Gebieten Sibiriens erhoben sich die einheimischen Stämme.

In dieser unruhigen Zeit wurde Avvakum 1621 in dem Dorfe Grigorevo unweit von Nischnij Nowgorod geboren. Sein Vater war Priester, die Mutter eine einfache Frau. Von frühester Kindheit an war ihm das geistliche Leben vertraut. Er sah den duldsamen, innigen und verklärten Glauben der Mutter, den eifernden und zügellosen Vater, der nicht selten polternd und trunken sein Amt verrichtete und fand zu eigener Frömmigkeit. Asketisch und kritisch gegen sich selbst und andere. Strenger und selbstbezichtigender in der Abkehr von der Welt, als es das, an den Idealen des Mönchstum orientierte, orthodoxe Christentum, ohnehin verlangte. Nach dem frühen Tod des Vaters übernahm dessen Nachfolger im Amt Haus und Hof, und die Mutter musste mit ihren fünf Kindern in dem Dorfe Lopatica Unterkunft nehmen. Hier und im nahen Kloster Markarij Zeltonodskji, in dem auch sein späterer Gegenspieler Nikon erzogen wurde, erhielt er vermutlich seine Ausbildung. Er muss ein außerordentlich eifriger und belesener Schüler gewesen sein. Früh schon schloss er sich dem „Kreis der Eiferer für die Frömmigkeit" an. Einer Gruppe von Geistlichen, die es sich zum Ziel gesetzt hatte, die altrussische Frömmigkeit im ganzen Lande wiederzubeleben. Denn in den Zeiten der „Smuta", der Wirren, war es nicht nur bei der Bevölkerung zu einer allgemeinen Verwilderung der Sitten gekommen, auch innerhalb des Klerus lebten viele fern den Geboten der Kirche. Mit einundzwanzig wurde Avvakum zum Diakon geweiht. Mit dreiundzwanzig war er Pope und mit einunddreißig Protopope.

Aus der frühen Popenzeit in dem Wolgadorfe Lopatica, berichtet er in seiner Lebensbeschreibung von einem Mädchen, das zu ihm in die Kirche kam um zu beichten: „Mit vielen Sünden war sie beladen, der Hurerei und der verschiedenartigen Selbstbefleckungen war sie schuldig. Wie sie nun vor dem Evangelienbuche stand, begann sie mir unter Tränen ganz genau davon zu erzählen. Und ich, der dreimal verfluchte Arzt, ward selbst krank, entbrannte in meinem Innern mit dem Feuer der Begierde, und gar bitter kams mir in der Stunde. Da zündete ich drei Kerzen an, klebte sie ans Betpult, hielt meine rechte Hand über die Flamme und nahm sie solange nicht weg, bis in mir das böse Feuer erloschen war."

Dergleichen Anfechtung ließ sich mit Kasteiung, Fasten und Beten im Zaune halten, jene der anderen bedurften anderer Anstrengung: „Kurz darauf aber geschah mir, wie geschrieben steht, Stricke des Todes hatten mich umfangen, Qualen der Hölle hatten mich getroffen: ich kam in Jammer und Not. Ein Oberst hatte einer Witwe die Tochter weggenommen und ich flehte ihn an, das arme Waisenkind doch ja seiner Mutter zurückzubringen. Er schlug jedoch meine Bitte in den Wind und hub an mir grausam nachzustellen. Mit seiner Horde drang er in die Kirche ein, und sie würgten mich fast zu Tode. Ich lag eine halbe Stunde oder auch länger tot da, aber durch ein Wunder Gottes ward ich wieder lebendig. Ihn aber befiel Angst, und er überließ mir das Mädchen. Bald darauf kam er durch Einflüsterung des Teufels wieder in die Kirche und schleifte mich in meinem Priesterornat an den Füßen über die Erde. Ich aber betete dabei."

Es gab ähnliche Vorfälle und Avvakum floh schließlich mit Frau und kleinem Sohn nach Moskau und hoffte dort beim Beichtvater des Zaren Unterstützung und Gerechtigkeit zu finden. Doch dieser und sein Vorgesetzter Protopope hießen ihn seine Gemeinde nicht in Stich zu lassen, und schickten ihn zurück in sein Dorf. Avvakum blieb streng gegen sich und die anderen und geriet sehr rasch wieder in Schwierigkeiten, so dass er 1650 erneut Schutz suchend vor seinen Feinden nach Moskau fliehen musste. Diesmal blieb er in der Hauptstadt, erhielt ein Predigeramt und erlangte aufgrund seiner profunden Kenntnisse der Schriften eine bestimmende Stellung im „Kreis der Eiferer". Als er 1652 Protopope wurde, wählte die Synode Nikon zum Patriarchen von Moskau und damit zum Oberhaupt der orthodoxen Kirche. Er schien den Eiferern nicht feindlich gesinnt, doch im Machtstreit mit dem Zaren, und nachdem er seine ersten „Berichtigungen" zur Glaubensauffassung verkündet hatte, fand er in ihnen seine heftigsten Widersacher. Die Veränderungen waren scheinbar nur formaler Natur: sie verfügten, dass fortan das Kreuzeszeichen mit drei anstatt bisher mit fünf Fingern oder zwei gemacht, und, dass die vorgeschriebenen Verbeugungen während des Gottesdienstes, nicht mehr tief bis zum Boden und in geringerer Anzahl ausgeführt werden sollten. Doch, da der Symbolik in der Orthodoxie wesentliche Bedeutung zugemessen wurde, die von alters her in zahlreichen Schriften ausgedeutet worden war, und weil Kreuzeschlagen und Verbeugen bei den Gläubigen als Zeugnisse ihres Glaubens galten, verstanden viele russische Orthodoxe die Veränderungen als Nachgeben und Angleichung an den griechischen Ritus. der vielen als „von der katholischen Kirche gekauft" galt. Die Eiferer sahen in den Zeiten allgemeiner Sittenverderbnis Nikons Veränderungen als Zeichen, das Ende der Tage sei gekommen. „Wir sahen, wie es Winter werden will, das Herz fror und die Füße zitterten", schrieb Avvakum. Der Kreis der Eiferer verfasste eine Denkschrift und rief die Priester und Gläubigen zur Nichtbefolgung auf. Nikon ließ sie zunächst ungeschoren, versuchte lediglich ihren Einfluss innerhalb der Kirche zu schmälern. Freilich wartete er nur auf eine Gelegenheit. Sie bot sich ihm im Prozess um die Ikonenlästerung gegen den Protopopen Loggin. Bei einem Gastmahl hatte dieser gezögert, der Frau des Gastgebers den Segen zu spenden, weil sie weiße Schminke aufgelegt hatte. Als ein Gast fragte: „Was schmähst du Pope das Weiß? Wird doch ohne Weiß auch nicht das Abbild des Heilands und der allerreinsten Muttergottes und aller Heiligen gemalt?" antwortete Loggin, was für die Ikonen nötig sei, das mischten die Ikonenmaler auch, doch brauche man es sich deswegen nicht auf das Gesicht zu schmieren. Und fügte hinzu: „Der Heiland selbst und die allerreinste Muttergottes und seine Heiligen sind reiner als ihre Abbilder. Indem wir uns vor dem Abbilde verneigen, verehren wir das Urbild." Nikon fasste dies als Ikonenlästerung auf und ließ Loggin den Folterknechten übergeben, anschließend zum Mönch scheren und verbannen. Der Einspruch gegen das Urteil wurde verworfen und der Wortführer der Protestierenden, ein Vertrauter Avvakums, verhaftet. Avvakum empörte sich und begann, nachdem er bisher nur in Klerikerkreisen gegen Nikon aufgetreten war, nun laut und öffentlich gegen ihn und sein gesamtes Reformwerk zu predigen. Er war ein begnadeter Redner, mit großen Zulauf aus allen Schichten der Bevölkerung, und als man ihm untersagte weiterhin in seiner Kirche zu predigen, hielt er seine Vesper auf dem Trockenboden im Hause des Verhafteten. Er verteidigte diesen Ort mit den Worten, dass zu gewissen Zeiten ein Pferdestall besser als eine Kirche sei. Daraufhin wurde Avvakum verhaftet und mit ihm alle übrigen zum Kreis der Eiferer zählenden Geistlichen. Die meisten wurden ihrer Priesterwürde entkleidet, zu Mönchen geschoren und verbannt. Avvakum behielt auf Fürsprache des Zaren sein Amt. Die Verbannung hingegen konnte er nicht abwenden.

In der Zeitung liest Bremer beim Mittagessen, die Ukraine habe bald freie Fahrt nach Europa. Visafreiheit könne bis zum Jahresende gewährt werden und einer Assoziierung mit der EU stehe nichts mehr im Wege. Offensichtlich hat man festgestellt, und er notiert dies in sein Notizbuch, dass die Korruption in der Ukraine inzwischen den hohen EU-Standard erreicht hat, und hofft offensichtlich, der Präsident, der in seinen kurzen Amtsjahren zum reichsten Mann des Landes aufgestiegen ist, werde nun weniger in die eigene Tasche wirtschaften. Ein Irrtum, wie Bremer weiß, denn die Unrast der Reichen wird auch ihn nicht aus ihren Klauen lassen. Stets findet sich jemand, der noch reicher ist und dem es nachzustreben gilt. „Zur Ruhe kam der Baum des Menschen nie" nannte der Australier Patrick White einen seiner Romane. Positiv wird vermutlich gewertet, dass das Parlament die ukrainische SS-Einheit inzwischen rehabilitiert hat, denn im Krieg gegen Russland ist jeder Kämpfer nötig und willkommen. Prost Mahlzeit! Einen anderen Gruß verkneift er sich. Der ist ohnehin verboten. Bloß die Denkweise nicht.

Hochmut schimmert ihm aus den Zeilen entgegen und störrisch glaubt er den gesamten Roman rasch beenden zu müssen, damit er endlich auf die Welt komme, so dass zumindest einer der wohlgefälligen Dummheit etwas entgegen setze. Doch die Geschichte lässt sich nicht zwingen. Braucht ihre Zeit. Verlangt sie, damit er noch mehr Steine vom Wegrand aufsammeln kann. Er räumt Teller und Töpfe in die Geschirrspülmaschine, verzichtet auf den Kaffee und geht zum Arbeitsraum zurück. Sibirien wartet. Unterwegs fällt ihm ein, dass er irgendwo gelesen hat, auch deutsche Straftäter seien dorthin verbannt worden. War dies im Kaiserreich oder während der kurzen Jahre der Weimarer Republik? Er muss seine Notizen durchstöbern. Vermutlich im Kaiserreich, denn ebenso, wie man Kolonien verlangte, wollte man gewiss auch einen Verbannungsort haben. Die Engländer hatten Australien, die Franzosen ihre Antilleninseln, nur die Deutschen konnten nichts vorweisen. Also musste der russische Verwandte aushelfen. Sibirien war schließlich groß genug. Und wozu gab es die Internationale des Adels? Doch nicht allein um die jeweiligen Untertanen aufeinander zu hetzen und zuzusehen wie sie einander umbrachten. Da musste es doch noch mehr geben!

Mit der Verbannung nach Sibirien begann die eigentliche Leidensgeschichte Avvakums und die Spaltung der russisch orthodoxen Kirche nahm ihren Lauf. Denn während manche Gegner der Reformen mit der Zeit dem Druck Nikons und seiner Anhänger nachgaben, entwickelte er sich zum Fürsprecher der Unnachgiebigen. Freilich nicht ohne zeitweilige Zugeständnisse. Seine Aufzeichnungen lassen erkennen, dass er in seinen Gottesdiensten manchmal auch Neuerungen duldete. Doch wurde er dann rasch von Selbstvorwürfen und Visionen gepeinigt und achtete wieder strenger auf die Einhaltung der Vorschriften. Sein Widerstand wuchs je heftiger die Feinde der Altgläubigen, wie er und seine Anhänger sich alsbald nannten, auftraten. Sein erster Verbannungsort war Tobolsk. Dort konnte er weiter als Protopope wirken. Unermüdlich predigte er nicht bloß gegen Nikon, sondern zugleich gegen das lasterhafte Treiben und die Häresie seiner Anhänger, prangerte die sittlichen Verfehlungen der weltlichen Obrigkeit an und beklagte das elende Los der einfachen Menschen. Daraufhin wurde er ins tiefere Sibirien nach Daurien verbannt. Fast zwei Jahre dauerte die Reise in das Gebiet östlich des Baikalsees am Oberlauf des Amur, denn durch das unwegsame Land konnte man damals nur in den Sommermonaten den Wasserläufen folgend reisen.

Unter dem Kommando von Afanasij Paskow wurden vom Zaren etwa 400 Mann losgeschickt um die einheimischen Fürsten zu unterwerfen und ihm botmäßig zu machen. Avvakum war einer der beiden Popen, die der Expedition mitgegeben wurden. Frau und Kinder begleiteten ihn. Nach dem Willen des Zaren sollte er priesterliche Aufgaben übernehmen, obwohl Nikon ihm dies untersagt hatte. Für diesen galt er als Raspop, als ein seines Amtes entkleideter Priester. Kaum unterwegs, geriet Avvakum mit Paskow aneinander und stellte sich gegen dessen Selbstherrlichkeit, mit der er seine Kosaken und alle ihm Anvertrauten behandelte. Als sie auf zwei Witwen trafen, die auf ihrem Weg zu einem abgelegenen Kloster waren um Nonnen zu werden und sich dem Zug anschließen wollten, hieß Paskow die beiden umzukehren. Er wollte sie, eine war sechzig Jahre, die andere noch älter, verheiraten, wie es damals im frauenarmen Sibirien üblich war. Avvakum protestierte gegen das Vorhaben und an der nächsten Stromschnelle drohte Paskow ihn aus dem Kahn zu werfen und, falls er überlebe, zurückzulassen, damit er allein seinen Weg durch das Gebirge finde. Avvakum schrieb einen Gnadenbrief, wurde daraufhin zu ihm befohlen und elendig verprügelt. Anschließend schleppte man ihn auf einen mit Kriegsgerät beladenen Kahn und warf ihn halbtot, an Händen und Füßen gefesselt, auf einem Querbalken. „Es war Herbst und es regnete; die ganze Nacht goss es in Strömen auf mich herab. Als sie mich schlugen, da hatte ich kraft meines Betens keine Schmerzen gespürt, jetzt aber, wie ich so daliege, beschleichen mich böse Gedanken: „Warum hast Du, o Sohn Gottes, zugelassen, dass dieser Paskow mich so furchtbar schlug? Hatte ich mich doch vor Deine Witwen gestellt. Wer soll Richter sein zwischen Dir und mir? Wenn ich sonst übel tat, hast Du mich nie so sehr gekränkt. Jetzt aber weiß ich nicht, womit ich mich versündigt habe." Ich tat, als wäre ich ein guter Mensch! Und war doch nur ein Pharisäer mit einer Drecksfratze – mit dem Herrgott wollte ich rechten! Wie konnte ich bloß so von Sinnen kommen! Wehe mir! Wie war es da nur möglich, dass der Kahn nicht mit mir untergegangen ist?"

Avvakum überlebte die Tortur und auch die Zeit an dem neuen Verbannungsort Irgensk. Die Schwiegertochter Paskows und selbst seine Frau halfen der Familie und bewahrten sie vor dem Hungertod. „Heimlich, ohne Paskows Wissen, schickten sie uns mal ein Stück Fleisch, mal ein Brot, dann wieder ein bisschen Mehl und Hafergrütze, soviel sie, die Bojarin eben auf die Seite getan hat. Zuweilen hat sie auch den Hühnern das Futter aus dem Trog gekratzt. Mein armes Töchterchen Ografena ist oft heimlich zu ihr unters Fenster geschlichen. Weinen möchte man und lachen! Oft wurde das Kind ohne der Bojarin Wissen vom Fenster weggejagt."

In seinem Lebensbericht schrieb er resümierend über Paskow: „Zehn Jahre lang hat er mich gepeinigt, oder ich ihn – ich weiß es nicht, Gott wird darüber entscheiden beim Jüngsten Gericht." Und weiter: „Hast du Protopope, einst den Umgang mit großen Herren gesucht, so drücke dich jetzt auch nicht vor dem Leiden und halte aus bis zum Ende. Denn es steht ja geschrieben: Nicht der Anfang ist selig, sondern das Ende."

Auch wenn Avvakums Lebensbeschreibung formal den traditionellen Heiligenlegenden des alten Russland nachgebaut ist und das eigene Leben in Beziehung zu jenem der Propheten und Kirchenväter gestellt wird, so zeigt die Schrift doch auch eine selbstbewusste und neue Sicht. Inhaltlich, vor allem aber sprachlich.

Der deutsche Übersetzer Gerhard Hildebrandt schreibt: „Avvakum bediente sich nicht des Kirchenslawischen, wie damals üblich, sondern seiner russischen Muttersprache. Auch schmücke er seinen Bericht nicht mit philosophischen Verzierungen, „denn Gott verlange keine schönen Worte sondern gute Werke"."

Zahlreiche Stellen der Lebensbeschreibung lassen ahnen, welch wunderbare Kraft und Reichtum an einfachen, beispielhaften Geschichten auch seine Predigten gehabt haben mögen. Einmal erzählt er von einem Huhn, einer schwarzen Henne, die auf dem Schlitten mitgeführt und unachtsam zu Tode gequetscht wurde: „Noch heute tut es mir leid. Dies war schon kein Huhn mehr, dies war nichts anderes, als ein Wunder; das ganze Jahr hindurch gab es uns an jedem Tag zwei Eier. Für ein solches Huhn wären selbst hundert Rubel ein Dreck, ein Stück rostiges Eisen gewesen. Denn dieses Vögelchen, dieses Geschöpf Gottes, war, als habe es eine Seele, es nährte uns, es pickte mit uns den Rindenbrei aus der Schüssel; und hatten wir einmal ein Fischlein, so hat's auch vom Fischlein gepickt."

Eigentlich will Bremer schon lange einmal nach Sibirien reisen. Entlang der Strecke der Transsibirischen Eisenbahn mit Zwischenstopps an vielen Stationen und einem längeren Aufenthalt am Baikalsee. Die unermessliche Weite und die weitgehend noch ungezähmte Natur mit ihren Schätzen und Wundern, den zum Nordpolarmeer ziehenden Strömen, den wildreichen Wäldern, hochaufragenden Bergen, bizarren Vulkanlandschaften, Steppen und rauen Küsten faszinieren ihn ungemein. Die Region, von manchen auch als sechster Kontinent bezeichnet, war nicht menschenleer als erste Kosakenexpeditionen den Ural überquerten. Die Eroberung von Russlands Osten erfolgte, ähnlich der von Amerikas Westen, mit der Unterdrückung und beinahe Ausrottung der einheimischen Bevölkerung. In befestigten Stützpunkten, Ostrogs genannt, nahmen Händler und Handwerker Quartier. Siedler bauten Hütten, legten Gärten und Felder an. Fallensteller und Jäger streiften beutesuchend durch ihr Revier. Freilich Sibirien wurde bald Verbannungsort für Kriminelle und Revolutionäre, nicht selten auch für nur Andersdenkende oder Unruhestifter, und blieb dies bis heute.

Für Bremer wird Verbannung als Strafe wohl ewig ein Rätsel bleiben. Mag sein, dass die Herrscher, die ihre Macht und ihren Adel von Gottes Gnade ableiteten, sich diesen zum Vorbild nahmen. Schließlich verbannte er Adam und Eva aus dem Paradies. Auch gab es schon im antiken Griechenland ein sogenanntes Scherbengericht: die Bürger ritzten die Namen missliebiger Personen in Tonscherben und jene, die am häufigsten genannt wurden, mussten für zehn Jahre in die Fremde gehen. Im römischen Reich verbannte Kaiser Augustus den Dichter Ovid und schickte ihn weit fort an die Schwarzmeerküste, weil ihm dessen freizügigen Gedichte und seine „Liebeskunst" nicht gefallen wollten. Fast alle Völker und Gemeinschaften stießen von Anbeginn an Störenfriede aus und schickten sie in irgendein fernes Nirgendwo. Offensichtlich hat sich Verbannung tief ins Bewusstsein vieler Menschen eingenistet, denn Sätze wie „dann geh doch nach drüben" mit denen manche in der Bundesrepublik aufmüpfige Studenten bedachten, als diese der restaurativen Adenauerzeit ein Ende setzen wollten, sind ein bezeichnender Widerhall.

Der Erfindungsreichtum einander zu quälen verzeichnet im Laufe der Jahrtausende bei allen Völkern durchaus Fortschritte und ist keine Eigenart des russischen, wie beim Studium der Menschheitsgeschichte leicht zu erkennen ist. Allerdings sind Verbannung und Sibirien heutzutage nicht voneinander zu trennen. Denn während unter den Zaren Aufrührern und politische Gegnern in der Regel nur Verbannungsorte zugewiesen wurden, an denen sie unter Obhut lokaler Behörden zu bleiben hatten, bis sie wieder heimkehren durften, wurden Kriminelle in Ketten in Straflager geschickt, wo sie unter unmenschlichen Bedingungen arbeiten mussten. Die Methode wurde im Laufe der Zeit verändert und perfektioniert und fand im Gulagsystem der Sowjetunion, in dem Millionen Menschen ihr Leben ließen, ihren schrecklichen Höhepunkt. Es lässt sich noch eine Besonderheit ausmachen: von Anfang an herrschten Willkür und Unwägbarkeit von Recht und Gesetz in Russland, so dass die Untertanen zeitlebens unsicher waren, wann, wie und warum ihnen der Prozess gemacht oder auch nicht und Verbannung verhängt wurde.

In solch eine kafkaesken Situation geriet auch der deutsche Dichter August von Kotzebue, mit dessen Lebensbeschreibung Bremer seine Arbeit am Roman unterbricht, damit ein wenig Radiogeld in die Kasse kommt. Der 1761 in Weimar Geborene war als junger Mann in russische Dienste getreten, lebte zunächst in Petersburg, dann im baltischen Reval, wo er 1785 Präsident des Magistrats wurde. Nach dem großen Erfolg erster Theaterstücke ließ er sich beurlauben, kehrte nach Weimar zurück, reiste in das revolutionsbrodelnde Paris und verbrachte danach ein paar Jahre als Theaterdirektor in Wien. Inzwischen waren die Revolutionskriege ausgebrochen und Russland war auf dem Kriegsschauplatz erschienen, dennoch wollte Kotzebue auf Bitten seiner heimwehgeplagten Frau, trotz eigener Bedenken und Warnungen von Freunden im April 1800 ins Baltikum zurück. Er erlebte das merkwürdigste Jahr seines Lebens: an der Grenze wurde er verhaftet und unter der Vorgabe, er solle nach Peterburg eskortiert werden, ging es nach Sibirien. „Nach Sibirien führt man mich," so sagte ich zu mir selbst, „Ohne Verhör, ohne Untersuchung, ohne Urteil und Recht, ja, ohne dass man es auch nur der Mühe wert findet, mir zu sagen, warum? – das ist zu arg! – Meine Papiere sind also nicht die Ursache meiner Verhaftung; denn sonst würde man sie ja vorher untersucht haben, ehe man mir die grässlichste aller Strafen zuerkannt hätte. Es muss also eine andere schwere Anklage gegen mich vorhanden sein, die irgendein niederträchtiger Verleumder dem Kaiser als bereits erwiesen vorgestellt hat; und um nicht als Verleumder mit Schande zu bestehen, hat er, ohne weitere Untersuchung, meine Verbannung bewirkt. In Sibirien bin ich lebendig begraben; aus Sibirien schallt meine Stimme nicht an die Ufer des Baltischen Meeres: von dort aus kann ich mich nicht verteidigen: und dürfte ich es auch, so wüsste ich nicht einmal, weswegen. – Es bleibt mir also nichts anderes übrig! Als die Flucht."

Er versuchte die Flucht. Sie misslang, er wurde wieder eingefangen und erfuhr nun, dass er hinter den Ural nach Tobolsk gebracht werden solle. Drei Wochen lang dauerte die mühselige Reise. Immerhin konnte er in der eigenen Kutsche fahren und teilte nicht das Los anderer Verbannter, die zu Fuß und in Ketten sich zu ihren Verbannungsorten schleppen mussten. Verwiesene und Unglückliche wurden sie von den Einheimischen genannt. Der dortige Gouverneur wusste von seinem Rang als Theaterdichter und empfing ihn freundlich in seinem Haus, konnte ihm aber auch nicht mitteilen, wessen er beschuldigt wurde. Während Kotzebue über sein weiteres Schicksal nachgrübelte und an einer Verteidigungsschrift an den Zaren schrieb, wurden im Tobolsker Theater drei seiner Theaterstücke gespielt. Nach 23 Tagen erfolgt überraschend die Freilassung. Kotzebue erfuhr später, Zar Paul I. habe sein Stück „Der alte Leibkutscher Peters des Dritten" gelesen, es habe ihm gefallen und ihn überzeugt, dass dessen Autor doch kein Aufrührer sei. Der Zar, umgeben von einer Horde selbstsüchtiger Berater und selbst nicht immer klar in seinem Denken, hatte in seiner kurzen Regierungszeit (1796 – 1801) Russland zu einem Hort politischer Unterdrückung gemacht. Er empfing Kotzebue in Petersburg wohlwollend, schenkte ihm als Wiedergutmachung für erfahrenes Unrecht ein in Livland gelegenes Krongut und ernannte ihn zum Hofrat.

Der Heimgekehrte fand sich in der Gunst des Herrschers, verkehrte fast täglich am Zarenhof und wurde beauftragt eine

Einladung an die europäischen Monarchen zu einem mittelalterlichen Ritterturnier zu verfassen, denn Paul strebte ein Bündnis gegen Frankreich an, und wollte, mit England im Bunde, Indien erobern.

Kotzebue schrieb in seinen Erinnerungen: „Trotz der unverkennbaren Zeichen des kaiserlichen Wohlwollens, hatte sich doch der Schrecken meinem Gemüte so tief eingeprägt, dass mir das Herz klopfte, so oft ich einen Senats-Courrier oder Feldjäger sah, und dass ich nie nach Grischa fuhr, ohne mich reichlich mit Gelde zu versehen und gleichsam zu einem neuen Exil vorzubereiten." Kotzebue wollte fort aus dem Machtbereich dieses Zaren. Dies gelang erst, nachdem Paul I. einem Attentat zum Opfer gefallen war und dessen Sohn Alexander den Thron bestiegen hatte. Er legte seine Ämter in Petersburg nieder und zog sich ins Baltikum auf seine Güter zurück um anschließend wieder nach Weimar zu reisen. In den folgenden Jahren fuhr wieder nach Paris, hielt sich eine Zeitlang in Italien auf und verbrachte erholsame Tage in Reval und auf seinen russischen Besitztümern. Er mehrte seinen Theaterruhm und veröffentlichte in eigenen Zeitschriften Texte zum Zeitgeschehen, über Napoleon und, nach dessen Niederlagen, kritische Bemerkungen zu den aufkommenden nationalistischen Bewegungen in den deutschen Kleinstaaten. Seine Hauptgegner bildeten die Burschenschaften, die zum Sprachrohr der politischen Erneuerung geworden waren. Er warf ihnen vor, bei ihnen habe sich ein neuer Geist breit gemacht. Demokratische Ziele würden von mythischen Vorstellungen eines geeinten Deutschland überlagert, die mit religiöser Inbrunst verfochten und gegen ausländische Ideen und Einmischung gestellt würden.

Im Herbst 1817 waren rund fünfhundert Studenten auf die Wartburg bei Eisenach gezogen und hatten unter dem Wahlspruch „Ehre, Freiheit, Vaterland" im Rittersaal aufrührerisch politische Reden gehalten. In der Nacht war es zu einer Bücherverbrennung gekommen, bei der neben dem Code Civil, dem französischen bürgerlichen Gesetzbuch, auch Kotzebues „Geschichte des Deutschen Reichs" verbrannt wurde, die er in diesen unruhigen Jahren geschrieben hatte. Und weil ihn der Zar Alexander beauftragt hatte, Berichte über die in Deutschland und Frankreich erscheinende Literatur zu Fragen der Politik, der Wirtschaft, des Kriegswesens und der Bildung abzufassen, und Kotzebue aus diesem Auftrag keinen Hehl machte, ihn sogar ausweitete, da er sich als Mittler zwischen Deutschland und Russland verstand, galt er in patriotischen Kreisen als Spion Russlands.

Im März 1819 erdolchte der junge Wunsiedeler Theologiestudent Carl Ludwig Sand mit den Worten „Du Verräter des Vaterlandes" den Dichter.

Manchmal ergeben sich Querverbindungen während der Arbeit an unterschiedlichen Texten. Bremer erkennt durchaus Ähnlichkeiten im Schicksal Kotzebues und jenem von Avvakum mehr als hundert Jahre früher, und er entdeckt auch die Fundstelle zur Verbannung deutscher Gefangener nach Sibirien, die ihm lange durch den Kopf geisterte. Wolfgang Promies schreibt im Nachwort zur Köselausgabe von Kotzebues „Das merkwürdigste Jahr meines Lebens": „Andere

Verleger versuchten aus dem Bucherfolg eigene Münze zu schlagen. Als 1802 der erste Transport deutscher Gefangener von Berlin nach Sibirien abging, sollen, wie die „Zeitung für die elegante Welt" berichtet, die dortigen Buchhändler sich „vor der Abreise gewaltig an sie herangedrängt, sich empfohlen und einige sogar einen Teil des Honorars vorgeschossen haben, auf den Fall, dass der eine oder andere von ihnen das interessanteste Jahr seines Lebens in Druck geben wollte."

Als Avvakum nach endlosen Jahren aus Sibirien wieder nach Russland heimkehren durfte, wurde auch Paskow abberufen. Dieser fuhr schleunigst davon. „Aus Furcht vor den aufständischen Eingeborenen, schwerbewaffnet, mit starker Mannschaft und scherte sich nicht um die Heimfahrt der ihm Schutzbefohlenen." Avvakum versammelte ein Dutzend Alte, Kranke und Verwundete, alle, die ihm lästig waren, nahm Weib und Kinder und einen Monat später bestiegen sie ihr kleines Boot. „Im Vertrauen auf Christum, mit dem Kreuz auf dem Bug, fuhren wir ohne Furcht und Zagen, wohin Gott uns führte."
Der Verwalter der Feste Irgensk hatte die Gesellschaft mit Proviant ausgestattet. Mehl, einer Kuh, Schafen und getrocknetem Fleisch. Er war Avvakum wohlgesonnen, denn dieser hatte nach Paskows Abreise, seine Tochter Ksemija getauft, die lange ungetauft geblieben war, weil Paskow weder Myrthe noch Öl gegeben hatte.
Als die Gesellschaft den Baikal erreichte, waren die Vorräte aufgebraucht, doch fanden sie freundliche Aufnahme bei den

sibirischen Zobeljägern, die hier ihr Winterquartier aufgeschlagen hatten. Sie versorgten sie mit Fischen und halfen bei
der Reparatur des lädierten Bootes. Als das Wetter es erlaubte,
setzten sie Segel zur Weiterfahrt. Mitten auf dem See schlug
das Wetter um. Wind kam auf, das Segel riss. Nur mit Mühe
erreichten sie rudernd das rettende Ufer, bevor das Unwetter
gewaltig losbrach. Trotz dieser Unbill, schon auf dem Weg
nach Daurien hatten sie auf dem Baikal Schiffbruch erlitten,
beschreibt Avvakum den See als Garten Eden. Bremer sieht
den biblischen See Genezareth, wenn er die hymnische Lob-
preisung liest: „Gänse und Schwäne schwimmen auf dem
Meer wie eine Decke von Schnee. Das Baikal-Meer ist voll
von Fischen, die Störe und Lachse sind sehr fett, man kann sie
nicht in der Pfanne braten, sie zergehen zu lauter Fett. Dies
alles ist aber von Christo, unserm Licht, für den Menschen
gemacht, auf dass er stille werde und Gott preise. Ist doch der
Mensch gleich wie nichts, seine Tage gehen dahin wie ein
Schatten, er hüpft umher wie ein Bock, bläht sich auf wie eine
Blase, faucht wie ein Luchs, frisst sich den Bauch voll wie eine
Schlange, wiehert beim Anblick eines fremden Weibes wie ein
Hengst, ist tückisch wie der Teufel; hat er seine Begierden
gestillt, so schläft er, wann und wo ihn der Schlaf überfällt,
und hat kein Gebet für Gott; Reue und Buße verschiebt er auf
seine alten Tage, dann aber entschwindet er, und wir wissen
nicht, wohin er geht: ob zum Licht oder in die Finsternis –
der Tag des Gerichtes wird es jedem offenbaren. Verzeiht mir,
am meisten von allen Menschen habe ich gesündigt.“
Je näher sie den russischen Städten kamen, desto deutlicher
spürte Avvakum, dass sein Ansehen im Lande während der

Verbannung gestiegen war. Die Schar der Gläubigen, die seinen Rat suchten, wurde immer größer, denn die Verhältnisse in den Kirchen waren eher verworrener geworden, als dass sie sich durch Nikons Reformen verbessert hätten. „Eine große Traurigkeit befiel mich und ich saß da und grübelte: „Was soll ich tun? Soll ich Gottes Wort predigen, oder soll ich mich irgendwo verbergen? Als die Protopopin mich so traurig sah, da trat sie in Demut vor mich hin und sprach zu mir: „Mein Herr, warum bist du so betrübt?" Da erzählte ich ihr alles: „Mein Weib, was soll ich nur tun? Draußen herrscht ein Winter der Ketzerei, soll ich nun reden oder soll ich schweigen? Ihr habt mich ja gefesselt!" Sie aber sprach zu mir: „Um Gottes willen! Was redest du da, Petrovic? Ich kenne doch die Worte des Apostels, du hast sie mir ja selbst vorgelesen: Bist du an ein Weib gebunden, so suche nicht los zu werden; bist du los vom Weibe, so suche kein Weib. Hier nimm du meinen und meiner Kinder Segen: unerschrocken sollst du Gottes Wort auch weiterhin predigen, um uns aber sorge dich nicht; solange es Gott gefällt, werden wir beisammen bleiben; sollte man uns aber trennen, dann gedenke unser in deinen Gebeten; Christus ist mächtig genug, auch uns nicht zu verlassen! Geh in die Kirche, geh nur Petrovic, und prangere den häretischen Irrglauben an!" Wegen dieser Worte verbeugte ich mich tief vor ihr, und als ich dann die trübselige Blindheit abgeschüttelt hatte, da fing ich an, in Städten und allenthalben das Wort Gottes wie früher zu predigen und zu lehren, und prangerte dabei unerschrocken die nikonianischen Ketzer an."

Über seine Ankunft in Moskau notiert er: „Wie einen Engel nahmen mich der Zar und die Bojaren auf!" Auch die Nikonianer suchten noch den Ausgleich und luden ihn zu Gesprächen ein- Eine Zeitlang verhielt sich Avvakum ruhig, dann grollte er wieder und verlangte in einem Brief an den Zaren, dieser möge an die Stelle Nikons, „des Wolfes und Abtrünnigen, des Übeltäters und Ketzers, einen rechtgläubigen Hirten auf den Patriarchenstuhl" setzen. Sein erneutes Aufbegehren brachte ihm wiederum Verbannung ein. Er wurde mit seiner Familie in den Norden geschickt, nach Mezen, an die Weißmeerküste.

Bremer besitzt ein höchst seltsames Talent: je stärkerer er sich mit einem Stoff beschäftigt, desto schwächer wird seine Kraft, in dessen Umfeld zu lesen. Immer häufiger weicht seine Lektüre aus. Er liest Gedichtbände, Tagebücher und manchmal blättert er in alten Manuskripten, damit er sich wieder zurechtfinde in seinen Gedanken. In den letzten Tagen fesselt ihn die Lebensgeschichte des Habsburgerprinzen Maximilian, der für kurze Zeit auf Betreiben Frankreichs, Kaiser von Mexiko war. Die Umstände dieser Erhöhung sind ein tolles Verwirr- und Machtspiel der europäischen Großmächte Habsburg, Frankreich, England und Spanien, sowie der katholischen Kirche. Sie zeigen, wie wenig die betroffenen Mexikaner zählten. Die Einführung der Monarchie in diesem Land, vorgeblich zum Wohle des Volkes auf dem von Nordamerika proklamiert demokratischen Kontinent, unterscheidet sich nicht von der behaupteten Durchsetzung demokratischer Strukturen in Nahost und Nordafrika. Damals ging und heutzutage geht es um Einfluss, Macht und Wirtschaftsinteressen und keineswegs um die Belange der betroffenen Völker. Lediglich die Schlagworte haben sich geändert und werden dem Zeitgeist angepasst. Handelten früher der Adel und seine Günstlinge, so sind es nun Konzerne und von ihnen abhängige Politiker, die ihr schändliches Spiel treiben. Die Scheinheiligkeit der Moral ist zuweilen haarsträubend. So wird die Aufnahme von Kriegs- und Bürgerkriegsflüchtlingen auch damit gerechtfertigt, dass die jungen Ankömmlinge das demographische Problem der Zukunft in Deutschland lösen und die Renten sichern würden. Zu fragen wäre, welch Auswirkungen ihr Fortgang auf die Heimatländer hat. Wer soll dort für die Alten und Armen sorgen, geschweige denn für ein funktionierendes Staatsgebilde? Für Bremer ist es eine Frage der Würde, dass die Kinder und Enkel sich um das Wohl der Alten kümmern und dies nicht bloß in materieller Hinsicht, denn die Zurückgeblieben leiden nicht nur an Mangel, Not und Krankheiten. sondern ebenso und vielleicht mehr noch an Einsamkeit in den kriegszerstörten Orten.

Manchmal hilft es ihm, seinen aufwallenden Zorn zu beschwichtigen, wenn er die Arbeit liegen lässt, die Tür verriegelt und auf den nahen Hügel und ins angrenzende Land hineinläuft. Abseits der großen Verbindungsstraßen führen schmale Wege zu Weilern und einzeln stehenden Gehöften. An Feldern und Streuobstwiesen vorbei durch schmale Waldflecken zu einer Kirche hin, neben der ein altes Wirtshaus steht, das die Zeit überdauert hat. Seit sie auf dem Land leben, haben die Jahreszeiten wieder Einzug in ihr Leben gefunden.

Tag und Nacht sind zurückgekehrt und nicht selten überwölbt ein vieltausendfach leuchtender Sternenhimmel ihr Dasein. So wie er manchmal für Stunden sinnend auf der Bank unter der Esche sitzen kann, möchte er zuweilen nachts auf dem Balkon verharren und sich und sein Leben dem All übergeben. Er braucht nicht zu wissen, wie die einzelnen Sternformationen bezeichnet werden. Es genügt ihm sie zu betrachten und die Unendlichkeit von Raum und Zeit in sich aufzunehmen, Er erinnert sich noch gut an die ersten Augenblicke seiner Liebe zu Renate. Während er tollpatschig ihre Nähe suchte, stand sie ruhig vor ihm, knöpfte mit scheuer Anmut ihre Bluse auf und streifte sie über die Schulter.

Istanbul war ein Märchen. So empfanden auch die Mordbuben des vierten Kreuzzuges auf ihrem Weg ins Heilige Land, als sie die Stadt am Bosporus, die damals noch Konstantinopel hieß, eroberten und verwüsteten. Aus ihrem bigotten und kalten Europa kommend, ertrugen sie nicht die orientalische Pracht und die besänftigende Wärme des Südens. Sie vergewaltigten und brandschatzten im Namen des Kreuzes und ließen ein Trümmerfeld zurück. Der Anfang vom Ende des christlichen Glaubens in dieser Metropole an der Brücke zwischen Europa und Asien.
Bremer ließ sich Zeit, bevor er sich mit seinem Kontaktmann in Verbindung setzte. Erst einmal wollte er die Stadt allein erkunden. Auf sich wirken lassen. Ihre Luft einatmen. Ihre Geräusche hören. Ihren Anblick in sich aufnehmen. Er steckte Notizblock und Bleistift in seine Jackentasche und machte sich auf den Weg. Außerhalb der klimatisierten Räume des

Dorint Hotels regierte noch der Sommer. Kaum jemand trug eine Jacke. Die Frauen zeigten sich in luftigen Kleidern. Die Männer liefen in Shorts und hellen Hemden den Bürgersteig zum Taksimplatz vor. Ihm fiel auf, dass hauptsächlich junge Leute zu sehen waren. Die Mädchen hatten kleine Rucksäcke übergestreift und nestelten Smartphons aus irgendwelchen Taschen. Kaum, dass er sich im Orient fühlte. Daran änderte sich nichts, als er eine breite Einkaufsstraße entlangging. Gesäumt von Markengeschäften, die in jeder Großstadt der Welt zu finden waren. Nur selten bemerkte er Frauen in traditioneller Kleidung. Lieferwagen befuhren die Straße und eine altertümliche Straßenbahn klingelte sich an den Passanten vorbei. Eine Gasse führte hinab zum Bosporus. Schmale Läden mit Lebensmitteln, Obst und Gemüse. Handwerkerstuben und Imbissecken. Trödlerauslagen. Auch zwei Buchläden machte er aus. Unten querte er die Galaterbrücke. Dutzende Angler versuchten ihr Glück in dem offensichtlich fischreichen Wasser. Die Eimer am Geländer zeigten reiche Beute. Links hinter der Brücke sah er einen weitläufigen Busbahnhof. Bremer kaufte sich eine Flasche Wasser und setzte sich auf eine Bank. Müde von der zweitägigen Fahrt, aufgekratzt von den Eindrücken, der Geschäftigkeit. dem Lärm um sich herum, versuchte er sich seine Arbeit der nächsten Tage auszumalen. Schier unmöglich schien ihm sein Vorhaben. Was aus der Ferne einfach und klar wirkte, zerbarst an der prallen Fülle des Lebens. Wie sollte er, ohne ein Wort der fremden Sprache zu verstehen, Atmosphäre und Fakten einfangen können? Vom Einordnen ganz zu schweigen. Schuster bleib bei deinen Leisten! Leise nur rührte sich in ihm das Wissen um das Wunderbare seines Berufes. Aus dem Nichts etwas schaffen und stets das Leben riskieren bei jedem Projekt. Der erste Schritt, der zweite, bis der Berg wieder einmal erstiegen war. In solchen Augenblicken der Verzagtheit beneidete er alle Menschen rings um sich her. Unterstellte jedem und jeder einen geordneten und sorgenfreien Tageslauf. Erst, als er einen jungen Mann mit zwei hölzernen Krücken auf sich zuhumpeln sah, der vor ihm hielt und um ein Almosen bat, schämte er sich seiner Mutlosigkeit. Umständlich zog er einen Schein aus seiner Börse und legte diesen in die ausgestreckte Hand. Der Mann ließ ihn rasch in seiner Jacke verschwinden, murmelte Dank und tauchte in die Menge zurück. Bremer blickte ihm hinterher und dann hinüber zur Schiffsanlegestelle. Unaufhörlich legten hier kleine Passagierschiffe an und wieder ab. Sie schienen die gesamte Küste zu befahren.

Er hatte keine rechte Laune mehr weiter herumzulaufen und beschloss eines der Boote zu besteigen. Sicherlich querten einige den Bosporus und fuhren nach Asien hinüber. Eine halbe Stunde später saß er in einem der Kähne und musterte seine Mitreisenden. Viele von ihnen im Businesslook, Männer wie Frauen. Aus welchen Schlachten mochten sie kommen, zu welchen aufbrechen? Der Mann an der Reling erinnerte ihn an eine Figur aus einem frühen Grisham Roman. Auch im kanadischen Vancouver verbanden Linienschiffe die einzelnen Stadtteile miteinander und ein junger Anwalt bestieg stolz auf die in Aussicht gestellte Partnerschaft jeden Tag ein Boot auf dem Weg zu seiner Kanzlei. Wähnte sich am Beginn einer großen Karriere. Bis er feststellte, in welche kriminellen Machenschaften die Firma verstrickt war und, weil er nicht daran teilhaben wollte, um sein Leben fürchten musste. Neben der Grishamgestalt lehnte eine junge Frau, die Hand am Riemen einer Laptoptasche. Das kostbare Utensil fest an sich gepresst, schaute sie verträumt auf das Wasser hinaus. Atatürks Tochter. Selbstbewusst und geborgen im Wissen um ihr Können. Auf dem Weg zum nächsten Termin.

Nur wenige Frauen trugen ein Kopftuch. Lediglich eine Matrone saß schwarzverhüllt in der Kabinenecke. Von unzähligen Gepäckstücken umgeben. Seine Eindrücke aus dem Münchner Westend gaukelten ihm anderes vor. Nun wusste er zwar, dass die meisten Türken in Deutschland nicht aus Istanbul kamen, sondern aus den Tiefen des Landes. Aber dennoch! Irgendwie passten diese Eindrücke nicht zu seinen Erwartungen. Er war gespannt, ob sich drüben in Asien andere Bilder einstellen würden. Vielleicht lagen Istanbulkrimis der ARD doch nicht so weit neben der Wirklichkeit dieser Stadt. Mit Renate hatte er einige Filme angeschaut und sie waren sich einig gewesen, dass hier wie an anderen touristischen Schauplätzen Europas banale Geschichten mit exotischer Umgebung aufgemotzt wurden, und vom tatsächlichen Leben kaum etwas erzählten. Lange schon war ihm aufgefallen, wie zaghaft, oberflächlich und oft auch handwerklich schlecht deutsche Fernsehfilme waren. Im Vergleich zu skandinavischen Produktionen oder jenen aus England, Frankreich und Italien. Überhaupt haderte er mit dem Programm der öffentlich rechtlichen Sender. Jenes der Privaten kümmerte ihn nicht, bei diesen stellten Filme lediglich kurze Unterbrechungen fortlaufender Werbesendungen dar. Von den Öffentlichen erwartete er mehr und Anderes. Seit Jahren wurde von der europäischen Wertegemeinschaft gefaselt, die angeblich auch die Kultur einschließen sollte, davon war im Fernsehprogramm kaum etwas zu bemerken. Die Sender erfüllten ihren Kulturauftrag, indem sie öde Kochsendungen und Zoogeschichten statistisch der Kultur zuordneten, und damit genug. Ein später Sieg seiner ehemaligen Chefin. Teil der Misere, in die sich die Anstalten im Laufe der Jahre hineinmanövriert hatten.

Gab es in den Anfangszeiten der dritten Programme, und auch bei den beiden großen, noch Spielfilme aus europäischen Nachbarländern und auch solche von anderen Kontinenten, so beherrschten seit langem die nordamerikanischen Produktionen das Programm. Bestenfalls Arte scherte zuweilen aus der Reihe. Für Bremer sind Spielfilme Spiegel der Seele eines Volkes. Dass die Programmverantwortlichen offensichtlich nicht darauf kamen Filme aus den Ländern der erweiterten EU, aus Russland, den angrenzenden Republiken, aus China und anderen Kulturkreisen ins Programm zu nehmen, zeugte für ihre Ignoranz, Selbstherrlichkeit und letztlich auch Dummheit. Nur albern erschien ihm das Geschrei um die schwierige Rolle des Fernsehens im Zeitalter des Internets. Mit ein wenig Intelligenz hätten sie die großartigen Möglichkeiten ihres Mediums erkennen und nutzen können. Im brodelnden Meer Inseln schaffen, auf denen die meist hilflos und verloren zwischen Sturzfluten von Bildern und Informationsfetzen herumirrenden Wesen Raum und Zeit für Ruhe und Entspannung finden, sich neu orientieren könnten. Sich rüsten für den nächsten Tag. Stattdessen ließen sie ihr Medium verkommen und klagten darüber, dass es verkam.

Bremer hielt sich an die Bücher, las Orhan Pamuks „Istanbul", in dem eine bürgerliche Kindheit beschrieben wurde, die jener in einer anderen europäischen Stadt nicht unähnlich war, und versuchte sich vorzustellen, wie sich die Emigrantenschicksale in diesen Hintergrund einordnen ließen. Besser gelang ihm dies beim Buch des gleichfalls in Istanbul geborenen Mario Levi. In der Erzählung von der jüdischen Diaspora in dieser Stadt fand er Umgebungen, die es vorstellbar machten, dass Emigranten nicht bloß in faschistischer Nacht vorübergehend am Bosporus Zuflucht fanden, sondern für immer blieben. Den weitaus stärksten Eindruck freilich hatten bei ihm die Romane Yasar Kemals hinterlassen. Kemal war als junger Mann in den vierziger Jahren nach Istanbul gekommen, hatte zunächst als Reporter gearbeitet, bevor er Geschichten über seine dörfliche Heimat Cukorova im Südosten der Türkei veröffentlichte und bald auch die große Stadt und ihre Umgebung ins Auge fasste. Hier wie dort betrachtete er das Leben der einfachen Menschen, ihren Tageslauf, ihre Träume, spürte Mythen und Bräuchen nach, beschrieb die Veränderungen, die im Laufe der Jahre geschahen und das Verhältnis von Mensch und Umwelt neu bestimmten. Das archaische Erbe des Menschen, seine Suche nach Glück und der Ausbruch von Gewalt gegen Mitmensch und Natur sind die Themen von Kemals Romanen. Er sah, wie in der Cukorova der Baumwollanbau die alte Hirtenkultur verdrängte und die Menschen zu Tagelöhnern machte. Zu Wanderarbeitern, die in die Städte strömten und dort ihre Wurzeln verloren. Sah das alte Byzanz zum heutigen Stadtmoloch Istanbul wachsen und dessen unwirtliche Neubau-

viertel immer weiter ins Umland hineinwuchern. In seinem
ersten Istanbulroman „Auch die Vögel sind fort" erzählt er,
wie drei Gassenjungen Vögel einfangen, die sich in Schwär-
men jeden Herbst auf einem Strand vor Istanbul niederlassen,
um sie den Städtern vor Moscheen, Kirchen und Synagogen
zu verkaufen, damit diese sie nach alter Sitte wieder freilassen.
Doch die Jungen werden beschimpft und verjagt. Die Polizei
wird auf sie gehetzt. In Yasar Kemals farbiger und brodelnder
Welt von Istanbul, in der Spitzbuben und Tagträumer leben,
Gestrandete und Gescheiterte, findet keiner mehr Gefallen an
der großzügigen Geste und keine Hand öffnet sich mehr um
Freiheit zu schenken. Mehr noch: im „Zorn des Meeres"
erzählt er vom vergeblichen Kampf des alten Fischers Selim
gegen skrupellose Reeder und geldgierige Kollegen vor dem
Hintergrund des massenhaften Abschlachtens der Delphine.
Überall, vom Marmarameer bis hinauf zum Schwarzen Meer,
wurden in den fünfziger Jahren die Tiere gejagt und an den
Küsten zu Öl verkocht, bis sie fast gänzlich ausgerottet und
die Ökologie des Meeres und seiner Fischgründe zerstört waren.
Bremer überlegte, in welchem der Häuser, die durch die grau-
blinden Scheiben des Bootes am Ufer aufscheinen, der Dichter wohl leben mochte. Er hätte sich gern mit ihm unterhalten. Vom Verlag hätte er Auskunft erhalten können. Das
hatte er versäumt. Vielleicht traf er ihn zufällig bei seinen
Spaziergängen durch die Stadt. Ein törichter Gedanke. Kemal
hat trotz seines großartigen Werks nie den Nobelpreis erhalten. War vermutlich noch nicht einmal Kandidat, weil er sich
schon früh zu kommunistischen Ideen bekannte und an dieser

Weltanschauung festhielt, als die meisten anderen ihr den Rücken kehrten und nicht selten peinliche Selbstkritik betrieben. Von den Mächtigen und der Staatsmacht wurde er verfolgt, saß ihm Gefängnis, kam wieder frei. Sein wachsender Weltruhm schützte ihn. Sogar ein Denkmal wurde errichtet, doch galt er als unbequemer und gefährlicher Geist, der immer wieder und heftig angefeindet wurde. Soviel Bremer wusste, stand das Denkmal in einem Park am Ufer des Marmarameeres. Dorthin zumindest wollte er einmal gehen und den eisernen Mann betrachten, der auf einem Stuhl saß und in einem Buche las.

Bremer blickt auf vom Schreibtisch und zum Fenster hinaus. Die Furchen des Ackers laufen, durchschnitten von einem schmalen Weg, zum Hügelhorizont. Dort geht das Braun des Feldes über ins herbstliche Graublau des Himmels. Tagträumereien sind ihm Lebenselixier. Obgleich schon in der Schule, erst recht am Arbeitsplatz bei alltäglichen oder allwöchentlichen Besprechungen verpönt und befremdlich wahrgenommen, als unhöflich oder arrogant verurteilt in geselliger Runde, sind sie ihm Rastzonen des Tageslaufs. Eigentlich hat er sich nie darüber Gedanken gemacht, nimmt sogar an, alle Menschen empfänden so. Wie viel schöner sind Tagträumereien als das heutige Herumgestocher bei Twitter Facebook oder Instagram. Gleichgültig ob Kinder, Jugendliche oder Erwachsene so ihre Zeit vergeuden. Bei allen muss das Gerät stets in Reichweite sein. Sie gönnen sich keinen Augenblick der Muse mehr. Scheinbar immer mit der Welt verbunden, haben sie die Verbindung zu ihr lange schon verloren. Die fortwährende mediale Präsenz der Gegenwart vernichtet diese zugleich. Nimmt ihr die Zeitlichkeit. Vergangenheit und Zukunft schwinden. Orientierungslosigkeit, Angst Rastlosigkeit und wachsende Unmündigkeit sind die Folgen. An sich ein Paradoxon, galt doch das Internet in seinen Anfängen, und erst recht, als die sogenannten sozialen Netzwerke entstanden, als kreativer und freier Raum, in dem der Einzelne Platz und Stimme erhielt um seine Individualität zu entfalten. Ein schöner Traum, denn nachdem Konzerne sich des Netzes bemächtigt hatten, wurde der User zum Staubkorn im digitalen All und ist nun den Manipulationswinden ohnmächtig preisgegeben. Noch sind die meisten Menschen nur leicht und leise mit der virtuellen Realität verbunden, doch die verblendeten Ingenieure des Nichts arbeiten längst an effektiveren Möglichkeiten sie vollkommen in diese Welt hineinzubinden. Es ist zu vermuten, dass die Zukunftswelt, die der Russe Sergej Lukianenko in seinen Spiegelromanen aufscheinen lässt, bald von der Wirklichkeit übertroffen sein wird, betrachtet man die rasanten Entwicklungen der letzten Jahrzehnte. In den bangen Phasen seines Denkens ahnt Bremer den Augenblick, in dem die digitale Wirklichkeit zusammenstürzt und Atlantis wieder auftaucht. Dann zwingt er sich aus seinen Schreckensbildern zurück in den Alltag, schaut auf das weiße Papier auf dem Tisch, ergreift den Bleistift und steigt auf sein Ross, wie Don Quichote, der gegen Windmühlen reitet.

Auf seinem Weg über den Bosporus kam sein Boot an einer kleinen Insel vorüber, auf der ein Leuchtturm stand. Ein

Mäuseturm. Vor ein paar Jahren war ihm ein schmales Bänd-
chen in die Hände gefallen, in dem ein Augsburger Lokal-
historiker ausgehend von der dortigen Sage über eine Mäuse-
schlacht, zahlreiche andere Mäusegeschichten versammelt hatte. Dem Text war eine Karte beigegeben, auf der die Hand-
lungsorte verzeichnet waren. Mit etwas Fantasie ließen sich
die Punkte zum Umriss einer Maus verbinden, die sich von
Westeuropa bis Istanbul über die Landmasse legte.

Großschiffe befuhren an diesem Tag den Bosporus nicht.
Weder ein russischer Flottenverband auf dem Weg zu seinem
Heimathafen am Schwarzen Meer. Noch ein Containerriese,
der dem Mittelmeer zustrebte. Vermutlich hatte der Wind
aufgefrischt oder hier in der Mitte der Wasserfläche hatte er
leichteres Spiel mit dem schmächtigen Boot, das nun heftig
mit den Wellen kämpfte. Bremer überlegte, wie tief das Wasser hinabreichen mochte. Vor knapp hundert Jahren, als die
Träume der Ingenieure noch in den Himmel wuchsen, hatte
der deutsche Architekt Hermann Soergel den Plan ersonnen,
das Mittelmeer vom Atlantik abzuriegeln und zu zwei kleinen
Binnenmeeren austrocknen zu lassen. Eine Landbrücke bei
Sizilien, die Europa mit Afrika verband, und die wasserfreien
Küstenstreifen, sollten als fruchtbares Neuland den steigenden
Raumbedarf der wachsenden Bevölkerung decken. Dazu
mussten am östlichen Binnenmeer die Wasserzuflüsse des Nil
und im Norden jener vom Schwarzmeer unterbunden oder
zumindest geregelt werden. Am Ausgang des Marmarameeres
plante er bei Gallipoli ein großes Wasserkraftwerk, denn die
Energiegewinnung war das zweite Ziel des gigantischen Plans.
Mehr als zwanzig Jahre lang wurde das Vorhaben ernsthaft

diskutiert, bis schließlich Anfang der fünfziger Jahre das Atom-feuer gezündet wurde und unendliche Energie versprach. Vielleicht fand er während seines Aufenthaltes Zeit die gesamte Küste abzufahren. Zunächst einmal wollte er Asien betreten.

An der dritten Station verließ Bremer das Schiff und ließ sich mit den anderen Passagieren in die Gassen treiben. Er würde sich kaum verlaufen, denn vom leicht ansteigenden Ufer brauchte er nur wieder zum Wasser hinab um den Rückweg zu finden. Willenlos doch stetig schritt er aus, als habe er ein bestimmtes Ziel im Auge. Und tatsächlich, als er seine Gedankenwelt verließ und der Umgebung wieder Aufmerksamkeit schenkte, fand er sich in einer schmalen Gasse. Eingeschossige Häuser mit breiten Fenstern und hohen Vorhängen aus grellbuntem Tuch. Zuweilen meinte er Licht und Schemen auszumachen, doch waren die Stoffe zu dicht um etwas deutlich zu erkennen. Bei einem Haus waren die Vorhänge aufgezogen und er verstand, wo er gelandet war, blieb stehen und starrte auf die junge Frau, die nur einen durchsichtigen Schleier trug. Leuchtend rotes Haar. Sein Blick haftete auf ihrem Gesicht, scheute ihren Körper zu betrachten. Sie schaute reglos zu ihm her. Bremer verharrte still. Zwei Minuten lang. Dann drehte sie den Kopf zur Seite, hob den rechten Arm und winkte ihm zu. Er folgte ihrer Geste, bemerkte eine Tür an der Seite neben dem Fenster und trat auf sie zu. Er hörte das Summen des Schlosses, drückte und kam in einen schmalen Vorraum. Halbdunkel, grünschimmerndes Licht brannte über der anderen Tür. Ein leises Klicken und er konnte eintreten. Sie hatte inzwischen den Vorhang zugezogen, stand mitten im Raum, löste ihren Schleier, wiegte und drehte sich im Rhythmus einer einfachen Melodie. Die Wirklichkeit schwand. Als er wieder die Augen aufschlug, fand er sich allein in einem großen Bett in dem leeren Raum. Die Musik war verstummt, nur eine hölzerne Lampe spendete Licht. Seine Kleider hingen schief über der Lehne von einem blauen Stuhl. Er lauschte, hörte keinen Laut. Er schloss die Augen wieder. Überließ sich einer tiefen Ruhe wie schon lange nicht mehr. Die Wärme eines Körpers weckte ihn. Das Streicheln einer Hand. Lippen auf seiner Haut. Als er später in dem kleinen Café an der Schiffsanlegestelle saß, war die Nacht heraufgezogen. Die Lichter des Leuchtturms drehten sich über dem schwarzen Wasser. Es war Zeit in sein Hotelzimmer heimzukehren.

Sebastian Feuerbach. Filosof und Privatier. Schloss Buch. Bremer musterte die Visitenkarte. Bei einem ihrer Landausflüge sind sie einmal an diesem merkwürdigen Bau vorbeigefahren. Grau, mattrot. Mauern von denen der Putz abblätterte. Blinde Fenster zogen sich wohl hundert Meter die Straße entlang. An der Frontseite ein mit Brettern vernageltes Tor. Um die Ecke ein flaches Nebengebäude, hinter welchem in einem aufgelassenen Obstgarten eine Pferdeherde graste. Struppige alte Klepper, die offensichtlich hier ihr Gnadenbrot bekamen. Auf der Straße ins Tal begegnete ihnen ein altertümliches Gefährt. Ein Traktor kämpfte sich den Berg hinauf. Der Anhänger mit Futtersäcken beladen. Am Steuer saß ein bulliger Mann mit nacktem Oberkörper, wildem Vollbart und einem Strohhut auf dem wind- und wettergegerbten Schädel.

Bremer war sich sicher, nur er konnte der Besitzer des Schlosses sein. Neulich nun, als er bei „Tante Frieda" unter den Arkaden saß und auf Renate wartete, ließ sich ein Mann an seinem Tisch nieder, in dem er den Schlossherren zu erkennen glaubte. Er hatte sich stadtfein gemacht, trug einen hellen Leinenanzug, eine breite Krawatte und einen großen Siegelring an der rechten Hand. Doch der mächtige Bart und das wallend grauweiße Haar, nun unter einen Borsalino gezwängt, waren unverkennbar. Wie überall in dieser Stadt und an diesem Ort erst recht, kamen sie rasch ins Gespräch. Bremer erfuhr, dass er Schlossherr geworden war, weil er einen Stellplatz für seine Pferde gesucht, keinen Bauernhof gefunden und schließlich den alten Kasten gekauft habe. Da wohne er nun seit fast zehn Jahren mit seinen Pensionären, sorge für sie bei Tage, und nachts hocke er in seiner großen Bibliothek, die ihm zugefallen sei. Die Frau habe es nicht lange ausgehalten und sich ein Haus in der Stadt gekauft. Doch das sei nichts für ihn. Zu eng alles, zu laut und voller Leute. Er brauche das freie Hügelland und das zufriedene Schnauben seiner vierbeinigen Gesellen. „Einige habe ich früher geritten, die anderen vor dem Abdecker bewahrt. Sowas gehört sich nicht." Die Kellnerin brachte eine Karaffe Wein. Sie redeten noch eine Weile und, als Bremer gehen musste, drückte er ihm eine Visitenkarte in die Hand. Vielleicht habe er einmal Zeit vorbeizukommen, da könne er ihm auch seine Bibliothek zeigen. Aber er solle vorher anrufen. Am besten abends. Tagsüber habe er zu tun.

Halb elf. Nicht gerade Abend, aber er hat Glück, Feuerbach meldet sich und ist ganz erfreut über den Besuch. „Wenn Sie sich beeilen, können Sie noch ein paar Weißwürste abkriegen, die ich gerade vom Metzger geholt habe. Sie sind besser als die im Hofbräuhaus in der Münchner Stadt." Das scheint Bremer keine hohe Kunst. Er hasst Weißwürste und insbesondere den Weißwurstkult kann er überhaupt nicht nachvollziehen. Die Wurst schmeckt nach nichts, ob man nun zuzelt oder nicht. Und süßen Senf kann er erst recht nicht ausstehen. Überhaupt ist er der Meinung, weder in München noch im gesamten Oberland seien vernünftige Würste zu bekommen. Salz und immer wieder Salz. Von Gewürzen hat dort noch nie ein Metzger gehört. Hier in Niederbayern findet er ein Angebot, das seinem Geschmack entspricht. Er beeilt sich nicht. Vergeblich! Feuerbach steht in seiner geräumigen Küche am Herd und rührt in einem Topf herum, in dem die Ungeheuer leise vor sich hin köcheln. Auch dies ein Ritual! Offensichtlich will er eine ganze Fußballmannschaft verpflegen. Ein kleines Bierfass steht auf der Anrichte, daneben Flaschen und ein halbvolles Weißbierglas. Es soll ihm nichts erspart bleiben. Vor unendlich langer Zeit saß er einmal frühmorgens mit seinem Freund Günther im „Eisenhammer" und schüttete ein Weißbier nach dem anderen in sich hinein. Im Wettstreit mit vier Handwerkern am Nebentisch, die sich, nach ihren ersten donnernden Hammerschlägen gegen halb sieben Uhr morgens, in dem Wirtshaus zur Brotzeit niedergelassen hatten um sich von der Anstrengung zu erholen. Sie tranken Jägermeister zum Bier, was Günther ermutigte es ihnen gleich zu tun. Nach drei Stunden unermüdlichen Trinkens, bei dem keiner einen Vorteil erzielen konnte, trollten sich schließlich die erschöpften Handwerker in einen frühen Feierabend, während er und der Freund sitzen blieben und noch zwei Gläser auf den Sieg zu sich nahmen. Zunächst als Absacker gedacht, dem sie dann aber noch einen Marsch durch die Gemeinde folgen ließen, der spät in der Nacht endete und einen fürchterlichen Kater zur Folge hatte. Seitdem meidet er Jägermeister wie Weißbier. Jetzt will ihn sein Gastgeber damit beglücken. Wirklich nicht! Er fragt, ob er ein Glas Wasser bekommen könne, Bier vor Sonnenuntergang vertrage er nicht. „Sie sind also der Sundownertyp. Hätte ich nicht gedacht. Habe ich auch einmal ausprobiert. Bringt aber nichts. Da schüttet man nur den Abend zu. Das mögen die Weiber nicht. Das Teufelszeug maßvoll verteilt erhält die Manneskraft." Er geht zum Kühlschrank, holt von dort eine Wasserflasche, nimmt ein Glas, stellt beides vor Bremer auf den Tisch und kehrt an den Herd zurück um weiter zu rühren. Was soll er darauf antworten? Bremer liebt dergleichen Lebensweisheiten nicht. Er schweigt und schaut sich in der Küche um. Die Einrichtung ist neu. Moderne Geräte. Jemand, der gerne kocht. Doch sieht es nicht aus, als ob dies häufig geschehe. Bis auf die gerade benutzen Gegenstände ist alles sauber und eingeräumt in dem frisch geweißelten Raum. „Sind alle Räume so eingerichtet?" „Wo denken Sie hin. Nur der Wohnbereich." „Kost einen Haufen Geld so ein Gebäude zu unterhalten." „Wem sagen sie das. Am Anfang hatten wir hochfliegende Pläne. Wär auch gegangen. Dann hat meine Frau der Rappel gepackt. Ist Geschichte. So, jetzt ist alles perfekt." Er beendet das Rühren und trägt den Wursttopf zum Tisch. „Bedienen Sie sich. Brezn habe ich nur zwei. Dafür aber frisches Bauernbrot. Ich habe ja nicht mit Gästen gerechnet." Er geht zur Anrichte, trinkt sein Glas leer und schenkt sich neu ein. „Sie wollen wirklich kein Weißbier? Helles ist im Fass." Bremer verneint und Feuerbach kehrt zum Tisch zurück. „Sie sind also Federfuchser?" „So kann man es nennen." „Ich habe auch mal daran gedacht ein Buch zu schreiben. Ein paar hundert Seiten liegen in der Schublade. Darf ich aber nicht veröffentlichen." Tatsächlich ist die Weißwurst nicht so übel wie sonst. „Schmeckt gut." „Es sind genug da." Bremer fischt eine weitere Wurst aus dem Topf. „Warum dürfen Sie nicht veröffentlichen? Ist die Geschichte zu privat?" Feuerbach kaut, spült mit Bier nach. „Wie man's nimmt. Ich war bei der GSG9. Kennen Sie doch?" „Das hätte ich nicht vermutet." „Hier im Ort weiß das keiner. Ich bin mit fünfzig in Frühpension gegangen." „Würde ich gern mal lesen." „Nein, mein Gutster. Das bleibt unter Verschluss. Ich bin mein Leben lang zur Geheimhaltung verpflichtet, und das ist auch richtig so." „Was ist daran richtig?" „Jetzt enttäuschen Sie mich." „Sie haben damit angefangen. Ich bin nur wissbegierig." „Hören Sie, das war eine wunderbare Truppe. Man konnte sich auf jeden Kameraden verlassen. Musste man auch. Das ist die schöne Seite. Das Problem war der Stress. Der unmenschliche Stress frisst dich auf. Und die Umstände, die dir aber erst mit der Zeit zu schaffen machen." „Jeder weiß doch, dass Polizisten den Kopf hinhalten müssen, wenn die Politiker etwas versemmeln." „Versemmeln ist gut! Ich bin dann vom operativen Dienst zum Personenschutz gewechselt. Da habe ich die Herrschaften erst richtig kennen gelernt. Mit dem Altbundeskanzler war ich auch unterwegs. Es ist ungeheuerlich, was der verträgt. Sein Weiberverbrauch ist auch nicht schlecht. Aber deshalb sind Sie nicht hier. Sie wollen meine Bibliothek begutachten." „Ich will den Schlossherrn besuchen." „Dazu bin ich gekommen wie die Jungfrau zum Kind. Meine Frau ist seit ihrer Kindheit geritten. Und als ich vom Dienst ausgeschieden bin, habe ich mir auch ein Pferd zugelegt. Ich dachte das bringt uns wieder näher. Klappte auch halbwegs. Als der Brunner dann aufgehört hat, wussten wir nicht, wohin mit den Pferden und haben überlegt, was Eigenes aufzumachen. Fanden aber keinen geeigneten Hof. Dann habe ich zufällig von dem Schloss gehört. Der Kasten war spottbillig. Aber kaputt. Damals wollte keiner einen Pfifferling da reinstecken. Niederbayern war noch Entwicklungsland. Jetzt ist das anders. Kurz und gut, ich habe zugeschlagen ohne recht zu überlegen, was ich mir damit aufhalse." „Und die Bibliothek?" Feuerbach beendet sein Mahl, nickt vor sich hin, wischt mit der Serviette über den Mund. Dann legt er das Besteck auf den Teller und holt sich ein frisches Bier. „Das ist eine verrückte Geschichte. Davon hatte ich überhaupt keine Ahnung. Davon hatte niemand eine Ahnung. Zumindest die Vorbesitzerin nicht. Eine alte Dame vom Niederrhein, die man nach langer Suche aufgestöbert hat, nachdem der letzte Bewohner gestorben war. Das muss ein merkwürdiger Kauz gewesen sein. Eine Nachbarin, sie liegt inzwischen auch schon unter der Erde, hat mir einmal erzählt, dass er jahrelang nicht mehr aus dem Haus gegangen ist. Man konnte ihn nur im ersten Stock am Fenster stehen sehen. Die Dorfkinder haben ihren Spaß mit ihm gehabt und Steine an die Scheiben geworfen. Dann ist er aufgetaucht und hat mit seinem Stock herumgefuchtelt und ihnen gedroht. Wie und wovon er gelebt hat, wusste keiner so

recht. Essen hat er beim Kramer bestellt, einmal in der Woche. Aber die Lieferung musste vor der Tür abgestellt werden. Ab und an kam ein Lastwagen mit Nürnberger Kennzeichen, der nach ein paar Stunden wieder wegfuhr. Offensichtlich hat er peu a peu die Einrichtung verscherbelt. Als ich herkam, waren die Räume weitgehend leer oder total vermüllt, je tiefer man ins Haus vorgedrungen ist. In die hintersten Räume kam man gleich gar nicht mehr rein. Demolierte Möbel, Zeitungsstapel, leere Konservendosen, unzählige Flaschen, lose oder in Kisten. Alles haushoch und durcheinander. Es war lebensgefährlich sich zu bewegen. Die Erbin, eine etepetete Dame hat wahrscheinlich nur die Hände über den Kopf zusammen geschlagen und der Makler, den sie beauftragt hat, war auch nicht der Hellste, sonst wäre ihm aufgefallen, dass da was nicht stimmt. „Was meinen Sie damit?" „Ich zeig's Ihnen."
Er steht auf und geht hinaus in den Flur und weiter in den Hof. „Erst einmal muss ich nach meinen Pensionären sehen." Sie laufen auf den flachen Querbau zu, dort durch ein Tor und gelangen in den alten Obstgarten zu den eingezäunten Weideflächen. Ein ergrauter Schimmel hebt seinen Schädel, schnaubt und trottet auf Feuerbach zu. Der hält an, wartet, tätschelt das Maul, lehnt sich an den Hals und umarmt das Tier: „Na. Mein Gutster. Wie geht es dir heute?" Er dreht sich zu Bremer: „Das ist der Otto. Der verbringt hier seinen Lebensabend." Er liebkost noch einmal das zufrieden schnaubende Tier und geht dann zu einer offenen Stalltür. Der Schimmel trottet ihm nach, nach einem leichten Klapps dreht er ab und kehrt zu den anderen zurück. Bremer hört Feuerbach reden und folgt ihm nach innen. In einer der Boxen

sieht er eine junge Frau, die offensichtlich beim Ausmisten ist. „Marie ist meine Pferdewirtin", sagt er zu Bremer und zu der Frau: „Wo ist denn die Lena?" „Die kommt erst um drei." Und, alles in Ordnung auf der Titanic?" „Die Rosa wollte heute gar nicht raus. Ich musste sie regelrecht schieben." „Ich weiß, der Strathausen kommt morgen vorbei. Sieht so aus, als ob sie uns langsam verlassen will. Und du, reitest du nachher noch?" „Ich hab um vier einen Zahnarzttermin." „Na denn!" Draußen erzählt er Bremer, dass die beiden Frauen hier ihre Reitpferde untergestellt haben. Umsonst. Er zahle ihnen ein paar Groschen, damit sie sich um die anderen Pferde kümmerten und für die Arbeit im Stall.

Er geht ein paar Schritte und zeigt auf die Ecke des Haupthauses, die nun sichtbar wird. „Und, fällt Ihnen etwas auf?" Bremer mustert den Gebäudetrakt. Die Mauer ist teilweise neu verputzt. Das Dach wohl frisch eingedeckt worden. An der letzten Fensterreihe im Halbrund eines Turmes sind die Rollläden herabgelassen und mit Brettern vernagelt. „Was soll mir auffallen? Wie viele Zimmer hat das Schloss eigentlich?" „Genug, und das Turmeck war schon verrammelt, als ich das erste Mal hierher kam." Er führt Bremer zu einer verwitterten Flügeltür, öffnet sie umständlich mit einem großen Schlüssel. Sie treten in einen hohen Raum. Links davon ist ein weiterer von ähnlicher Größe. Ein alter, schwerer Eichentisch steht in der Mitte, umgeben von hohen Stühlen. An den Wänden befinden sich Bücherregale. Ikeakäufe, teilweise mit Büchern gefüllt. „Treten Sie ein, das ist meine Bibliothek!" Bremer mustert die Bände und ist enttäuscht. Meterweise Bertelsmänner. Viele Bildbände. Kram. Vielleicht dreihundert Stück. Er dreht sich zu Feuerbach um, der ihn angrinst: „Manch einer nennt nicht einmal halb so viele Bücher sein eigen." Als Bremer nicht antwortet, fährt er fort: „Fällt Ihnen jetzt etwas auf?" Der Typ will ihn nerven. „Naja. Die Regale sind halb leer. Die guten Sachen haben Sie vermutlich verkauft." „Sie sind ebenso blind wie die anderen. Schauen Sie mal zum Fenster." Bremer folgt seinem Blick. Sonnenlicht fällt durch die hohen Scheiben. „Die Sonne scheint. Es wird heute noch ein freundlicher Herbsttag." „Kann schon sein. Auch der Raum war voller Gerümpel bis obenhin. War nicht zu betreten. Kein Licht. Schmutzstarrende Scheiben. Aber..." Er geht zu einer Tür zwischen zwei Regalen: „Hinter diesem Raum musste noch ein anderer sein, das war mir sofort klar." Er verbeugt sich einladend: „Folgen Sie mir, jetzt zeige ich Ihnen meine Bibliothek!" Er öffnet die Tür, schaltet das Licht ein. Bremer ist baff. Das hat er nicht erwartet. Alle Wände sind bis an die Decke mir Regalen versehen. Vollgestopft mit Folianten, wunderbaren Bänden mit Goldprägung und Lederrücken, alt und schwer. Buchleitern an allen Seiten, damit man auch die oberen Regalreihen erreichen kann. In der Ecke führt eine Wendeltreppe zu einem darüberliegenden Raum, in dem gleichfalls gefüllte Regale auszumachen sind. Die Stufen mit Büchern belegt. „Hier befinden sich die historischen Schriften. Atlanten und Reisebeschreibungen. Philosophie und eine große Abteilung theologischer Abhandlungen. Na, was sagen Sie nun?" Bremer steht und starrt: „Ich bin überwältigt." Feuerbach nimmt einen Band in die Hand: „Immanuel Kant, eine Erstausgabe, Schleiermacher, Herder, Humboldt, Was Sie wollen." Er zeigt nach oben: „Dort finden Sie die gesamte

Weltliteratur. Goethe, Schiller, Thümmel, Hippel. Jean Paul. Was sie wollen. Viele französische und englische Autoren in Originalausgaben. Da ist auch ein Schrank mit alten Handschriften. Die habe ich noch gar nicht durchgesehen. Die Sammlung reicht bis in die dreißiger Jahre des letzten Jahrhunderts. Jüngere Bände gibt es nicht." „Der reine Wahnsinn. Und davon wusste niemand?" „Wie denn? Der Alte hat ja keinen ins Haus gelassen und die anderen waren mit Blindheit geschlagen. Außerdem war alles verrammelt und es gab auch kein Licht. Hier war es zappenduster. Die Leitungen habe ich selber provisorisch verlegt." „Haben Sie ei-ne Ahnung, wer das zusammengetragen hat?" „Keinen Schimmer. Aber so wie's aussieht, ist die Bibliothek von Generationen aufgebaut worden." „Gibt es einen Katalog oder ein Verzeichnis?" „Ich habe nichts dergleichen gefunden." Bremer, noch immer staunend: „Das ist ein echter Schatz. Sie sind ein reicher Mann." Feuerbach skeptisch: „Kann schon sein, aber bringen Sie das mal an den Mann. Nachdem ich den ganzen Kram von Spinnweben und Staub halbwegs befreit hatte, habe ich darüber nachgedacht. Ein Antiquar aus der Stadt war hier. Ich habe ihm nicht alles erzählt und ihn erst mal in den Vorraum gelassen. Der hat sich umgeschaut und ist postwendend gegangen. Pech gehabt! Seitdem hab ich keinen mehr angerufen." „Der war nur bei den Bertelsmännern?" „Genau! Als Appetithappen sozusagen. Ich wollte wissen, was das für einer ist." „Und Sie haben ihn nicht aufgehalten?" „Wozu? War schon eine Qual ihn zu überreden überhaupt herzukommen." „Aber die Bertelsmänner..." „Wieso, meine Frau war jahrelang bei dem Club, während ich in Sachen Vaterland

unterwegs war. Das hat viel Geld gekostet. Und der dreht sich
um und rennt davon. Inakzeptabel!" „Wenn Sie mich Ihr
Manuskript lesen lassen, räume ich hier auf." Feuerbach lacht:
„Nein, nein, mein Gutster. Ich will nicht, dass Sie alle
Illusionen verlieren." „So viele habe ich gar nicht." „Ich bin
heute so weit, dass ich sage, die Dienste gehören abgeschafft
und zwar weltweit." „Aber Sie waren doch nicht beim
Geheimdienst. GSG 9, sind die nicht für Terrorbekämpfung
zuständig oder so?" „Wir kamen und haben aufgeräumt, was
die Herrschaften und scheinheiligen Politiker verbockt haben.
Was soll's! Das ist Vergangenheit. Es war auch eine gute Zeit.
Ich bin in der Welt herumgekommen. Also wie viel Zeit
haben Sie?" „Ich will gegen drei meine Frau abholen." „Dann
können Sie sich ja eine Weile umsehen. Tun Sie das! Ich habe
draußen noch genug zu tun." Bremer schaut unschlüssig, geht
dann dichter an eine Regalreihe. Feuerbach macht eine ab-
schätzige Handbewegung: „Da steht der theologische Kram.
Keine Ahnung warum jemand hunderte von Bänden
zusammengetragen hat. Das ist nicht mein Ding. Ich versteh
nicht, wie jemand Woche für Woche das barbarische Ritual
vollziehen kann. „Gott essen." Ich mein, das ist ein Buch von
einem Polen, das ich einmal gelesen habe. Naja, ich will
niemanden zu nahe treten. Vielleicht sind Sie ein gläubiger
Mensch." „Ich bin Christ." „Wenn ich was von dem Bestand
verkaufen würde, kämen diese Bücher als erste an die Reihe.
Aber ich verkaufe nicht." Er zeigt zur Treppe und nach oben:
„Ich mein im ersten Stock steht mehr, was Sie interessieren
könnte. Sie sind doch Literat, wenn ich das richtig verstanden
habe. Also viel Spaß!" Er will gehen, Bremer hält ihn auf:

„Eine Frage noch. Wieso kennen Sie Hippel?" Feuerbach stutzt, sagt dann leichthin: „Es gab auch ein Leben vor der Polizei." Und weil Bremer nichts erwidert: „Meine Mutter stammt aus Königsberg. Sie hat „Die bürgerliche Verbesserung der Weiber" gründlich studiert, sehr zum Leidwesen meiner Frau, falls Sie verstehen, wie ich das meine. Also ich mach mich auf die Socken." Bremer schaut ihm nach, streicht mit der Hand über den Rücken der Bände und steigt hinauf in den oberen Raum.

Später auf seinem Weg in die Stadt ist er noch voll von dem Geschauten. Was wäre, wenn er solch einen Schatz sein eigen nennen könnte? Er sieht sein eigenes Bücherlager. So viel, was er noch nicht gelesen hat und er verdrängt die Gier nach diesen Kostbarkeiten. Im Café' kramt er sein Notizbuch aus der Tasche. Auf der Fahrt hat er die Auslassungen einer grünen Politikerin gehört, die über russische Machenschaften bei der amerikanischen Präsidentenwahl schwadronierte und Ähnliches für die Bundestagswahl vorhersagte. Ihre Erkenntnisse stammten aus gesicherten Geheimdienstinformationen, wie sie lauthals verkündete. Die Gute hat vergessen, dass es ebensolche gesicherten Informationen waren, die zum Irakkrieg führten und sich später als Lügen herausstellten. Vergessen hat sie auch die Aufregung um die ungeheuerliche Ausspähaffäre westlicher Dienste gegen selbst die Bundeskanzlerin, zu welcher der BND sein Scherflein beitrug. Um deutsche Politik und Wahlen zu manipulieren bedarf es nicht die Hilfe der Russen. Die eigenen Dienste haben über jeden und jede ausreichend Material gesammelt um ihr von keinem Parlament geschweige denn von der Öffentlichkeit kontrolliertes und tolles Spiel treiben zu können. Auffällig und verstörend ist, dass es häufig Frauen sind, die sich zu dergleichen törichten Aussagen hinreißen lassen. Ob in der Politik, als Berichterstatterinnen von den Kriegsschauplätzen der Welt oder auch nur bei harmlosen Alltagsgeschichten. „Gebt mir die Packung!" las er jüngst in einem von ihm früher geschätzten Wochenblatt als Überschrift einer Autorin zu ihrem Bericht über sechs Tage Kur in einem bekannten Bade-ort. Überall noch das Gekreisch bei Hitlers Reden.

Die Straßen von Istanbul. Bunt, laut, chaotisch. In hitzeflirrendem Spätsommerlicht. Stefan Kir, sein Kontakt, hatte ihm ein Appartement unweit des Galaterturms besorgt. Im alten Judenviertel, in dem auch das Archiv untergebracht war. Ein erster Gesprächspartner stand bereit, doch Bremer wollte zunächst einmal die Stadt erkunden und die unterschiedlichen Farben ihrer Geräusche. Wieder einmal ärgerte er sich über die Unzulänglichkeit seines Aufnahmegerätes. Zwar hatte er ein zusätzliches Mikrophon mitgenommen, aber auch dieses lieferte, als er die Aufnahmen am Abend abhörte, nur Brei. Das Ohr war einfach ein viel feineres Instrument, als jedes technische Gerät. Nicht nur den Ruf der Muezzine von den Türmen der zahlreichen Moscheen, auch wenn es oft nur Lautsprecherstimmen waren, würde er einzeln und direkt aufnehmen und anschließend im Computer zusammenmixen müssen, damit ein authentischer Eindruck entstand. Viel Arbeit lag vor ihm. Die Aufnahmen vom Vortag taugten wenig. Nun hoffte er auf das erste Interview. Wenn sich eine Tür öffnet, öffnen sich die anderen.

Das Archiv lag in einem mehrgeschossigen Backsteingebäude, das einst zwei Kaufleuten als Wohn- und Geschäftshaus gedient hatte. Das Erdgeschoss beherbergte das Kontor, im ersten Obergeschoss waren zusätzliche Lagerräume. Darüber befand sich die Wohnung der beiden. Sie lebten zusammen. Als in den zwanziger Jahren der große Bevölkerungsaustausch zwischen Türken und Griechen stattfand, die meisten Griechen auch Istanbul verließen und sich in Griechenland neue Wohnstätten suchten, blieb Nikos Makarios in der Stadt, und sein Partner Mustafa Selim übernahm die alleinige Geschäftsleitung. Beide empfanden das Geschehen als kulturelle und menschliche Tragödie. Makarios begann schon in den ersten Monaten der aufgeheizten Zeit in die ehemaligen griechischen Siedlungsgebiete zu reisen. Was er fand, waren hastig verlassene Orte. Häuser, deren Fenster und Türen offen standen oder eingeschlagen waren. Möbel, selbst Geschirr in halbdunklen Räumen. Die Ställe leer. Verwilderte Schafe grasten in aufgelassenen Olivenhainen, wurden von streunenden Hunden gerissen. Weinstöcke, deren Trauben unzähligen Vögeln als willkommene Beute dienten. Höchst selten sah er Anzeichen menschlichen Lebens: heimgekehrte Türken von den griechischen Inseln, aus Kreta. Kriegsflüchtlinge aus dem Osten der Türkei, denen von den Behörden Land und Häuser der Griechen zugewiesen worden waren. Verwirrt und feindselig begegneten sie dem Eindringling in ihrer neuen, noch unvertrauten Umgebung. Die wenigen Filme, die er mitgenommen hatte, waren rasch aufgebraucht. Makarios spürte, dass einer dies dokumentieren musste. Aufbewahren für alle Zeit. Sonst würde alles verloren gehen, und spätere Generationen könnten kaum verstehen, wie, warum, und was alles geschah.

Die Eindrücke, Notizen und Fotos von dieser ersten Reise bildeten den Grundstock für das heutige Archiv. Viele weitere folgten. Nicht bloß in die türkischen Regionen, sondern bald auch nach Griechenland und auf seine Inseln. Er wollte die Entwicklungen auf beiden Seiten erkunden. Stellte fest, dass die Griechen sehr viel klüger mit den türkischen Hinterlassenschaften umgingen. Zwar tilgten auch sie die Spuren türkischen Lebens, doch erhielten sie die Gebäude, führten und entwickelten die Wirtschaft weiter und stemmten sich gegen den Verfall. Während in den ehemaligen griechischen Orten auf türkischer Seite dieser um sich griff und lange noch sichtbar blieb. Wie gelähmt schienen hier viele der Neuankömmlinge. Sie hausten in verfallenden Gebäuden zwischen verdorrten Rebstöcken und verwilderten Olivenhainen. Die meisten Umsiedler zog es in die Städte. Der Moloch Istanbul wuchs und wuchs.

Stefan Kir, der Leiter des Archivs, wirkte jünger als Bremer ihn sich vorgestellt hatte. Nach kurzer Einführung zeigte er ihm zunächst den Lesesaal im Erdgeschoss. Dann im ersten Stock die Karteikästen und in den angrenzenden Räumen die Schränke, vollgepackt mit Dokumenten, Fotografien und kleinen Kostbarkeiten, die bei dem hastigen Aufbruch der Bewohner vergessen worden waren. „Wir wollten lange schon mit der Digitalisierung beginnen. Bislang fehlen uns die Mittel. Bei der UNESCO liegt ein Antrag, auch hoffen wir auf die EU, aber wie Sie wissen, steht der Beitritt der Türkei noch immer in den Sternen. Die Registratur ist das Werk von

Johannes Kohl, einem jüdischen Historiker aus Leipzig, der im Zuge der Arisierung in den dreißiger Jahren die dortige Universität verlassen musste und nach Istanbul emigrierte, wo er mit unserem Gründervater zusammentraf. In einem Frisörsalon kamen die beiden miteinander ins Gespräch. Er war es, der den Aufgabenbereich ausweitete und anregte, auch Dokumente über jüdische Emigranten und europäische Antifaschisten, die während des Dritten Reiches in die Türkei kamen, zu sammeln. Und als nach dem griechischen Bürgerkrieg, Ende der vierziger Jahre, kommunistische Partisanen aus dem Land vertrieben wurden, gingen zwar die meisten in die Ostblockländer, doch einige auch in die Türkei. Viele dieser Schicksale finden Sie hier versammelt" „Dergleichen Material würde ich eher in Saloniki suchen." „Sie vergessen, Makarios war Grieche. Er besaß kaum Sympathien für den Kommunismus, aber noch weniger für die Rolle Englands bei diesem Konflikt." Kir zögerte, fuhr dann fort: „Die heutigen Konflikte in Vorderasien sind Folge in der Kolonialpolitik der Engländer, Franzosen und auch des deutschen Kaiserreichs, wie Sie sicher wissen. Die europäischen Großmächte scherten sich kaum um die Interessen der Menschen in dieser Region." „Da haben Sie wohl Recht. Aber nach der von den Siegermächten festgelegten Nachkriegsordnung gehörte Griechenland dem Westen an. Stalin hielt sich an dieses Abkommen und mischte sich nicht ein. Zumindest nicht direkt." Kir grinste und antwortete forsch: „Ich kenne die deutschen Traumata. Ich habe in Köln Geschichte studiert. Meine Mutter kommt aus der ehemaligen Ostzone." „Sie sind Deutscher?" fragte Bremer erstaunt. „Nein," erhielt er als Antwort:

„Mein Vater ist Türke. Er ging in den fünfziger Jahren nach Deutschland und hat als einer der Ersten unweit des Kölner Doms ein türkisches Restaurant aufgemacht. Meine Eltern sind Mitte der Achtziger nach Marmara zurück, als ich angefangen habe zu studieren. Ich bin erst 91 nachgekommen. Hierzulande hat man eine andere Sicht auf die Zeit des Kalten Krieges, als in Deutschland und im übrigen Westeuropa. Aber..." er schaute auf seine Uhr: „Ihr Gesprächspartner sollte inzwischen angekommen sein und wird unten auf uns warten."

Ein kahlköpfiger, etwa fünfzigjähriger Mann saß im Leseraum an einem Tisch über einen Karton gebeugt, in dem er herumkramte. Kir stellte sie einander vor und zog sich in sein Büro zurück. Bremer hatte jemanden sehr viel älteren erwartet und war enttäuscht. Doch nach wenigen Worten änderte sich seine Stimmung, und er fragte, ob er das Gespräch aufnehmen dürfe. Anhand von handschriftlichen Aufzeichnungen, die von einigen schwarzweiß Fotografien gestützt wurden, erfuhr er dann die Lebensgeschichte des Oldenburgers Hans Tritschler, der eine Zeitlang wegen kommunistischer Umtriebe im KZ saß, und nach seiner Entlassung als Arbeitsdienstler beim Autobahnbau in Süddeutschland arbeitete. Nachdem er hörte, dass er zur Reichswehr eingezogen werden solle, packte er kurzentschlossen seine wenigen Habseligkeiten zusammen und machte sich bei Nacht und Nebel davon. Er wusste, dass er zu Fuß nicht weit kommen würde. Bahn oder Bus konnte er nicht benutzen, weil er dann unweigerlich der Polizei oder einer Militärstreife in die Hände gefallen wäre. Er schlug sich nach Regensburg durch und hoffte dort auf einem Donauschiff unbemerkt den Herrschaftsbereich der Nazis verlassen zu können. Ein waghalsiger Plan, bei dessen Verwirklichung ihm sein ehemaliger Arbeitskollege helfen sollte, der in der Donaustadt wohnte. Franz Baumer war seinerzeit auf seiner Wanderschaft nach Oldenburg gekommen und in der Bäckerei untergekommen, in der Tritschler gerade als Lehrling angefangen hatte. Er war es, der ihn zur Partei brachte. Als er schließlich weiterzog, hatten sie noch eine Zeitlang Briefe gewechselt.

Tatsächlich fand er seinen Namen an einem Mietshaus unweit der Donau. Er klingelte und wartete. Keine Reaktion. Er drückte den Knopf erneut. Endlich vernahm er ein Geräusch. Eine verhärmte Frau öffnete und musterte ihn misstrauisch. Er fragte nach Franz. Sie schwieg, so dass er ihr erläuterte, wer er sei und woher er ihn kenne. Noch immer sagte sie nichts. Dann trat sie zurück und ließ ihn eintreten. „Mein Mann ist vor zwei Jahren gestorben." sagte sie flüsternd und heftig: „Sie haben ihn tot geschlagen." Er wagte nicht nachzufragen. Erzählte stattdessen von seinem Schicksal und davon, dass er auf der Flucht sei und über die Donau fortkommen wolle. Sie schaute ihn verwundert an: „Wie denn das?" „Als blinder Passagier." Sie schüttelte den Kopf: „Das kannst du dir abschminken. Es gibt kaum noch privaten Schiffsverkehr. Da sind nur Militärtransporte unterwegs und die sind streng bewacht." Als er schwieg, fuhr sie fort: „Erst neulich war das gesamte Ufer gesperrt. Die Emerenz hat mir erzählt, dass sie U-Boote zum Schwarzen Meer schleppen." „U-Boote? Das ist doch irre!" „Die kommen von Kiel. Das Mittelmeer ist abgesperrt. Gegen die Russen. Der kann den Hals nicht voll kriegen." „Ich dachte, der Franz könne mir helfen." Sie schaute leer vor sich hin: „Das hätte er gemacht. Er hat sich um jeden und jede gekümmert. Nur um sich selber nicht." Ein bitterer Zug legte sich um ihren Mund, dann strafften sich die Lippen: „Du kannst ein paar Tage bleiben. Der Blockwart ist ein Säufer und die Nachbarn haben andere Sorgen." Sie ließ ihn in ihrem Schlafraum übernachten und richtete ihr eigenes Bett auf dem Küchensofa: „Ich muss früh raus. Du wirst froh sein mal wieder in einem Federbett zu liegen." Er schlief schwer ein. Starrte lange in die Dunkelheit. Als er schließlich erwachte, schimmerte der Tag durch die Vorhänge. In der Küche fand er zwei Scheiben Brot und ein Einmachglas mit Marmelade auf dem Küchentisch. Daneben eine gusseiserne Kanne mit Tee. Hagebutte. Die Wohnung bestand aus diesen beiden Räumen und einem schmalen Abtritt mit einem kleinen Waschbecken. Er wagte nicht die Spülung zu ziehen und goss stattdessen Wasser aus dem Eimer daneben in die Schüssel. Gut, dass die Wohnung im Erdgeschoss lag. Er wusste nicht weiter. Tatsächlich hatte er alle Hoffnungen auf den Freund gesetzt. Die Frau hatte ihm nicht gesagt, wann sie zurückkomme. Er konnte nur warten und sich still verhalten. Auf einer Ablage neben dem Sofa fand er einen Stapel Zeitschriften, die er lustlos durchblätterte. Darunter lag ein Buch. „Traum der Erde" von einem Hermann Stahl. Er las sich fest, lauschte aber auf jedes Geräusch und bekämpfte den Drang im Raum hin und her zu stampfen und aus der Wohnung zu stürmen. Er wollte sich bewegen um den lauernden Häschern zu entfliehen. Die Küchenuhr zeigte halb eins, als er sich ein Glas Wasser eingoss. Er spürte Hunger und stöberte im Küchenschrank. Fand nur einen Kanten Brot. Dazu aß er einen Löffel Marmelade. Lesend und dösend verbrachte er den Nachmittag bis er aufschreckte, weil sich jemand am Schloss der Eingangstür zu schaffen machte. Er war Franzens Frau. Sie stellte eine Einkaufstasche auf den Küchentisch. Jene, die ihm gestern verhärmt und müde erschienen war, sprühte vor Energie. Sie entfachte Feuer im Herd. Holte Kartoffeln aus ihrer Tasche, legte sie in einen gusseisernen Topf, goss Wasser hinein und schob ihn auf die Ringe. „Ich werde uns Bratkartoffeln mit Spiegeleiern machen. Du musst Hunger haben. Gegen acht kommt die Emerenz vorbei. Wir haben eine Idee, wie wir dich heil außer Landes schaffen können." Sie musterte ihn: „Braungebrannt bist du ja. Haar und Bart passen auch. Hose und Jacke musst du wechseln." Er fasste sich ans Kinn, strich mit der Hand über die Bartstoppeln und stotterte: „Ich habe noch eine Anzugshose im Rucksack und ..." Sie unterbrach ihn: „Die wird dir kaum weiter helfen. Du brauchst etwas Derbes und auch ein anderes Hemd. Sonst nimmt man dir den Rumänen nicht ab." Er verstand kein Wort, fühlte sich in seine Kindheit zurückversetzt, hörte die Mutter an ihm herummäkeln und ihn ermahnen in der Schule und überhaupt auf Hemd und Hose zu achten. Sie könne sie nicht andauernd flicken. Für neue Sachen habe sie keinen Groschen übrig. Die Haare kämmen könne er sich auch einmal nach seiner Katzenwäsche.

Während die Frau in der Küche herumhantierte, erzählte sie, wie die Freundin ihr geholfen habe, nachdem Franz verhaftet worden sei. Sie habe dafür gesorgt, dass sie ihren Zeitungsstand behalten durfte, der bei der Razzia der Gestapo, die dort eine Nachrichtenzentrale vermutet habe, verwüstet worden sei. Aber weil sie keine Beweise fanden, habe Emerenz Bekannter in der Stadtverwaltung verfügt, dass sie ihn weiter betreiben konnte und ihr sogar eine kleine Entschädigung zugesprochen. „Das war ein mutiger Mann. Nach seiner Frühpensionierung ist er zurück nach Waldhäusl gegangen, wo seine Familie einen kleinen Hof besitzt. Mich haben sie seitdem in Ruhe gelassen und so habe ich weiterhin mein Auskommen." Die Emerenz komme jeden Tag bei ihr vorbei. Sei Bedienung im Wirtshaus an der Lände und habe vor ein paar Jahren einen Gedichtband veröffentlicht. Eine richtige Berühmtheit sei sie. „Sie wird dir gefallen. Sie verdreht allen Männern den Kopf."

Emerenz war eine stämmige, junge Frau, vielleicht ein paar Jahre älter als er. Die beiden erläuterten ihm ihren Plan, ihn auf einem rumänischen Dampfer unterzubringen, der wegen Maschinenschaden hier festliege, aber übermorgen, spätestens in drei Tagen wieder losfahre. Bevor er nachfragen konnte, meinte die Jüngere selbstbewusst: „Der Schorsch weiß noch nichts von seinem Glück, den lege ich mir heute noch zurecht. Kein Problem." Sie blieb nicht lange und nachdem sie gegangen war, fragte Franzens Frau, ob er Geld habe, der Kapitän mache das nicht umsonst. „Woher denn?" Er zeigte ihr seine geringe Barschaft und sagte, dass er gehofft habe auf dem Schiff arbeiten zu können. „Auf Binnenschiffen brauchst du ein Seemannsbuch, genauso wie auf den Ozeandampfern. Ohne geht gar nichts. Der wird dich verstecken und essen musst du ja auch während der Fahrt." Sie stand auf, räumte das Geschirr zusammen. Er blieb auf dem Sofa sitzen, lauschte der Musik aus dem Volksempfänger, den sie eingeschaltet hatte, als Emerenz erschienen war. Toll und unüberlegt war er davongelaufen. Hatte nur Baumer im Kopf und geglaubt dieser könne alles richten. Aber der war tot. Er musste aufwachen. Die beiden konnten ihm nicht helfen. Er starrte trübsinnig vor sich hin. Die Frau hatte ihre Arbeit beendet und verschwand im Schlafzimmer. Sie rief ihn: „Kannst du mal kommen?" Sie stand an der Seite des mächtigen Schranks und sagte: „Wir müssen ihn ein bisschen von der Wand wegrücken. Ich schaffe das nicht mehr allein." Mit einem knarrenden Geräusch gelang dies ein paar Zentimeter. „Das reicht." Sie kniete sich auf den Boden. „Holst du mir ein Messer aus der Küchenschublade?" Mit der Schneide löste sie ein schmales Dielenbrett und zog einen Wachstuchbeutel aus dem Versteck. Sie setzte das Brett wieder ein und sie schoben den Schrank an seinen alten Platz. Zurück in der Küche legte sie den Beutel auf den Tisch und sagte: „Ich weiß nicht, wie viel da drinnen ist. Wollte es auch nie wissen." Er schaute sie fragend an, wagte nicht, den Beutel zu berühren. „Nur zu! Genier dich nicht! Ich brauch das nicht. Will es nicht. Als es noch möglich war, wollten wir nach Prag. Aber die Partei hat gesagt, Franz solle in Deutschland bleiben, und er hat auf die Partei gehört. Ich habe ihn angefleht, einmal an sich zu denken. An uns zu denken. Er hat immer auf die Partei gehört. Das Ergebnis kennst du." Sie schob ihm den Beutel zu: „Ich will nichts damit zu tun haben. Du kannst das Geld brauchen. Also nimm es. Dann rettet es wenigstens dein Leben."

Der junge Tritschler schaute von den Notizen auf und auf seine Uhr: „So spät schon! Ich sollte in die Firma." Er hob entschuldigend die Hände: „Ich habe so umständlich erzählt und wir sind noch nicht einmal nach Istanbul gekommen. In seinen letzten zehn Lebensjahren hat mein Vater seine Erinnerungen aufgeschrieben. Er hat diese Form gewählt, weil er wohl an eine Veröffentlichung dachte. Daraus ist dann nichts mehr geworden." Während er die Zettel in den Karton zurücklegte, zögerte er und griff nach einem Umschlag, der Fotografien enthielt: „Die meisten Bilder zeigen sein Leben in Istanbul, aber hier, das ist aus Regensburg. Das hat er irgendwo aufgetrieben. Man sieht darauf ein U-Boot, das in die Donau gehievt wird. Ach hier, das ist ein Satz Briefmarken. Das sind Arbeitsdienstmänner. Er hat mir erzählt, dass ihm die Marken angeregt haben seine Geschichte aufzuschreiben." Bremer kannte die Marken und musterte sie durch. Eine zeigte den jungen Heinz Piontek, der später ein bedeutender Lyriker geworden war, und ihm einmal von dieser merkwürdigen Ehre berichtet hatte. Deutsche Lebensläufe. Er gab Tritschler Foto und Marken zurück. Während er alles wieder im Karton verstaute, und Bremer sein Aufnahmegerät und die Notizen zusammenräumte, verabredeten sie eine weitere Begegnung für den nächsten Vormittag. Bevor er ging, fragte Bremer: „Wollte Ihr Vater eigentlich nie heimkehren nach Deutschland?" „Heim?" der Mann sah ihn verwundert an: „Er hat hier sein Zuhause gefunden, hat meine Mutter getroffen und geheiratet. Sie haben drei Kinder großgezogen und das Geschäft aufgebaut. Warum sollte er zurück?" „Heimweh? Das Land hat sich verändert nach dem Krieg." „Mag sein. Ich habe ihn einmal gefragt, als er seine Erinnerungen aufzuschreiben begann. Er zeigte zum Laden von Onkel Chaim auf der anderen Straßenseite. Chaim habe ihm gesagt: „Der, der geht, fühlt nicht den Abschiedsschmerz, der, der bleibt, ist der, der leidet." Er habe von keinem gehört, der in Deutschland gelitten habe, weil so viele das Land verließen." Er schüttelte den Kopf: „Und vergessen Sie nicht. Istanbul ist die schönste Stadt der Welt."

Kir brachte ihm einen Kaffee und setzte sich zu ihm an den Tisch. Bremer dankte ihm. „Keine Ursache, wir sind zufrieden, wenn unsere Sammlung von Nutzen ist. Ich habe weitere Personen kontaktiert, aber noch keine Termine ausgemacht. Nicht bei allen sind die Hintergründe so einfach und klar, wie bei Tritschler. Ihm ist es wirklich gelungen, hier Fuß zu fassen." „Zunächst möchte ich dieses Gespräch abschließen. Wissen Sie, es ist immer wieder faszinierend, wie sich die Zeit öffnet, wenn man den Spuren eines Lebens folgt. Dabei ist es unerheblich ob der Gesprächspartner offen und ehrlich erzählt oder seine Geschichte schönt. Man entwickelt ein Gespür für die Wahrheit hinter den Worten." Er blickte Kir an: „Natürlich weiß ich, dass der Mensch verführbar ist und sich zu törichten und auch grausamen Taten hinreißen lässt, aber keiner wird mir je einreden können, dass er von Grund auf böse ist. Man muss nur genau hinhören, dann findet man einen anderen Kern." „Unser Gründervater hat ähnlich gedacht. In seinen Erinnerungen, leider sind sie nur auf Türkisch erschienen, wir wollen sie schon lange zumindest ins Englische übersetzen lassen, schreibt er davon, wie fragil das Gebilde ist, das wir Gesellschaft nennen, und wie leicht Gemeinschaft zerstört werden kann. Jeder Gedanke zur Veränderung der Welt, wird er absolut gesetzt, verliert seine Zeitlichkeit, und verschlech-

tert, was er verbessern will. Das wusste schon Plutarch, als er
die Lebensläufe der Großen seiner Zeit aufschrieb."

Wieder einmal stellte Bremer fest, dass er sein Aufnahmegerät
zu früh weggepackt hatte. Nebengespräche brachten zuweilen
ebenso gute oder sogar bessere Aussagen und Gedankengänge,
als jene, bei denen das Mikrophon eingeschaltet war. Er nahm
sich vor, auf jeden Fall auch ein Interview mit Kir zu machen
und sagte es ihm. Fügte hinzu: „Was mich noch, jetzt unab-
hängig von meiner Arbeit, interessieren würde, ist, wie Sie es
handhaben, dass Dokumente aus dem Archiv nicht missbraucht werden? Während dieses Bevölkerungsaustauschs ging
es gewiss nicht immer friedvoll zu, und viele Betroffene werden ihr Weggehen als Vertreibung empfunden und entspre-
chende Gefühle zu den ehemaligen Nachbarn entwickelt haben. Spannungen zwischen Griechenland und der Türkei gibt
es ja nach wie vor. Man braucht bloß an das geteilte Zypern
zu denken." „Das ist richtig, aber..." Bremer unterbrach ihn:
„Wenn Sie in Deutschland Geschichte studiert haben, dann
wissen Sie, welche Rolle Flucht und Vertreibung aus den ehemaligen deutschen Gebieten in der Bundesrepublik bis heute
spielen." „Ich habe sogar eine Seminararbeit darüber geschrieben. Im Ruhrgebiet wurden bis in die sechziger Jahre
hinein nicht nur Vertriebene aus Schlesien und anderen Regionen, sondern sogar Flüchtlinge aus der Ostzone, wie man
die DDR damals nannte, als Polacken bezeichnet." „Will-
kommenheißen und Aufnehmen sind die eine Sache. Zur
Wahrheit gehört aber auch, dass viele ganz wesentlich am
Wiederaufbau des Landes beteiligt waren. In Nordrhein-
Westfalen, in Bayern und Baden-Württemberg. Und leider

gab es zahlreiche Funktionäre, die mit revanchistischen Reden
die Beziehungen zu Osteuropa belasteten, und nach dem EU-
Beitritt dieser Länder kam es zu neuen Konflikten, weil viele
ihren alten Besitz wiederhaben wollten. Die preußische Treu-
hand ist kein Ruhmesblatt in der Geschichte der neuen Bundesrepublik. Die Damen und Herren, auch die von mir eigentlich geschätzte Gräfin Dönhoff beteiligte sich an dem
Gerangel, haben einfach vergessen, dass sie vom Lastenaus-
gleich ebenso und manchmal besser entschädigt wurden, als
jene, die durch Krieg und Bomben auf dem Gebiet der Bundesrepublik Haus und Hof verloren. Die Gier mancher Menschen ist unersättlich. Mit den Dokumenten aus Ihrem Archiv
könnten nicht nur Eigentumsrechte wiederbelebt, sondern
auch alte Rechnungen neu aufgemacht werden." „Dergleichen
wird man nie ganz verhindern können. Seitdem das Archiv
der Uni angegliedert wurde, ist es einer breiteren Öffentlichkeit zugänglich als vorher. Aber wir reden ja auch mit den
Besuchern und alle müssen sich eintragen und ihr Anliegen
vorstellen und begründen. Sie akzeptieren mit der Unter-
schrift die Regeln des Archivs." „Das verhindert keinen Miss-
brauch." „Das ist richtig, aber wissen Sie, da halten wir es mit
Lessing, der hat geschrieben: „Ich weiß nicht, ob es Pflicht ist,
Glück und Leben der Wahrheit hinzuopfern, aber das weiß
ich ist Pflicht, wenn man Wahrheit lehren will: sie ganz oder
gar nicht zu lehren; sie klar und rund, ohne Rätsel, ohne
Zurückhaltung, ohne Misstrauen in ihre Kraft und Nütz-
lichkeit zu lehren." „Hehre Worte!" „Finde ich nicht. Finden
wir nicht. Jeder Intellektuelle muss selbst entscheiden, was er
aus seinem Leben macht." Er schaut Bremer unwirsch an,

löschte dann den Blick: „Außerdem ist es heutzutage leicht über jeden im Internet Informationen zu finden." „Sie haben mich also auch überprüft?" „Naja, überprüft? Ich habe mal nachgeschaut, was Sie bisher veröffentlicht haben. Das ist richtig."

Bremer erinnert sich, das Archiv mit einem schalen Gefühl verlassen zu haben. Irgendwie ärgerte es ihn, überprüft worden zu sein. Die Wolke seiner Einfalt verzog sich. Ein Schatten blieb und verdunkelte seine Eitelkeit. Gern hätte er sich als Bewohner des Elfenbeinturmes gesehen, doch wusste er, er existierte nicht. Oder er konnte ihn nicht finden. Was bleibt, ist sich bei seiner Arbeit an den Großen zu orientieren. „On the shoulders of giants", wie Merton dies nannte. Einmal hatte ihm eine Cutterin erzählt, bei ihrer letzten Produktion sei der Redakteur in den Schneideraum gestürmt, habe das Filmmaterial gebracht, ihr eine Liste in die Hand gedrückt, auf der vermerkt war, wie die Sequenzern zusammenzufügen seien und wäre gegangen. Nach einer Woche habe er sich wieder blicken lassen, ein, zwei Übergänge verändert. Das war's. Für Bremer von Anfang an unvorstellbar. Kein Stoff fügt sich einem Plan, den man am Beginn der Arbeit aufstellen mag. Er ist ständig in Bewegung, bis der letzte Punkt gesetzt wird. Wege und Nebenwege, die sich nicht selten als Hauptwege erweisen, zu erkunden und darauf reagieren, markieren den schmalen Grat, der Kunst von Kunstgewerbe trennt. Wie das Elementarteilchen auf die Vorgaben des wissenschaftlichen Experimentes und auf den Betrachter reagiert, so verändert der literarische Stoff seine Gestalt, desto intensiver man sich mit ihm beschäftigt. Manche Autoren verleitet dies zu der Aussage, nicht sie selber hätten alles erdacht und erschaffen, sondern nur aufgezeichnet, was ihnen der Traum geschenkt.

Die tiefe Verbundenheit zu Russland und den anderen Ländern Osteuropas ist Teil von Bremers Wesen und entzieht sich einer Erklärung. Da mögen verschollene Kindheitsbilder eine Rolle spielen, unzählige Lesestunden von Jugend an. Auch sein wachsender Widerstand sich Meinungen anzuschließen und Aussagen zu übernehmen, die er nicht selber überprüfen kann, sei es real durch In-Augenschein-Nehmen oder mit der Kraft seiner Fantasie. Trotz der Dimension von Rohheit und Grausamkeit, die er dort wahrnimmt oder ahnt, scheint diese ihm menschlicher als jene gleichgültig kalte technische Art und Weise, mit der seine Landsleute die Vernichtungslager ersannen und betrieben. Mehr als die Tat erschreckt ihn die Haltung. Und doch gab es auch andere. Jüngst hat er in seiner Bibliothek vergeblich nach einem Band gesucht, den er vor Jahren einmal gelesen hat. Im Buch sind die Briefe eines jungen Soldaten der Ostfront abgedruckt. Eindringliche Schilderungen des Kriegsalltags. Bei einem Urlaub daheim findet er seinen Platz nicht mehr. Er will mit aller Macht an die Front zurück, sehnt sich nach dem Morast, dem unerbittlichen Frost, nach den Kameraden und der ständigen Todesgefahr. Er ist süchtig danach und stirbt kurz nach seiner Rückkehr bei einem Gefecht. Und einmal traf Bremer einen Mann, der von seiner langen Gefangenschaft in Russland erzählte, und von der tiefen Liebe, die er seitdem für dieses Land und seine Menschen empfindet.

Goethe in seinem Genie mochte es noch wagen der Ganzheit nachzuspüren. Sein Zeitgenosse Jean Paul mit seiner überbordenden Belesenheit und Fantasie erkannte, dass Ganzheit in der Neuzeit nicht mehr möglich ist und ließ Figuren und Geschichten im Fragment. Als Summe des Augenblicks.

Bremers Istanbulprojekt veränderte sich. Denn nach weiteren Interviews mit Nachkommen von Emigranten und einem langen Gespräch mit einem Musikanten, der zunächst in Frankreich und noch einmal an der Ostfront desertiert war, sich den Partisanen angeschlossen, gegen die Wehrmacht gekämpft und dabei einen deutschen Soldaten getötet und sich nach dem Krieg in der Stadt am Bosporus als Jazzpianist durchgeschlagen hatte, sowie nach der Begegnung mit einem höchst merkwürdigen Baron, der von seines Vaters Verstrickung im Dritten Reich berichtete, beschloss Bremer das Archiv in den Mittelpunkt der Sendung zu rücken. Als Erinnerungsort an all die Schicksale, die er dort kennen lernte. Weise erschien ihm die Entscheidung seines Baden-Badener Redakteurs ihm von Anfang an zwei Stunden Sendezeit in Aussicht zu stellen. Kir hatte den Baron offensichtlich nicht als Gesprächspartner vorgesehen. Bremer kam zufällig dazu, wie er ihm am Eingang zum Archiv eine Manuskriptmappe aushändigte und Anstalten machte wieder zu gehen. Da sie Deutsch sprachen trat Bremer neugierig näher und Kir stellte sie einander vor. Bremer fragte, ob er ihm vielleicht etwas erzählen könne. Der Mann murmelte etwas von einer dringenden Verabredung und, als er seinen drängenden Blick bemerkte, meinte er „Morgen früh um neun im Dorint, da können Sie mich treffen." Damit verschwand er. Kir erzählte, der Mann komme ab und an vorbei, rede von einem Buch über seinen Vater, an dem er schreibe. „Nun hat er mir ein paar Seiten gebracht, die ich mir anschauen soll. Ein amerikanischer Verlag habe ihm ein Angebot gemacht, aber mit den Amerikanern sei das so eine Sache. Also ich weiß es nicht."

Pünktlich um neun saß Bremer in der Halle des Hotels und harrte der Dinge, die da kommen sollten. Gegen dreiviertel zehn, als er schon aufgeben wollte, betrat der Baron den Raum und steuerte auf Bremers Tisch zu. Es schien, als habe er die Nacht durchgemacht. Er trug eine Art Smoking, einen weißen Seidenschal um den Hals und setzte sich umständlich hin. Beim herbeigeeilten Kellner bestellte er Kaffee und zwei Perignon. Eiskalt! Bremer schätzte ihn auf über sechzig. Das dunkle Haar wahrscheinlich gefärbt. Die Hände verrieten sein Alter. „Da sind Sie also. Welchen Tag haben wir heute?" „Freitag, den dreindzwanzigsten." Er schaute auf die Uhr: „Tatsächlich, dann werde ich nicht lange bleiben können. Ich muss noch ein Geschenk besorgen. Meine Tochter hat heute Geburtstag. Also, wie kann ich behilflich sein?" Bremer erklärte sein Vorhaben und sagte, Kir habe ihm berichtet, sein Vater lebe schon lange in Istanbul. Das interessiere ihn. Der Mann winkte ab: „Istanbul ist eine andere Geschichte. Kennen Sie meines Vaters Buch „Bevor Hitler kam"?" Bremer verneinte. „Sie kommen aus München. Das Hotel „Vier Jahreszeiten" ist Ihnen ein Begriff?" „Naja, vorbeigelaufen bin ich. Drinnen war ich noch nicht." „Dort hat mein Vater die Thule-Gesellschaft ins Leben gerufen. Von der werden Sie vielleicht schon mal gehört haben." „Sicher, ich habe ein paar Artikel

darüber gelesen. Die Neonazis ..." Schroff unterbrach er ihn:
„Die zählen nicht. Das sind Dummköpfe, gefährliche
Dummköpfe, die auch hinter mir her sind. Sie wissen also
nichts." Als Bremer schwieg, fuhr er fort; „Ohne die Thule-
Gesellschaft wäre Hitler nie an die Macht gekommen. Ohne
meinen Vater und Dietrich Eckart, die nacheinander den
„Völkischen Beobachter" leiteten." Sein Blick ging wieder zur
Armbanduhr: „Das ist eine lange Geschichte, die ich jetzt
nicht erzählen kann und will. Lesen Sie mein Buch, das ich
noch unter Verschluss halten muss. Sonst geht es mir wie
meinem Vater, der 1945 ermordet wurde. Man hat ihn aus
dem Bosporus gezogen. Selbstmord hieß es. Aber ich habe
unwiderlegbare Beweise, er wurde umgebracht, weil er hier für
diverse Geheimdienste tätig war und zu viel wusste." Er hatte
die zwei Flaschen Wasser währenddessen in sich hinein-
geschüttet und winkte dem Kellner. Als dieser nicht gleich
kam, murmelte er, vor mehr als zweitausend Jahren habe ein
griechischer Seefahrer nach seiner Englandumrundung die
Insel Thule entdeckt. Seitdem beflügle sie die Fantasie der
Gebildeten und die Sehnsüchte der Dichter. Denn gleich wie
Atlantis sei auch Thule der magische Mittelpunkt einer
untergegangen Kultur. Sein Vater, Eckart, der Geopolitiker
Haushofer und ihre Freunde in der Thule-Gesellschaft seien
davon überzeugt gewesen, nicht alle Geheimnisse seien
verloren gegangen. Überirdische Mächte hätten sie an Aus-
erwählte weiter gegeben. Aus Überlieferung der Asen Odin,
Thor, Tyr, Baldur, Heimdall und Frigg, Wesen aus den
Höhen Asiens, wisse man, dass vor drei- oder viertausend
Jahren auf dem Gebiet der heutigen Wüste Gobi ein aus-

erwähltes Volk gelebt habe. Nach einer kosmischen Katastrophe seien die Überlebenden ausgewandert und unter Führung von Thor mit einem großen weißen, hakenkreuzgeschmückten Schiff in das Land Asgard – das Land Thule gekommen. „Aber..." er blickte Bremer an und zum heraneilenden Kellner: „Davon werden Sie nichts hören wollen. Verstehen Sie wohl auch nichts." Er beglich seine Zeche und stürmte davon. Bremer blieb sitzen. Nein, davon wollte er auch nichts wissen. Er wusste, dass in den letzten Jahren Mystik, Magie und Mantik wieder Hochkonjunktur feierten. Das war nicht seine Sache. Er folgte nicht Nietzsches Verdikt, dass einzelne Menschen nur ausnahmsweise, Völker und Zeiten jedoch in der Regel von Geisteskrankheiten erfasst werden, denn zumindest für letzteres konnten Ursachen ausgemacht und Entwicklungslinien festgestellt werden. Er starrte vor sich hin und auf die Tasche mit dem Aufnahmegerät, das er gar nicht ausgepackt hatte. Warum auch, dann hätte er noch weniger geredet.

In den letzten Tagen hatte er viel zusammengetragen. Ein, zwei Interviews noch und das lange Gespräch mit Kir. Er wird ihn fragen, ob er das Manuskript des Barons lesen kann. Allmählich konnte er ans Heimfahren denken. Renate. Schlechtes Gewissen wischte er weg, bevor es sich in den Gedanken festsetze. Kaum elf. Er wollte zum Basar laufen und dort etwas essen. Draußen schien es wieder warm zu sein. Der September war ein schöner Monat in dieser Stadt.

Eine Stunde später überquerte er die Brücke am goldenen Horn, doch anstatt zum Basar lenkt er seine Schritte zur Schiffsanlegestelle. Er wählte eine Strecke die europäische

Küste entlang und verließ das Boot in der Nähe eines Restaurants, dessen Terrasse direkt am Wasser lag. Eine prächtige Villa in üppigem Grün. Gönnte sich zwei Bier zum Essen. Hier rasten, harren, an nichts denken. Er bestellte sich in wieteres Bier und lief danach zur Anlegestelle zurück. Auf seinem Plan sah er, dass eine zweite Linie noch eine Zeitlang der Küste nordwärts folgte und hinter der Brücke den Bosporus querte und auf der asiatischen Seite wieder nach Süden drehte.

Ungeduldig suchte er die Gegend ab, bis er am Ziel angekommen zu sein glaubte. Er hastete den Hang hinauf zu jener schmalen Gasse. Zog immer weitere Kreise. Fand sie nicht. Verstört gab er auf. Der Rückweg zur Haltestelle war mühsam. Zwar brauchte er lediglich zum Wasser hinab, doch versperrten Hecken den Durchgang, und falls dieser gelang, endete der Weg an einer engen Uferstelle, wo Angler hockten oder Kinder spielten. Tage mochten vergangen sein, bis er endlich gelang. Die Sonne hing als roter Ball weit drüben über dem Wasser und machte sich auf zu verschwinden. Er hockte verdrossen am Fenster und musterte das vorbeiziehende feindselige Land. Nach drei Haltestellen tauchte das Café auf. Hier hatte er vor über zwei Wochen gesessen. Er war viel zu früh ausgestiegen. Der tüchtige Schelm von Schutzengel hatte sein Spiel mit ihm getrieben. Oder er mit demselben. Versöhnt schleppte er sich später zum Galaterturm hinauf, ließ die Wohnung links liegen und lief vor zu dem kleinen Basar. Dort brannte der Abend. Er fand kaum Platz in einem der Lokale. Sag einer, dass man im Orient weder Bier noch Wein trinken kann.

Wenn Bremer in die Metropole fahren muss, führt der Weg ins Tal hinab und dort auf die Autobahn. Sieben Uhr morgens ist eine schlechte Zeit. Da sind zahlreiche Lkw, schwarzlackierte Monster und andere, die um ihr Leben rennen und keinen Augenblick zu vergeuden haben, unterwegs. Würde er den Zustand des Seelenlebens der Gesellschaft anhand des Verkehrsverhaltens einzuschätzen haben, und manchmal neigt er dazu, dann bliebe er beständig auf seiner Bank unter den Eschen, ein Buch in der Hand, Notizbuch und Bleistift daneben und würde den Meisen zuschauen, den Sperlingen. Selbst die Krähen wären zu ertragen. Eine Krähe hackt der anderen kein Auge aus. Ein Satz, der nicht stimmt. Als sie noch in der Stadt wohnten, wurden sie einmal vom Höllenlärm dieser Vögel aus dem Schlaf geweckt. Auf den Balkon getrieben sahen sie, wie eine tollwütige Schar eine Artgenossin umschwärmte, die auf dem Dach gegenüber sich mit dem Flügel an einem Antennenmast aufgespießt hatte, nicht mehr freikam und nun zerfetzt wurde. An einem Samstagvormittag, den er nicht mehr vergisst.

Nach dreißig Kilometern schert Bremer aus, verlässt die Rennstrecke und fährt am Flughafen vorbei, auf der Schnellstraße dem Häusermeer zu. Auch hier herrscht Verkehr, doch die Fahrbahn ist nur zweispurig und weitgehend mit Überholverbot versehen, wodurch das Hetzen ein Ende hat, allzumal, wenn ein Schwerlaster gemächlich seine Bahn zieht. An der Spitze von fünfzehn Pkw, die ihm brav folgen. Rosendorfersches Geschichtenerzählen im Auto gelingt ihm zwar nicht, doch kann er, da er gehörig Abstand zum Vordermann

hält, sich zurücklehnen und die frühmorgendliche Landschaft
betrachten. Da stehen zwei Reiher im Grün und ein Rehrudel
äst unweit eines Hochstandes, der am Waldrand seiner Be-
stimmung harrt. Nach einer Abzweigung zwängt sich ein
wohlgestalteter BMW in die Lücke, die Bremer gelassen hat.
Gewinnt freilich kein Land, weil starker Gegenverkehr ver-
botswidriges Überholen unmöglich macht, der Fahrer sich
fügen muss und aufgebracht die Minuten zählt, die seinem
Leben verloren gehen. Vielleicht kann er wenigstens telefonieren, eine SMS schreiben oder ein paar E-Mails beant-
worten. Zeit ist Geld. Nach weiteren dreißig Kilometern geht
es auf die Passauer Autobahn und kurz darauf zum Münchner
Ring, der sechsspurig zu befahren ist und kein Abschweifen
der Gedanken mehr erlaubt. Bestenfalls kurze Sehnsuchts-
momente, weiß Bremer doch, dass bald die Abzweigung nach
Salzburg auftauchen wird und damit der Weg in die Berge
und weiter in den Süden ans Meer. Im Trübsinn des all-
morgendlichen Staus und ohne Möglichkeit dem Elend zu
entrinnen, schaltet er das Radio ein. Hört die letzten Strophen
von „Free electric band" und anschließend einen Bericht über
die Elektrozukunft des Automobils. Wie die Visionäre und
ihre folgsamen Nachplapperer so viel Strom produzieren wollen um die Blechmeute vor und hinter seinem Wagen damit
zu versorgen, ist ihm schleierhaft. Selbst bei stehendem Verkehr lassen sich kaum ausreichend Ladestationen auftreiben
um die verendeten Batterien wieder zum Leben zu erwecken.
Da wird ein findiger Ingenieur vermutlich mobile entwickeln
müssen, ähnlich jenen Tankflugzeugen, die den Bombern
helfen ihre todbringende Fracht ans Ziel zu bringen.

Nach vierzig Minuten kommt er endlich zur Werkstatt. Erwin wartet bereits. Er liebt die Stadt ebenso wie Bremer, ist vor ein paar Jahren nach Landsberg gezogen und fährt jeden Tag vor sechs von dort los, damit er ohne Stress in die Arbeit gelangt. „Du bist vermutlich froh, rasch wieder fort zu kommen. Gegen zwei ist der Wagen fertig und wie neu."

Bremer kann sich auf ihn verlassen und während die Mechatroniker zwei Hallen weiter ihre Computergerätschaften hochfahren, hat Erwin bereits die Motorhaube aufgestellt und sich an die Arbeit gemacht. Er kennt den 123er, hat jahrelang selbst einen gefahren, sich erst jüngst einen Nachfolger zugelegt und festgestellt, dass der Vorgänger eines der besten Modelle war, die der Konzern je gebaut hat. Er hatte nur gegrinst, als Bremer ihm seine eigene Zukunftsvisionen eines selbstfahrenden Automobils entwickelte, bei der nicht bloß der Fahrer sondern zugleich auch alle anderen Insassen überflüssig wären. In absehbarer Zeit könnten herrlich ausgestattete Ungetüme auf die Strassen losgelassen werden und verwegen durch Stadt und Land preschen, während ihre Eigentümer sich der Liebe hingäben, Golf spielten und ein paar Unentwegte mit einer Apple Watch ausgerüstet, der populären Version der Fußfessel für Kriminelle, ihren Lebensabschnittsgefährtinnen joggend hinterherhechelten um fit zu bleiben für den Existenzkampf in der besten aller Welten.

Irgendwie sind sie Brüder im Geiste. Jüngst hat ihm Erwin von einem Schulfreund erzählt, der Architekt geworden war. Dieser habe sein altes Cabriolet zur Reparatur in die Werkstatt gebracht und ihm stolz von seiner neuesten Geschäftsidee berichtet. Im Zuge der nötigen Wohnraumverdichtung in allen Metropolen und also auch in der beliebtesten Stadt Deutschlands werde er die Keller, soweit noch vorhanden, in Wohnräume umwandeln, für jene, die sich eine Unterkunft mit Tageslicht nicht leisten könnten oder wollten. Analysten diverser Immobilienunternehmen hätten herausgefunden, dass Mieter und Käufer bei Altbauwohnungen kostenlos Keller dazubekämen. Speicher unter dem Dach wären bei einer früheren Phase der Verdichtung bereits in Wohnraum umgewandelt worden, die Keller aber seien geblieben, seien zwar inzwischen in einigen Fällen extra zu bezahlen, doch mit lächerlichen Beträgen, die in keinem Verhältnis stünden zu dem Ärger, den sie verursachten. Denn keiner lagere noch Kartoffeln ein, Kohlen oder Koks. Nein, sie würden vollgestellt mit Gerümpel, das vom Hausbesitzer zu entsorgen sei, nachdem die Herrschaften ihre Herberge fluchtartig verlassen hätten. Bei einer ebensolchen Aktion sei ihm, als frischgebackenen Besitzer des Hauses in dem er geboren sei, ein Roman aus dem neunzehnten Jahrhundert in die Hände gefallen, in dem geschrieben stand, wie nach der großen Landflucht es gang und gäbe gewesen sei in den Kellern der Städte zu wohnen. Warum also nicht aus der Geschichte lernen? Er habe sich umgeschaut, die Stabilität des Mauerwerks geprüft, an die Studie gedacht, die noch auf seinem Schreibtisch lag, und wie Schuppen sei es ihm von den Augen gefallen, welch ungeheures Potenzial hier für neuen Wohnraum zur Verfügung stehe und welch glänzende Perspektiven sich für ein Start Up Unternehmen ergäben, das er postwendend gegründet habe. „Tolle Idee!" habe er dem Freund nur geantwortet, der habe gegrinst: „Eine Bombenidee ist das! Der soziale Aspekt ist natürlich

Unfug, aber notwendig, damit ich die Kellergeschosse preis-
wert bekomme. Sobald ich genügend beisammen habe, werde
ich einen Teil luxussanieren. Du kannst dir nicht vorstellen,
wie viel Leute gerne im Dunkeln munkeln und was in der
Immobilienbranche heutzutage alles möglich ist."
Bremer ist ein Fremder geworden in der Stadt, in der er fast
dreißig Jahre lang gewohnt hat. Gleichgültig mustert er die
Fahrgäste, die mit ihm mit der U-Bahn der Innenstadt zustre-
ben. Viele sind in ihre Smartphones vertieft. Einige starren vor
sich hin. Eine junge Frau blättert in einem Leitzordner in dem
Schulungsunterlagen abgeheftet sind. Sie hat braune Haare,
ein hübsches Gesicht, ist schlank. Sie könnte seine Tochter
sein. Seine Freundin, wäre er noch Student und würde zur
Vorlesung in die Universität eilen. Damals war die Stadt noch
voller Geheimnisse, die es für den Neuankömmling zu
entdecken galt. Am Sendlinger Tor verlässt er den Waggon.
Lässt sich durch die unterirdische Halle treiben, die Roll-
treppe hinauf zum Zwischengeschoss. Die meisten hasten zielstrebig an Backwarenstand und Kiosk vorüber. Nur zwei
junge Frauen kaufen ihren Morgenkaffee. Ein paar Übrigge-
bliebene von der Nacht winken ihnen tollpatschig zu und
halten sich an ihren Bechern fest. In der Ecke daneben hockt
ein Ausgestoßener auf dem Boden. In einen schweren Mantel
gehüllt. Zwei vollgestopfte Plastiktaschen neben sich. Ein
anderer stochert im Papierkorb herum. Sucht ein paar Cent,
die er für weggeworfene Flaschen erhält. Bremer geht weiter
zur Treppe. Ins Tageslicht.
Er liebt diesen kleinen Platz mit dem Obst- und Gemüse-
stand, dem Lichtspielhaus und den Tischen und Stühlen ne-

ben dem steinernen Tor. Nimmt ihn oft als Ausgangspunkt für Streifzüge durch die Altstadtgassen. Meist kommt er nicht weit. Bleibt oder geht rasch zurück und setzt sich an einen der Tische. Wartet dort, bis er wieder zur Werkstatt fahren kann. Vor ein paar Monaten glaubte er in einer der Frauen am Nebentisch Irene zu erkennen. Die Schulfreundin, mit der er eine Schülerzeitung herausgab. Träumte sich zurück in die scheue Unschuld dieser Nachmittage, an denen er mit ihr zusammen im Königshof am Stuttgarter Schlossplatz saß, und sie ihre Geschichten ersannen. „Been down so long it looks like up to me." „Richard Farina. Not seen so long!" Nach dem Abitur war sie nach Berlin gegangen. Hat während ihrer Studienzeit in einer Kommune gelebt und, wie sie sich gerne erinnert, nicht nur für die Revolution gestritten, sondern auch viel Spaß gehabt. Als der Mai in den Herbst überging und es sich neu zu orientieren galt, fand sie bei den sich etablierenden Grünen Unterschlupf. Die Mühen der Ebene fielen ihr leicht, und weil sie sich geschickt von den Flügelkämpfen fernhielt und eine gewisse Zähigkeit besaß, sah sie sich schließlich im Bundestag wieder. Wie die anderen lernte sie den Unterschied von Utopie und Wirklichkeit zu akzeptieren und fand Gefallen an den Vorzügen der Macht. Sie setzte sich neben ökologischen Belangen auch rege für die Erhöhung der Diäten aller Parlamentarier auf ein menschenwürdiges Niveau ein. Kam so zu ein wenig Geld und legte sich ein kleines Segelboot zu. Nach der ersten Freude stellte sie freilich fest, dass der Liegeplatz ihres Bootes nur umständlich zu erreichen war. Bus und S-Bahn hatten keine Haltestellen in der Nähe, mit dem Rad war es zu weit, so dass sie sich einen umweltfreundlichen

Kleinwagen kaufen musste. Dieser nahm sich auf dem Parkplatz zwischen den Limousinen der anderen Bootbesitzer recht verloren aus. Niederträchtige Bemerkungen wie Sardinendose nagten an ihr und führten zu einer gewissen Griesgrämigkeit, die sich auch auf ihre parlamentarische Arbeit auswirkte, und bei ihren Fraktionsmitgliedern, die froh und heiter die Zukunft gestalten wollten, zunehmend auf Unverständnis stieß, so dass sie schließlich mit Sonnenblumen bedacht ihren Abschied von der großen Politik nahm. Sie kehrte der Hauptstadt den Rücken und zog nach München. Vom Ruhegehalt ließ sich leben und ab und an wurde sie auch noch zu den beliebten Talkshows eingeladen, galt sie doch als grünes Urgestein. Sie kaufte sich im Glockenbachviertel eine kleine Wohnung, saß zuweilen am Fenster und schaute versonnen auf den Bach, der an der schmalen Allee munter oberflächig entlangfloss, bis er nach ein paar hundert Metern wieder unter den Häusern verschwand. Fast täglich spazierte sie in die nahe Fußgängerzone und jeweils am Donnerstag besuchte sie ihren Stammtisch im Augustiner unweit des Karlstores.

Eines schönen Sommertags, als der Innenhof wegen einer türkischen Hochzeit ausgebucht war, mussten sie mit den Tischen vor dem Lokal vorlieb nehmen, was allen besser gefiel, als der zwar prächtige doch auch dampfende Saal. Das Treffen verlief wie immer und ihre Gedanken schweiften ab. Sie betrachtete die Passanten. Die schleppten Einkaufstaschen und Tüten, hielten Eis in der Hand, Wasserflaschen, einige sogar offene Bierflaschen und diese ekelhaften Fetttüten der Fastfoodketten. Sie würde bald auf die Seychellen fliegen und träumte davon am Strand Sonne, Sand und Ozean zu umarmen. „He Irene. Basis an Irene! Bist du noch da?" Die ehemals Rote Klara funkelte sie an. Auch die anderen unterbrachen ihre Unterhaltung. „Unter dem Pflaster der Strand", platzte es aus ihr heraus, und weil sie alle verstört musterten, fügte sie hinzu: „Ach nichts. Ich war in Gedanken bei meinem Urlaub." „Fliegst du nicht auf die Seychellen? Da muss es jetzt doch unerträglich heiß sein?" „Mein Hotel ist klimatisiert." „Du als Grüne. Erst der irre Flug, dann der Aufenthalt. Das vermiest deine private Ökobilanz aber erheblich." Irene warf der verblassten Roten und jetzt grünen Frontfrau einen wütenden Blick zu: „Du musst reden. Seid ihr, als du noch im Stadtrat saßt, nicht durch ganz Amerika gejettet oder ward ihr da zu Fuß unterwegs?" „Das ist lange her und war dienstlich. Du weißt genau, dass wir eine Studienfahrt unternommen haben um herauszufinden, wie die Amerikaner mit dem leidigen Raucherproblem umgehen. Seitdem sind unsere Ämter, Büros und Gaststätten rauchfreie Zonen." „Und die Bürgersteige davor sind voller Kippen. In manchen Gassen brauchst du eine Gasmaske um heil durchzukommen." „Auch das werden wir in den Griff kriegen."

Wieder daheim setzte sie sich an ihren Fensterplatz und sann. Der Einfall war verwegen, aber als die ersten Fußgängerzonen in den Städten eingerichtet werden sollten, waren auch viele dagegen. Und heute? Heute gab es sie überall. Was sie in ichnen aber selten sah, waren Bäume. Nicht nur Bäume, es gab auch keine Teiche, abgesehen von jämmerlichen Springbrunnenbottichen versteckt in den Ecken. Sie wollte Teiche, Kanäle, kleine Seen in dem Häusermeer. Wird sich die Pläne der unterirdischen Bäche besorgen. Die müssen zurück ans

Tageslicht. Die gesamte Sonnenstraße vom Sendlinger Tor bis zum alten botanischen Garten und weiter zur Maxburg ein Binnenmeer. Gondeln sollten schaukeln unter geschwungenen Brücken und Menschen flanieren an Palmenufern, wo heute sich Straßenbahnen und tausende von Autos herumquälten. Kaskaden konnten zum Glockenbach führen und tief in die heutige Fußgängerzone. Die kümmerliche Eisbahn, die an Wintertagen am Karlstor eingerichtet war, würde eine wunderbare Ausdehnung erfahren. Sie entwarf eine Jahrhundertvision, wie es seinerzeit der Plan zu Einrichtung des Englischen Gartens war. Mehr noch, die Stadt wäre dann endlich und tatsächlich eine Perle des Südens im Föhnlicht der Berge. Sie schenkte sich ein Glas Rotwein ein und ging auf ihren Balkon. Lauschte in die Dunkelheit. Es war frisch geworden. Gleich nach dem Urlaub wird sie die Sache in Angriff nehmen. Auch die Isar rann immer noch und eigentlich völlig nutzlos und faul an dem Häusermeer vorbei. Trotz halbherziger Renaturierungsmaßnahmen. Sie würde es den langweiligen Münchnern zeigen, was sich aus ihrer Stadt machen ließ. In Berlin war sie gerne, bevor sie ein eigenes Boot besaß, beim Museumsviertel in ein Ausflugsschiff gestiegen und an Parlament und machtlüsternem Kanzleramt vorbei bis zum Schloss Bellevue gefahren. Sie stellte das Glas ab, ging ins Wohnzimmer zurück und kramte in ihrem Bücherregal. Tatsächlich fand sie das Aquarell von Josef Puschkin, das die heutige Sonnenstraße zwischen Josephspitalgasse und Sendlinger Tor zeigt. Als das Bild entstand, gab es hier noch einen Wasserlauf und Karl Spengler, der Autor des Buches „Münchner Straßenbummel", schrieb: „Die Sonnenstraße könnte ebensogut „Auf

dem Graben" heißen oder „Am Wall", denn die Geburts-
stunde dieses weit schwingenden Boulevards hatte geschlagen,
als man daranging die Stadtmauern zu schleifen und die
Wassergräben einzuebnen. Wenn man freilich in Nürnberg
den prächtigen Bummelweg am Frauentorgraben zum Plärrer
verfolgt, möchte man bedauern, dass die Münchner von 1820
gar zu eilfertig mit dem Niederreißen der Türme zur Hand
waren."

Boulevard und Bummelweg? Heutzutage gab's da nichts zu
bummeln! Man konnte bloß den Bürgersteig entlanghetzen an
graugrünen Flächen vorbei im Dunst tollwütig röchelnder
Automobile. Brauchte es eine bessere Begründung für ihren
Plan?

Bremer hatte sich getäuscht. Es war nicht Irene. Die fremde
Frau, empört über sein unverfrorenes Starren, raffte ihre
Sachen zusammen und stürmte erbost davon.

Heute sind Tische und Stühle leer. Es ist noch zu früh. Er
schaut sich um. Hat keine Lust spazieren zu laufen. Die Sonne, als milchweißer Fleck im Osten erst, schickt keine Farben
in die Stadt. Draußen in Riem hat die Handwerksmesse ihre
Tore aufgemacht. Er kehrt um und geht zur U-Bahn zurück.
Nun findet er einen Sitzplatz. Es scheint ihm, als habe er
nicht nur die Bahn sondern auch die Stadt gewechselt. Ein anderer Menschenschlag ist jetzt unterwegs. Zwei Frauen mit
Kinderwagen stehen im Türbereich. Er fragt sich, was sie in
die Vorstadt treibt. Vielleicht waren sie beim Kinderarzt und
sind nun auf dem Nachhauseweg. Er erinnert sich, dass die
Bahn am Ostpark hält. Unweit des Hallenbades. Dorthin fuhren sie seinerzeit oft mit den eigenen Kindern. Vertraute Na-

men von Straßen und Plätzen gleiten vorüber. Er spürt kein Begehren sie aufzusuchen. Keine Freunde weiß er hier zu treffen. Die wohnen jetzt anderswo. Eigentlich hat er seit Jahren keine neuen Freundschaften mehr geschlossen. Vermisst dies auch nicht.

Die meisten Fahrgäste verlassen die Bahn an der Haltestelle Messe West. Auch Bremer. Obgleich er nicht mehr als Journalist arbeitet, erhält er noch einmal eine Presse-Akkreditierung und streift durch die lauten Hallen. Monströse Bad- und Saunalandschaften. Ausstattungen einer Welt, die nicht die seine ist und nur aus alten Hollywoodfilmen kennt, die er mit Renate angeschaut hat. An faulen Sonntagnachmittagen, während die Kinder in ihrem Zimmer spielten. Manchmal kamen sie zu ihnen, schmiegten sich in ihre Arme und verschwanden wieder. An einem kleinen Stand unterhält er sich mit einem Mann, der Campingbeutel und kleine Seesäcke verkauft. Aus grobem Stoff. Eine dicke Hanfkordel ist oben durch große Ösen geführt und am Boden an Lasche und Ring festgezurrt damit der Sack verschlossen über die Schulter gehängt werden kann. Kragenlose Hemdenstapel auf einem Tisch, bunte Halstücher, wie Bremer sie gerne zur Winterszeit trägt. Der Händler erzählt ihm, dass er aus Mecklenburg-Vorpommern komme und seit Jahren für kleine Produzenten aus seiner Gegend die Messen bereise um seine Rente aufzubessern. Fünfundsiebzig Jahre sei er bereits alt.

Auf der Freifläche zwischen den Hallen trifft er auf einen Malermeister, mit dem er sich vor Jahren einmal unterhalten hat und dessen Zorn über die schwierige Lage der Handwerker ihm in Erinnerung blieb. „Na, wie steht's mit der

Revolution? Ich warte." Der Mann lachte und schüttelte seine Hand: „Die ist abgesagt." „Dachte ich es mir doch. In
unserem Land gab es nie eine, noch wird es je eine geben."
„Wir fügen uns eben und richten uns ein. Ich habe Haus und
Firma verkauft, bin ins Hochland gezogen und mach ab und
zu noch den Gutachter. Das langt mir fürs Leben." „Das glaube ich nicht." „Ist aber so. Sehen Sie, ich wusste gar nicht, auf
welcher Pretiose ich sitze. Der Käufer hat die Hütte abgerissen
und ein Appartementhaus hingestellt. Als ich seinerzeit um-
bauen wollte, hat man mir überall Steine in den Weg gelegt.
Der hat sofort eine Baugenehmigung erhalten. Mir auch
recht. Ich habe einen ordentlichen Schnitt gemacht und lass
jetzt den Herrgott einen guten Mann sein. Und Sie treiben
sich immer noch in ihrem windigen Gewerbe herum? Jünger
sind Sie auch nicht geworden." „Aber weiser." Er nickte: „Das
sind wir doch alle."

Nachdem Bremer die letzte Halle durchstreift hat, beschließt
er noch zur Internet Business Messe zu gehen, die in zwei angrenzenden Hallen durchgeführt wird, wie er auf einem Plakat
gelesen hat. Der Zugang ist mit Metallzäunen versperrt, doch
bemerkt er eine Pförtnerloge und einen schmalen Durchgang.
Er fragt den jungen Mann, ob er weiter gehen kann, er habe
keine Lust außen herumzulaufen, und zeigt ihm seinen Presse-
ausweis. Der Mann studiert die Plastikkarte und sagt: „Gehen
Sie. Ich habe nichts gesehen." Bremer ist zufrieden. Geht
doch, wenn man mit den Leuten redet.

Er betritt eine andere Welt. Die Branche boomt und raucht,
wie er an den Einwegfeuerzeugen erkennen kann, die an fast
allen Ständen als Werbegeschenk bereit liegen und an den auf-

und zugleitenden Türen zum Innenhof mit seinen randvollen Aschenbechern. Aussteller und Publikum sind jünger, als auf der Handwerksmesse. Viele tragen Papier- oder Stofftaschen, mehr noch zerren kleine Rollkoffer voller Informationsmaterial und Werbegeschenken durch die Gänge. Auch Bremers Leinensack, den er an einem Stand mitgenommen hat, füllt sich rasch. Notizblöcke und Sticks kann er immer brauchen. Bleistifte sowieso. Manchmal blitzt Scham auf, wenn ihm auffällt, wie gierig er die Dinge einsammelt. Nur kurz verweilt er an den zahlreichen und engbesetzten Foren, wo neue Geschäftsmodelle, Arbeitsabläufe und Sicherheitskonzepte vorgestellt und erörtert werden. Die meisten Vortragenden wissen, dass sie Produkte anpreisen, deren Nutzen Grenzen hat. Der Cyper War hat längst begonnen. Mit fortschreitender Digitalisierung und der Vernetzung von immer mehr Lebensbereichen erweitert sich sein Schlachtfeld. Neugier und Freude, die Bremer beim Kauf seines ersten Mac empfand und die sich früher auf der Cebit noch steigerten, sind längst verflogen. Haben Skepsis, Unbehagen, ja Furcht Platz gemacht. Solange Profitstreben und Hybris Wissenschaft und Technik bestimmen und keine Grenzen mehr sichtbar sind, wird er mit ihnen keinen Frieden schließen. Der Turmbau zu Babel ist nicht mehr fern. Nicht alles, was technisch möglich scheint, ist auch in Angriff zu nehmen. Der Versuch eine Ethik für schon in der Entwicklung befindliche Kampfmaschinen auszuarbeiten, ist für Bremer ein törichtes Unterfangen. Kriegsroboter sind ein Tabubruch. Ihr Bau und Einsatz sind ohne sophistisches Hin und Her zu ächten. Es gibt kein größeres Verbrechen der Menschheit, als den Krieg. Das hat er von Yasar Kemal gelernt. Beim Lesen seiner Bücher vor und nach der Reise in die Türkei.

Vermessen ist es, wenn sich der Mensch zum Herrn der Schöpfung aufschwingen will. Heutzutage gilt es vor dem Geist zu warnen, der stets das Gute will und stets das Böse schafft. Nie jagt die Vernunft als Falke hoch in den Lüften, sondern streicht mit leisen Fledermausflügeln durchs Menschenrevier. Hängt die meiste Zeit schlafend im dunklen Versteck. Bei der Erforschung der Welt und der Verwirklichung aller Ideen und Pläne muss man auch innehalten können. Lauschen, was das Herz einem sagt. Wie bei der Liebe, die Entspannung verlangt, damit sie fortdauern kann. Den Zug der Lemminge scheint niemand mehr aufhalten zu wollen. Oder zu können.

Bremer verlässt die betörenden Hallen. Mittagszeit. Die Sonne steht betörend im nur leicht verschleierten Blau. Wieder einmal stellt er fest, dass zwischen den hochaufragenden Gebäuden der Städte die Unendlichkeit nicht zu spüren. Er macht sich auf den Weg zur U-Bahnstation. Doch ändert er dann seinen Plan, geht zur Treppe und die Straße entlang Richtung vorderer Messeeingang. Nachdem der Flughafen aufgelassen wurde, entstand neben den Hallen auch ein weitläufiges Wohn- und Büroareal mit großem Einkaufszentrum weiter drüben. Leblos wirkt alles um diese Tageszeit. Die Bürgersteige verlassen, ab und an ein Pkw. Lieferwagen kreuzen seinen Weg an den Toren der Messehallen. Tatsächlich hat er die Strecke unterschätzt. Er braucht endlos lange bis er vorne angekommen ist. Der Rucksackschnüre schneiden ins Fleisch. Bremer ist verschwitzt und beschließt sich in der Presselounge

erst einmal auszuruhen. Die Uhr am Eingang zeigt ihm,
knapp vier Stunden lang war er unterwegs.

Neben dem Bildschirm eines Fernsehers, auf dem Nachrichten stumm vor sich hin flimmern, sitzt eine junge Kollegin an ihrem Mac. Sonst ist der Raum leer bis auf die beiden
Frauen hinter drei aneinander gereihten Tischen, auf denen
Kaffee, Tee, unterschiedliche Kaltgetränke und Platten mit
belegten Semmelhälften aufgereiht sind. Bremer lässt sich Kaffee und Wasser geben und nimmt ein Käsebrot sowie eine
Wurstsemmel. Während er isst, mustert er den Raum und
schaut durch die getönten Scheiben auf den Vorplatz, über
den die Messebesucher zum Eingang strömen. Hinter ihnen
erkennt er Teile des Reliefs vom großen Alpenpanorama, das
dort aufgestellt ist. Er holt sich zwei weitere Semmeln. Überlegt, ob er noch einmal in die Halle laufen soll um bei dem
Mecklenburger Halstücher zu kaufen. Wozu? Im Schrank daheim liegen ausreichend. Er will noch einen Kaffee trinken
und ein weiteres Glas Wasser. Kramt Notizblock und Bleistift
aus der Tasche.

Avvakum taumelt die Dorfgasse entlang. Reckt seine Fäuste
empor. Nicht gegen den Zaren, der seinen Glauben verdarb.
Das Leben ihm nahm. Gegen die neuen Herren, die alles vernichten werden, obgleich sie doch wissen müssten, dass sie
Gottes Kinder sind. Von einer Mutter geboren, die blind war,
wie sie es sind. Sie tränkte, wickelte und ihnen Schlaflieder
sang. „Was weißt du mein Kind? Lausche der Amsel, die ihr
Kleines im Neste umhegt. Der Strom plätschert leise über den
Stein. Weit geht mein Blick. Sehe das andere Ufer nicht. Der

Fischer sitzt dumpf in der Hütte. Draußen die Netze, in denen sich nichts mehr verfängt." Schweigen fällt aus der Nacht. Unerträgliche Stille. Avvakum brüllt. Keiner, der ihm zuhören will. Wie auch, wenn sie hinter blinden Scheiben hocken und zagen? Leere, wo einst Aufbruch war. Das Licht ist erloschen in der Stube aus Holz. Die Rauchspur der Taube zerfasert im Nirgendwo.

Bremer blickt von seinen Notizen auf. Der Raum hat sich gefüllt. Er hat es nicht wahrgenommen. Sein Kaffee ist inzwischen kalt geworden. Er tastet nach dem Handy. Eine halbe Stunde ist vergangen. Erwin hat noch nicht angerufen. Auch sonst niemand. Er nimmt das Notizbuch wieder in die Hand, den Bleistift und verändert zwei Ausdrücke.
Die Wesensähnlichkeiten von Herrschern und Untertanen in der russischen Geschichte, die eben noch deutlich sichtbar schienen, wollen sich nicht mehr einstellen. Die Herrscher sind einfach zu zeichnen in ihren Widersprüchen. Die Untertanen sperren sich. Avvakum war nicht bloß ohnmächtig und Opfer. Er war auch machtvoll und in gewisser Weise auch Täter. Wenn auch in anderer Dimension. Bremer fragt sich, warum es ihm so schwer fällt, diesen Gedanken weiter zu spinnen. Er bewundert diesen streitlustigen Popen, zweifelt aber, ob seine Starrköpfigkeit beim Streit um die Nikonschen Reformen klug war. Zwar haben Zeichen und Ritus in der Orthodoxie eine höhere Bedeutung als in der westlichen Kirche, doch liegen ihre Wurzeln nicht in den Anfängen des Christentums. Sie haben sich erst im Laufe der Jahrhunderte herausgebildet und verfestigt. Avvakums bedingungsloses

Festhalten am Dreifingerkreuz und an anderen Vorschriften sind für Bremer verstocktes Klammern an Äußerlichkeiten und erinnern ihn an das Zölibat in der katholischen Kirche, dessen Durchsetzung im frühen Mittelalter einen Versuch darstellte, das zügellose Treiben der Priester, Mönche und Nonnen einzudämmen. Bewirkt und verändert hat es kaum etwas, wohl auch, weil Bischöfe, Kardinäle und selbst die Päpste sich keineswegs vorbildlich verhielten und im unteren Klerus sich nur wenige der zum Gebot erhobenen Vorschrift unterwerfen konnten oder wollten. Heimlichkeit und Gewissenskonflikte waren die Folge und bei vielen Gläubigen verlor die Kirche an Glaubwürdigkeit. Auch Avvakums schroffe Ablehnung anderer christlicher Glaubensrichtungen kann Bremer nur bedingt nachvollziehen. Abgrenzungen und Regeln sind notwendig, doch geben sie dem eigenen Glauben nur sein unverwechselbares Gesicht, erlauben aber nicht, ihn absolut zu setzen und andere als Ungläubige oder Ketzer zu verdammen.

Schon früh hat er das Jesuswort „Meines Vaters Haus hat viele Zimmer" verinnerlicht und sieht in der Vielfalt Universalität und Reichtum der christlichen Botschaft. Avvakums Unerbittlichkeit bedeuteten Verfolgung und Leid nicht nur für ihn selbst, sondern auch für Frau und Kinder sowie alle seine Anhänger. Zwar verkehrte er häufig am Zarenhofe und mag vom dortigen Treiben abgestoßen worden sein, doch seine stärksten Eindrücke erhielt er an den Orten, wo er als Pope eingesetzt war und den Alltag der einfachen Leute teilte. Und lange vor Nikons Reformen geriet er mit den Dorfvorstehern aneinander, verurteilte ihre Willkür und beklagte das armselige Los der Bauern. Aber er war und blieb Kirchenmann und sah Möglichkeiten zur Verbesserung der elenden Zustände nicht im politischen Umsturz, sondern forderte von Herren wie Knechten die Rückkehr zum gottesfürchtigen Leben und die Einhaltung der christlichen Gebote wie er sie verstand. Diesem Ziel weihte er sein Leben bis zum Tod auf dem Scheiterhaufen. Zeitlebens plagten ihn Selbstzweifel und das Wissen um die eigene Sündhaftigkeit. Ein Wesenszug, dem sein Landsmann Dostojewski mit seinem Roman „Raskolnikow" dichterischen Ausdruck gab. Auch dessen Denken blieb individueller Schuld verhaftet. Anders sein Zeitgenosse Tolstoi. In seinen letzten Jahren, als er sein Leben Revue passieren ließ und sein persönliches Verhalten den Geboten des Evangeliums anzupassen suchte, trieben ihn die Fragen um wie „Was ist falsch an meinem Leben? Was ist falsch an unser aller Leben?" Besser als andere kannte der Graf den Zustand des Zarenreiches unter dem jüngst heilig gesprochenen Nikolaus V.. Sah das Wohlleben der Reichen und das Elend der Übrigen und formulierte seine radikale Kritik an Staat und Gegenwart. Für Tolstoi lag die Wurzel alles Bösen im Besitz. Solange der Staat das Prinzip des Besitzes anerkenne, handle er ebenso unchristlich wie unsozial und mache sich zum Mitschuldigen und Hauptschuldigen. Staaten und Regierungen intrigierten und gingen in den Krieg um Eigentum, bald um die Ufer des Rheins, die Länder in Afrika, bald um China und den Balkan; Landbesitzer arbeiteten, planten und quälten sich nur um Besitz. Die Beamten kämpften, betrögen, unterdrückten und litten nur zugunsten des Besitzes. Die Gerichte, die Polizei verteidigten den Besitz. Strafkolonien

und Gefängnisse, alle die Greuel der sogenannten Unterdrük-
kung des Verbrechens existierten nur zum Schutze des Eigen-
tums.

Prophetische Sätze, die Erkenntnisse von Karl Marx oder den
Anarchisten jener Jahrzehnte wie Proudhon, Kropotkin oder
Bakunin weit hinter sich ließen und Tolstoi Unverständnis
und Spott einbrachten, aber ...

Der Klingelton von Bremers Handys lässt den Satz unvoll-
endet. Er blickt verwirrt auf und bemerkt das Grinsen eines
Kollegen, dem er früher im Sender zuweilen begegnet ist, der
die Melodienfolge der Internationale erkannt hat. Bremer
kramt das Gerät aus der Jackentasche. „Du wolltest doch die
Stadt so bald als möglich verlassen. Kannst du machen. Dein
Auto ist fertig." „Prima. Wollte ich. In einer halben Stunde."

Rasch räumt er seine Sachen zusammen, erhebt sich, stellt das
Geschirr in die Ablage, sucht den Blick der beiden Frauen
hinter der Theke, nickt ihnen zu und macht sich auf den
Weg.

Heim in sein Hügelland unter weitem Himmel.

Ende

Die Bücher von Erich Reißig:

Vor den Stürmen Roman BOD 12. September 2016 BOD
Kindle Edition € 9.49 Taschenbuch 444 Seiten € 13,99
Der Roman erzählt vom Hineinfinden ins Leben. Von Flucht. Vom sich
Abfinden. Vom kleinen Glück. Biografie und Erlebnisse der Protagonisten
erlauben einen Blick auf den ersten und den zweiten Weltkrieg, auf die
betörenden Friedensjahre, bis nach dem großen Umbruch auf dem
europäischen Kontinent manche wieder und immer heftiger mit den Fäusten
den Takt zu trommeln beginnen.

Ein Spaziergang in Dichters Garten: Roman 28. September 2015 BOD
Kindle Edition € 5,49 Taschenbuch € 7,99
Der Roman „Ein Spaziergang in Dichters Garten" erzählt Geschichten aus
naher Vergangenheit. Ein Blick auf das Dasein im Malstrom der Zeit. Ernst.
Ironisch. Humorvoll zuweilen. Da wo Wirklichkeit und Traum ineinander
gleiten bilden sich Zonen der Fantasie. Vernünftig und schön. Flüchtig wie
Feen.

Die verschollene Ferne; Gedichtjournal 2000 . 2008 2.Mai 2014 BOD
Kindle Edition € 9,99 Taschenbuch 12,90
Eine Anzahl von Gedichten ist in den Jahren entstanden, Notizen,
Gedankensplitter, Aufzeichnungen von Reisen, von Landschaften, die ich sah,
von Menschen, denen ich begegnete. Eine Art Tagebuch ist daraus geworden.

Dieses Gestöber aus Licht: Reigen 2006/2012 10. April 2014 BOD
Kindle Edition € 5,49 Taschenbuch € 6,90
Ein neues Jahrhundert. Jahrtausend sogar. Munter dreht sich alles im Reigen.
Vier Personen sprechen über den Alltag, das Leben. Über die Liebe und Politik.

Unter den Plejaden; Roman 5. Feb 2013 BOD
Kindle Edition € 4,99 Taschenbuch 9.90
Der Roman erzählt von einer Reise in ein fremdes Land. Eine Reise zu sich
selbst, denn wo immer du auch hinfährst, du bleibst immer bei dir selbst

Der Dachschaden; Eine Erzählung in Briefen aus Bayerns einst großer Zeit
1. Dez 2010 BOD
Taschenbuch € 6,90
Ein Hagelschaden zerstört das Dach des Hauses in dem der Erzähler wohnt. In
seinen Briefen versucht er dem Hausverwalter klar zu machen, dass nun etwas
zu unternehmen sei. Das scheint nicht ganz einfach zu sein, denn der
Hausverwalter hat andere Ziele als sein Mieter. Eine Alltagsgeschichte.

Autogeddon: Ein Spiel 29.März 2010 BOD
Taschenbuch € 7,90
Ganz harmlos fängt es an: da gibt es eine Benzinaktion, einen Angriff auf
Handymasten, ein illegales Autorennen und schließlich kommt es zur
Bergrevolution. Und da gibt es noch den sibirischen Krieg und Kali und
Nordwind, die zueinander finden und sich ein neues Zuhause suchen müssen.

Sandomir + Marienburg; 2 Theaterstücke 9.Dezember 2009 BOD
2. Auflage 2016 Broschiert € 13,90 Kindle Edition 6.99
Beide Stücke spielen im Polen der Vergangenheit

Sandomir hat die drei Varianten des Waltariliedes als Hintergrund, von
denen eine in dem Weichselstädtchen spielt, wie bei Grillparzer nachzulesen ist.
Die Handlung wäre also im Mittelalter festzumachen. Doch nach Einstein und
Wheeler gibt es sogenannte Wurmlöcher, Brüche der Raumzeit, so dass im
Stück auch Ereignisse stattfinden und Personen auftreten, die früheren
Epochen sowie dem Heute angehören. Dies erlaubt ein kenntnisreiches und
heiteres Bild vom Zustand der Welt.
Marienburg führt in den Norden Polens zur gleichnamigen Burg an der
Nogat. Auch hier prallen zwei Zeitepochen aufeinander. Während unten in den
Hallen die Nationalsozialisten ihre Herrschaft behaupten wollen, streifen über
ihnen verstört und aufgebracht Kreuzritter durch ihre Kammern und versuchen
zu verstehen wie alles kam, das nun ist.

1993: Trilogie 30. Oktober 2009 BOD
Taschenbuch 276 Seiten € 19,90
Drei Theaterstücke gewähren einen Blick auf die neue Bundesrepublik um
1993.

Umbruch spielt in einem kleinen Dorf an der Saale, in das die neue Zeit
höchst merkwürdig Einzug hält. Bauernschläue und geschmeidiger Umgang
mit neuen Gegebenheiten lassen den Wandel gelingen.
Die Rückkehr nach Orlamünde Westdeutsche Alteigentümer haben ihren
früheren Gutshof wieder in Besitz genommen. Das Haus ist renoviert und
strahlt im neuen Glanz. Zur Einweihung versammeln sich die Familie und
Freunde. Ein schönes Fest soll es werden. Es wird eine Abrechnung mit der
eigenen Vergangenheit.
Die schweren Hufe der Wolken zeigt Geschehnisse in einer und um eine
Vorstadtstraße in München. Es spielt in einer 1993 vorstellbaren Zukunft, in
der die Festung Europa Wirklichkeit geworden ist. Die Meere sind über die
Ufer getreten, haben die Landschaften verändert, ein mächtiger Grenzwall
umgibt den Kontinent, gegen den Flüchtlinge und Piraten anrennen. Im Haus

am Gebsattelberg wird eine Hochzeit vorbereitet. Ein freudvolles Ereignis in freudloser Zeit.